六法推理

五十嵐律人

角川文庫
24068

目次

六法推理

1

その日、霞山《かざん》大学のキャンパスは、終焉《しゅうえん》に支配されていた。

「もう、そんな時期か」

漏れ出た独り言は、喧騒《けんそう》に飲み込まれる。

行き交う学生のTシャツ、彼らが手に持つプラカード、カラフルな外観の屋台……。

ぐるりと周囲を見回せば、無数の〝終焉〟がうごめいている。仰々しい響きとは裏腹に、キャンパスに漂っているのは、呑気《のんき》と陽気をシェイクしたような、浮ついた空気だ。

年に一度、三日間にわたって開かれる一大イベント。

要は、ただの学園祭である。

『第四回　霞山大学終焉祭』

デッドやエンドを意味する終焉が、もう四度も訪れている。

閉店セールと新装開店セールを繰り返す怪しげな店舗のように、お祭り騒ぎに酔いしれる口実を得られれば何でもいいのだろう。

僕が一年生のときの学祭実行委員長が、カリスマ性と拗《こじ》らせた性格を併せ持った人物で、それまでの伝統を投げ捨て、新たに終焉祭をスタートさせた。思いつきで名称を変えただけの見切り発車だったらしいが、なぜか学生の心を摑《つか》んでしまった。

それから今日で早三年……。霞山大学の学園祭は、地域住民の冷めた視線をはねのけて、キャンパス一帯を終焉で埋め尽くす秋の風物詩となった。

『血塗られた終焉大福』——いちご大福。

『漆黒の終焉コーヒー』——ブラックコーヒー。

『闇より出《い》でし終焉の館《やかた》』——お化け屋敷。

目を覆いたくなるほど、背筋が粟立《あわだ》つほど、痛々しい。

真っ黒のローブを着た集団が近づいてきて、逃げるように反対側の小路《こみち》に入ると、ランプの魔人が飛び出してきそうな器具を抱えた集団と出くわした。

「やあやあ、お兄さんも吸ってく?」口から吐き出される、綿菓子のような煙。

「……遠慮します」

異世界に迷い込みかねないので、足早に北キャンパスを通り抜ける。喧騒から遠ざかり、信号機が設置された銀杏《いちょう》並木を横断する。ここから先は、南キャンパス。終焉祭の会場には含まれているが、人口密度はメイン会場の三分の一以下だ。

文系棟とも呼ばれる南キャンパスは、教育学部棟、文学部棟、経済学部棟と北側から順に並んでおり、南端に位置するのが、僕が通う法学部棟である。

パッと見た限り〝終焉〟は掲げられていない。

二階建ての煉瓦《れんが》づくり。中庭にそびえ立つけやきの木を挟み込むように、二つの講義室が設置されている。法学部棟は、狭い、汚い、日当たりが悪いと、三大悪条件を抱えている。けやきの木を切り倒すべきだと考えている学生は、僕だけではないだろう。

サクッ、サクッ。秋だから仕方ないですよね、と言わんばかりに堂々と積もった落ち葉を踏みながら階段を上り、第一講義室を通り抜けると、ゼミ室が並んでいる。

どこもかしこも、一風変わった名称のゼミばかりだ。

模擬裁判劇団、倶楽部《クラブ》労働法……、三つ目の扉の前で立ち止まる。

誰かに蹴飛《けと》ばされたのか、壁に立てかけておいたホワイトボードが裏返っていた。

『無料法律相談所　一人で抱え込まず、お気軽に無法律《むほうりつ》へ！』

消えかかった文字をマーカーで修正してから、ふと思い立って、末尾に『in終焉祭』と小さく書き足した。あれだけ胡散臭《うさんくさ》い出店が乱立していれば、何らかのトラブルが起きてもおかしくない。

まあ……、学生の本分を忘れて楽しむことが許された日に、わざわざ法学部棟の奥まった場所に佇《たたず》むゼミ室を訪れる物好きはいないだろうけれど。

そんなことを考えながらドアを開くと、見知らぬ女子が室内でくつろいでいた。

「どうも、こんにちは」

「えっと……、誰？」

「怪しい者ではありません。誘蛾灯《ゆうがとう》に導かれた相談者です」

「霞山大の学生？」

女子は立ち上がって、ぺこりと頭を下げる。『Ｃｏｌｌｅｇｅ』と胸のあたりに大きく描かれたオーバーサイズのパーカーが上下に動く。段々畑のようなグリーンのスカート。独特なファッションセンスだが、これも学祭仕様なのだろうか。

「経済学部三年の戸賀夏倫《とがかりん》です。古城行成《こじょうゆきなり》さん――、ですよね？」

「そうだけど」

おさげとツインテールの中間のような二つ結び。愛嬌《あいきょう》のある丸顔で、三年生より幼く見え少々驚いた。

「それにしても、すごい部屋ですね」

「ああ、うん」

戸賀夏倫は、身体を回転させて室内を見回した。段々畑スカートがふわりと舞う。

彼女が座っていたソファ、壁際に寄せられた机と椅子、フロアランプ。それらを除くと、この部屋は本棚とそこからはみ出した専門書で埋め尽くされている。

「本物の法律事務所みたいで期待しちゃいます」

「戸賀さんは――」

「夏倫ちゃん、でもいいですよ」

提案を無視して、「君は、法律相談をしにきたの？」と訊《き》く。

「そうです。このゼミや古城さんの噂はかねがね聞いていましたが、実際に助けを求める日がやって来るとは思いませんでした。ところで……、本当に無料でトラブルを解決してくれるんですか？」

「大学生の戯れ活動だから、着手金も成功報酬も受け取れない」

「素晴らしい」

満足気に頷《うなず》いた戸賀に、でも、と僕は続けた。

「相談内容が法律に関係していなければ門前払い。法律問題でも、結果は保証しない」

「噂通りの不愛想さですね」

「君は、第一印象通りに失礼だ」鍵《かぎ》がかかっていなくても、普通は外で待っているだろう。「とりあえず座りなよ。無料だから飲み物は出さないけど」

「お言葉に甘えて」

霞山大法学部には、〝自主ゼミ〟と呼ばれる課外活動団体が乱立している。これは簡単に言えば、法学部生が集う学部内限定のサークルだ。他学部と繋《つな》がったサークルを選ぶ学生もいるが、半数程度は自主ゼミのみに所属している。

どのゼミも法律に関わる活動内容を掲げていて、無料法律相談所――通称、無法律――もその一つだ。何をしているのかといえば、名称のとおりである。

法律上のトラブルを抱えた学生の話を聞き、法的な観点からアドバイスをする。

「それで？」

戸賀夏倫の前に腰かけて、本題に入るよう促した。

「これを見てください」そう言って戸賀は、トートバッグの中に手を入れる。

プラスチックの容器。その中に入っている六個の丸い物体。

「たこ焼きだね」

「違います。これはたこ焼きに見せかけた……、詐欺商法の動かぬ証拠です」

意味がわからない。容器を受け取ると、まだほんのり温かい。

「どうぞ、おひとつ」

「いらないよ」

「食べないと問題を解決できません」

どこからか取り出した爪楊枝《つまようじ》を渡される。仕方なく、容器を開けた。

青のり、かつお節、ソース、小麦色の物体。やはり、どう見てもたこ焼きだ。口に運ぶとソースの香りが鼻腔《びこう》に広がり、嚙《か》むと具材が溢《あふ》れ出て――、おや？

「タコが入ってない」

代わりに入っている、この柔らかな食感は。

「まさしく！　よく一口で気づきましたね。その中には、タコじゃなくて天かすしか入っていないんです。これはもう、天かす焼きですよ」

天かすというと、たぬき蕎麦《そば》に入っているあれか。

「でも、割と美味《おい》しいじゃん」

「味は問題じゃありません。この屋台は、天かす焼きを、たこ焼きとして売っているんです。立派な詐欺だと思いませんか」

「思わない」即答してから、理由を考える。「さっきの容器は未開封だったけど、どうしてタコが入ってないってわかったの？」

「既に一パック完食しているからです。最初は入れ忘れたのかなって思ったんですよ。でも、六個食べたのに、ひとかけらもタコに行き着かない。これは確信犯に違いないと」

「天かす焼きだとわかっていながら、もう一パック買ったわけ？」

「いえ。最初に五個まとめて買ったんです。一パック百円で売ってたから、これはお買い得だと飛びついたら、まさか詐欺商法だとは……」

五パックでも五百円。スーパーや専門店の商品に比べれば、破格の値段だ。

他に確認すべきことは……。

「買うときに、激安だけどタコは入っていますかって訊いたり、タコが入っていると信じて買いますって宣言したりした？」

「するわけないじゃないですか。ヤバい客だと思われますよ」

百円のたこ焼きに難癖をつけている時点で、充分ヤバい客だろう。

「代金の返還を求めたいってこと？」

「できるんですか？」

「いや、無理だろうね。百円を渡して商品を受け取った時点で、契約が成立している。

それを事後的に取り消すには、詐欺とか錯誤とか、特殊な事情が認められる必要がある。君の話を聞く限り、そういった事情は存在しない」

たこ焼きを僕の眼前に突きつけて、戸賀は声を大きくした。

「だから、天かす詐欺なんですって」

「たこ焼きにタコが入ってるっていうのは、君の先入観にすぎない」

「もやしが入ってないもやし炒《いた》め、みそが入ってないみそ汁みたいなものです」

「メロンパンにメロンは入ってないし、人形焼きに人形は入ってない」

二つしか例が思い浮かばず、語彙《ごい》の少なさを反省する。

「それは、そういうものだと覚悟して買ってるわけで……」

「百円と聞いた時点で、コストカットの仕掛けがあると考えるのが普通だ。タコの代わりに何かが入ってる。それは想定の範囲内だし、詐欺じゃなくて工夫の一つだと思う」

「詐欺師の味方をするんですね」

「ちなみに、何ていう名称で売られてた？」

「天より降りし終焉たこ焼きですけど」

「ほら。タコが終焉して、天かすが舞い降りたんだよ」

屋台に押しかければ、厄介な客を追い払うために返金に応じるかもしれない。だがそれは、法的なアドバイスではなく迷惑行為の助長だ。

「血も涙もない法律独裁者という噂も、事実だったようですね」

「どんな噂が流れてるんだ」

「無料の響きに騙《だま》されちゃダメ。感情を失った法律マシーン。悔しさで涙を流した相談者は数知れず。嘲笑《あざわら》われて、見下されて、ぼろ雑巾《ぞうきん》のように追い出される。無法律に相談するくらいなら、ネットで検索した方がマシ……」

「わかった。もういいよ」

無法律はそれなりに長い歴史がある自主ゼミで、僕が新入生の頃は二十人以上が所属していた。そのような由緒正しき団体なのに、現在は消滅の危機に瀕《ひん》している。初対面の戸賀が僕の名前を言い当てたのは、他に候補者がいなかったからだろう。

一人しか所属していなくても、ゼミと名乗っていいのだろうか。

「そういうわけだから、お引き取りを」

扉を指さすと、「期待通りです」と戸賀が微笑んだ。

「えっ？」

「今の相談は前哨戦《ぜんしょうせん》でした。タコが入っていないのは腹が立ちましたが、これはこれで美味しかったので、満足しています。節約レシピとして取り入れようと思っているくらいです。それはさておき、古城さんが感情論ではなく、法律論で物事を俯瞰《ふかん》できる人物だとわかったので、本題に入らせていただきます」

すらすらと話す戸賀は、感情をコントロールするように真顔になった。

「まだ相談があるってこと？」

「はい。とっておきの法律相談を準備してきました」

「期待せずに聞くよ」

戸賀はたこ焼きのパックを鞄《かばん》の中にしまった。ソースと青のりの香りが漂っている。

窓から聞こえてくるのは、鳥のさえずり。

「私は、事故物件に住んでいるんですけど――」

そう切り出した戸賀の相談は、確かに法的な問題を含んだものだった。

2

愛子《あやし》ハイツ。私が住んでいる事故物件の名称です。

あやかしじゃなくて、あやし。愛する子供と書きます。築二十年で、事故物件になったのは三年前ですから、オカルティックな響きなのは偶然でしょう。

大学一年生の頃から住んでいるので、かれこれ二年半の付き合いですね。普通の部屋だと騙されたわけではなく、事情を知った上で住み始めました。なので、事故物件を借りたこと自体を問題にするつもりはありません。

古城さんは知っていると思いますけど、事故物件に明確な定義はないらしいです。

入居者が亡くなった部屋イコール事故物件というのが、私が抱いていたイメージでした。でも、老衰で亡くなってすぐに発見されたような場合は、次の入居者に教える義務はないと知りました。知らぬが仏って言いますしね。まあ、仏になったのは前の入居者なんですけど。

自然死以外、つまり、自殺とか他殺が起きた部屋を事故物件と呼んで、そういった事情があるのに説明を怠ると責任を問われる。

マイスイートルーム――、愛子ハイツ102号室に住んでいた方は、首吊《くび》り自殺をしてしまいました。影井《かげい》未衣《みえ》さん。亡くなったときは経済学部の二年生だったそうです。私と同じ学部で、古城さんの一つ上の学年ですね。かなり騒がれたと聞いたんですけど、知りませんか？

他学部でも、友達がいれば……。それはいいとして。

激安賃料の物件を探していた私は、愛子ハイツに行き着きます。

何が起きたのかは、管理人の斎藤《さいとう》さんが詳しく教えてくれました。斎藤さんは101号室に住んでいて、私のお隣さん兼管理人です。

半年前に自殺者が出たばかりの部屋だよ。戸賀さんと同じ霞山大の学生だから、呪われるかもしれないよ。本当にいいの？　そんな感じで、過剰なくらい心配されました。

熱烈な反対を押し切って、部屋を借りたわけです。

そこまでして住みたかった理由。やっぱり気になりますよね。

私は心霊マニアではないし、同じ条件なら事故物件なんて選びません。破格の賃料だったから契約した。それだけです。風呂《ふろ》トイレ付き、大学まで徒歩五分、月二万円……。

ちなみに、他の部屋は月四万円らしいので、自殺値引きが二万円という計算です。

たかが二万円。されど二万円。一年間で二十四万円。四年間で九十六万円。

二年分近い学費に相当するわけですよ。

お察しのとおり、私は苦学生です。国立の霞山大でも、バイトを掛け持ちしてひいひい言いながらじゃないと通えません。

百円のたこ焼きをまとめ買いしたのも、無料法律相談所に駆け込んだのも、節約生活を送るためです。この古着ファッションは、フリマアプリで投げ売りされていました。三十着くらい入って送料込み九百八十円。そんなにじろじろ見ないでください。

脱線しましたね。話を戻しましょう。

影井未衣さんが亡くなったのは、三年前……、終焉祭の少し前のことだと聞いています。遺書は見つからなかったらしく、自殺の理由も明らかにされていません。というか、自殺の理由なんて、わかるわけがないですよね。本人が死んじゃっているんだから。自筆の遺書があったとしても、それが最終版とは限らないわけで。

ただ、未衣さんは妊娠していたそうです。管理人の斎藤さんも、お腹が膨らんだ未衣さんの姿を見ています。このあたりが、騒ぎ立てられた要因になっているんでしょう。

今どき、大学生の妊娠はそれほど珍しくありません。恋人や親から中絶を迫られたとか、軽い気持ちで産んだけど育てられなかったとか、そういう事情で心を病んで命を絶つ若者もいるらしいです。

共感はできないけど、理解はできる。そういう悲劇って、世の中に溢れていますよね。
未衣さんの自殺が語り継がれているのは、子供が行方不明だからです。
――お腹の中にいたはずの赤ん坊が。
そろそろ産まれる頃なんじゃないかと思っていた。斎藤さんは、そう言っていました
が、他の愛子ハイツの住人も含めて、赤ん坊を見た人はいません。それなのに、警察の
事情聴取を受けた際に、出産した痕跡《こんせき》が部屋にあったと教えられたそうです。
私も当時の記事には目を通しましたが、赤ちゃんのことは書かれていませんでした。
もし心中を果たしたなら、記事になってるはずですよね。
怖くないですか？　お母さんは首を吊って、赤ちゃんは行方不明。
一体全体、どこに行ってしまったんでしょう？
まあ、よく考えてみれば、私みたいに貧乏で病院にも行けず、部屋とかトイレで出産。
育てる自信がなくて山奥あたりに捨ててしまい、罪の意識に苛《さいな》まれて首を吊った……。
そんなストーリーが浮かび上がったので、深くは考えませんでした。
やっぱり、共感はできないけど、理解はできます。
そんなこんなで、怪奇現象に悩まされることもなく、激安賃料の愛子ハイツで快適に
すごしてきました。このまま卒業まで居座ろうとしていたのですが、そうは問屋が卸し
ません。
二カ月くらい前。眠っていたら、甲高い泣き声で目が覚めました。

明らかに赤ん坊の泣き声で、いろいろ思うところはありましたが、とりあえず夢だと自分に言い聞かせて、音楽を再生しながら眠りに落ちました。

ところが、翌日も、翌々日も、午前二時頃に、赤ん坊の泣き声が聞こえてくる。丑三《うしみ》つ時ですよ。意識しないようにしても、首を吊った母親の姿を思い浮かべてしまいます。

愛子ハイツには、私と斎藤さん以外に住人が四人いて、皆さん霞山大の学生です。何度か話したことがあったので、思い切って泣き声について訊いてみたら、心当たりがないと首を傾げるだけでした。

102号室だけに聞こえる、謎の泣き声。不穏な気配が漂い始める頃合いでしょう。管理人に隠れてペットを飼う住人みたいに、こっそり子育てをしてる人でもいるのかなと疑っていました。それでも、私にしか聞こえないのは不自然ですよね。口裏を合わせているのかもしれませんが。

それから二週間が経って、深夜の泣き声もホワイトノイズくらいに思い始めてきました。環境適応能力を遺憾なく発揮したわけです。

すると今度は、ベランダの窓ガラスに赤い手形がこびりついていました。かなり小さくて、それこそ赤ん坊の手くらいの。何個も何個も、クレセント錠に向かって折り重なるように……。あれは、なかなかの衝撃映像でしたね。

斎藤さんに見せると清掃費用を請求されるかもしれないと思ったので、写真を撮って洗い流しました。とりあえず、血ではないと思います。ペンキとか、絵具とか……、そのあたりかと。他の部屋で同じような手形が見つかったとは聞いていません。あとは、郵便受けに真っ赤な文字の手紙が入っていたり、自転車がパンクしていたり。日を追うごとに悪化していくので、何とかしなくちゃと立ち上がり、無法律にたどり着きました。手土産に天かす焼きまで買って。

自転車の修理代だってかかっているんです。

古城さん。哀れな苦学生のために、問題を解決してください。

3

戸賀の相談は、率直に言って興味深い内容だった。語り口も軽妙で、彼女に対する印象も変わった。とぼけた口調を好んで使っているようだが、必要な情報が過不足なくまとめられていて、ほとんど口を挟む余地がなかった。

「一応確認しておくけど、怪奇現象を疑っているわけではないんだよね」

「お化けを怖がっていたら、事故物件になんか住めません」

二年半も住んでいるので説得力がある。

「誰かに嫌がらせをされていると？」

「はい。心霊ではなく、悪意の正体を見極めてほしいんです」

なるほど。戸賀が求めているのは、あくまで人的トラブルの解決だ。

「犯人に心当たりは？」

「まるでありません。恨みを買う性格じゃないですし」

「他人の評価ならまだしも、自画自賛してる時点で信用できないよ。初対面の僕に対して、不愛想だって明言したばかりだし」

「そんなこと言いました？　時と場所と相手を選んでます」

赤ん坊の泣き声、窓ガラスの手形、郵便物や自転車のパンク。それらが怪奇現象ではなく人間の手によるものなら、真っ先に思い浮かぶのは怨恨《えんこん》による嫌がらせだろう。

「じゃあ、ストーカー、友人関係のもつれ。そのあたりは除外するよ」

「構いません。私、本心を見極める洞察力には、それなりに自信があるんですよ」

「それなら、自分で解決できるんじゃない？」

「犯人候補をしばらく観察していたけど、納得のいく答えにはたどり着けませんでした。そこで発想の転換を図ったわけです。前提知識が足りていないんじゃないかって。法律問題が絡んでいるかもしれないと閃《ひらめ》き、無法律の存在を思い出しました」

「どうして法律問題を疑ったの？」

「事故物件に法律トラブルは付き物だと聞きました」

「定義からして曖昧《あいまい》だからね」

戸賀の要望に従えば、考える範囲は一気に狭まる。彼女のパーソナルな問題を取り除くと、残るのは、首吊り自殺、消えた乳児、事故物件、現在の嫌がらせに限られる。

「愛子ハイツ以外で嫌がらせを受けたことは？」

「ありません」

「賃貸借契約の期間は？」

「一年更新です。卒業までは住み続けるつもりだと、斎藤さんには伝えています」

「影井未衣が自殺したのは三年前で、次の入居者が戸賀さんだった」

「そのとおりです」

「事故物件と聞いて、思いついた嫌がらせの動機が一つある」

人差し指を立てると、なぜか戸賀は再び鞄からたこ焼きを取り出した。

「食べてもいいですか？」

「……ご自由に」どうにもやりにくい。「管理人が、君を愛子ハイツから追い出そうとしているんじゃないかな」

「ほう。斎藤さんが犯人だと。ずばり、その心は？」

「事故物件の呪縛から解放されるために」

「なるほど。わかりません」

たこ焼きを頬張る戸賀を横目に、事故物件の規制を頭の中に思い浮かべる。

「戸賀さんが言ったとおり、前の入居者が室内で自殺した物件は、事故物件とみなされて、宅地建物取引業法によって事情の告知が義務づけられる。いわくつきの物件に、好き好んで住みたがる人は少ない。だから、ネガティブな要素を打ち消すために、賃料が相場より低く設定されることになる」

「ふむふむ」

「賃料は、管理人や所有者の収入に直結する。事故物件であることは伏せて、適正な賃料で貸したいというのが商売人の本音だと思う。でも、貸したあとにバレると責任を追及されるから、しぶしぶ事情を告知しているんじゃないかな」

「ほうほう」

「ここで問題になるのが、いつまで事故物件の告知義務を負うのかだ。日本の自殺者は年間二万人以上。そのうちの何割が自宅で死を遂げるのかまでは知らないけど、それなりの数がいると思う。自殺者が出た部屋を永遠に事故物件として扱うとすると、積もり積もった死者によって貸主の負担が大きくなりすぎる。そこで、多くの訴訟が提起される中で、告知義務の期間に関するルールが形成された」

「幽霊渋滞現象ですね」

雑な相槌《あいづち》を打つ戸賀を放置して、本棚から不動産の賃貸借に関する判例集を引っ張り出す。おおよその期間は覚えているが、一応確認しておいた。

「初期の裁判例で、自殺後の最初の入居者に対しては、告知義務があると判断された。その後に、最初の入居者が短期間で退去したといった事情がない限り、次の入居者に対する告知義務はないという判断基準が示された」

「ええっと、つまり？」

重要なのは、今回のケースでどう判断されるかだ。

「影井さんが自殺してから三年、戸賀さんが住み始めてから二年半。裁判例の基準に照らすと、次の入居希望者に対しては告知義務を負わず、元の賃料で貸すことができる」

「ああ。それが呪縛《じゅばく》ってことか」

戸賀の理解が追いついたことを確認して、判例集を本棚に戻した。

「嫌がらせの動機になり得ると思う」

「でも、事前の交渉もせずに、いきなり実力行使に出ますかね」

「住む場所っていうのは、生活の根幹に関わるものだから、簡単に追い出されないように、借主側が手厚く保護されている。一年更新の契約だと言ってたけど、借主が更新を希望した場合、家賃の滞納とか、ボヤ騒ぎみたいな問題を起こしていない限り、貸主が拒否することはまずできない。もちろん、一方的に賃料を上げることも認められない」

賃貸借契約を穏当に終了させるには、借主が自らの意思で出ていくのがベストだ。

「特売セール価格は、私だけに適用される……」

「裏を返すと、君さえ追い出せれば、事故物件の呪縛から解放される」

いつの間にか、たこ焼きが入っていた容器は空になっていた。

「赤ん坊の泣き声や赤い手形で怖がらせて、このままじゃ呪い殺される、逃げなくちゃ、と決断させる。私が退去したら、何食わぬ顔で次の入居者を探す。筋は通っていますね」

「怖がった戸賀さんが首を吊ったら、新たな事故物件が誕生するわけだけど」

「縁起でもない」

戸賀が特定した嫌がらせは、同じ建物で生活している住人なら、工夫次第で仕掛けられるものばかりだろう。泣き声が他の住人に聞こえなかった理由は不明だが。

「でも、古城さんの推理は間違っていると思います」

「優しい管理人だから？」

「そんなアホみたいな理由じゃありません」

「じゃあ、どうして？」

返答はなく、代わりに戸賀は立ち上がった。

「――詳しい検討は、事故物件にて」

4

十五分後。僕と戸賀は、愛子ハイツの101号室で座布団に座っていた。

大学から徒歩五分という謳《うた》い文句に偽りはなく、目的の建物に着くと、戸賀は詳しい説明もせずに、管理人が住む101号室のチャイムを鳴らした。

「遊びに来ました」

「ああ、戸賀ちゃんか。いらっしゃい」

扉を開いた男性は、僕を見て怪訝《けげん》な表情を浮かべたが、追い返されることも目的を問われることもなく中に通された。

「あのおじいちゃんが、管理人の斎藤正《ただし》さんです」

「そんな高齢には見えなかったけど」

「いや、確か還暦を迎えているはずです」

父親くらいの年齢だと思っていたので驚いた。悠々自適な管理人生活を送っているため、実年齢よりも若く見えるのだろうか。

僕たちを部屋に入れた後、管理人は廊下に出てしばらく戻ってこなかった。

「どこに行ったのかな」

我が家のように膝《ひざ》を崩してくつろいでいる戸賀に訊く。前置きもなく管理人の部屋に突撃した理由も問い質《ただ》したいところだが、まずは現状を把握したい。

「お茶を淹《い》れているんだと思います」

「廊下で？」

「共用の台所があるんですよ。そこに斎藤さん自慢の来客セットがしまってあって、私たちも自由に使っていいことになっています」

五分ほど経ってから、お盆に湯呑《ゆのみ》と茶菓子を載せた管理人が戻ってきた。わらび餅《もち》だろうか。礼を述べて、自己紹介をしなくてはと姿勢を正す。

しかし、戸賀に先手を取られる。

「目つきが悪い彼は、霞山大法学部四年の古城さんです。愛子ハイツを震えあがらせている幽霊の正体を見抜いたらしいので、連れてきました。幽霊の正体見たり枯れ尾花と」

「本当かい？」管理人が湯呑を持ったまま、僕を見つめる。

「いや……」

言葉を選んでいると、戸賀が「斎藤さんが、私を愛子ハイツから追い出そうとしてるっていうんですよ」さらに余計な発言を重ねた。

「私が、戸賀ちゃんを？」

「詳しい話は、名探偵の口からどうぞ」

湯呑から湯気が立ち上り、しばしの沈黙が流れる。戸賀はしてやったりと舌を出しているのかもしれないが、管理人を怒らせて困るのは賃借人だ。

「事故物件と聞いて思いついたのですが――」

言葉の選択に気を配りながら、ゆっくり説明していった。

告知義務の期間は管理人も知っていたようで、ときおり頷きながら、戸賀はわらび餅を口に入れながら、僕だけが喋《しゃべ》り続けた。

「なるほど。法学部生だけあって、面白いことを考える。追い出せないから、自分から出ていくように仕向ける……。参考にさせてもらおうかな」

声を荒らげることもなく、むしろにこやかに、管理人は感想を述べた。

「斎藤さん。私を追い出しちゃうんですか？」

「いいや。私は、戸賀ちゃんにずっと住んでいてほしいと思ってるよ。明るくていい子だし、自分の力だけで大学に通ってるなんて、今どき珍しいから」

茶番だと思ってしまう僕は、性格が捻《ね》じ曲がっているのだろう。

「でも古城さんは、理由を示さないと納得してくれない、論理至上主義の人間なんです」

「うーん。それは困ったね」

戸賀は僕に対して恨みでもあるのだろうか。慕っている管理人を犯人と疑ったから？　だが、悪意の正体を見極めろと頼んできたのは彼女だ。

「そういえば、斎藤さん。愛子ハイツって、空き部屋はあるんでしたっけ？」

天井を見上げてから、管理人は答えた。

「104号室と204号室が、空室だよ。101号室が私、102号室が戸賀ちゃん、103号室が雛野《ひなの》ちゃん、201号室が谷《たに》くん、202号室が丹治《たんじ》くん、203号室が有坂《ありさか》くん。老いぼれ一人と、若人五人が、愛子ハイツの住人」

一階と二階に四部屋ずつ。101号室は門に近い場所にあり、管理人を除いた女性陣が一階、男性陣が二階という部屋割りらしい。

「空室は、入居者を募集していないんですか？」

戸賀が質問を重ねる。何を考えているのかはわかった。わざわざ管理人の口から確認するまでもなく、ゼミ室で説明を受けていれば意見を取り下げたのに。

「それなりに古い建物だから、なかなか借り手が見つからなくてね。三年前の事件が起きてからは、問い合わせもほとんど来ない。空室も家賃を下げて募集をかけようかと思っているくらいだよ」

「じゃあ……、今の時点で入居希望者がいたら空室があるし、逆に私が出ていっても、次の入居者が来る見込みは低いってことですね」

戸賀が要約すると、管理人は顔を上下に動かした。

「そうそう。戸賀ちゃんが出ていくと、むしろ私は困るわけだよ。法学部探偵さん、これで見逃してもらえないかな？」

「今のお話を聞く限り、あなたが嫌がらせの犯人である可能性は低いと思います」

これで満足かと戸賀に視線を向ける。

「斎藤さんの疑いが晴れたことを、奥さんに報告してきます」

「ああ、ありがとう」

部屋の片隅に置かれた仏壇に戸賀が近づいていく。ちゃぶ台や箪笥《たんす》といった質素な家具が並ぶ中で、観音開きの立派な仏壇は存在感を放っていた。

「五年前に癌で早死にした女房でね……。子宝にも恵まれなかったから、一人寂しく余生を送っている。ここに住んでいる子たちと話すのが、唯一の楽しみなんだ」

孫娘《めまなざ》を愛でるような眼差しを向けながら、管理人は微笑む。お線香をあげさせてください、と申し出るべきかと思ったが、ここで立ち上がれないのが僕という人間である。

せっかく来たのだから、情報収集は済ませておこう。

「影井未衣さんの自殺について、お訊きしてもいいですか？」

「うん。構わないよ。私が第一発見者だったしね」

「そうなんですか」

説明不足だと、仏壇の前で両手を合わせている戸賀を睨《にら》む。

「影井ちゃんと連絡が取れないと、丹治くんに言われたんだったかな。外から見たら部屋の電気がついていて、チャイムを押しても反応がないから、合鍵を使って開けたんだ」

「鍵がかかっていたんですね」

「うん。この部屋に合鍵を取りに戻ったのを覚えている」

そう言ってから、管理人は目を細める。

「丹治さんというのは……、今も二階に住んでいる人ですよね」

「雛野ちゃん、谷くん、有坂くん、みんな四年前から住んでくれているんだよ。影井ちゃんも含めて、五人は同じ高校の出身で、全員で入居できる物件を探していたらしい。五部屋も空いている物件は珍しいから、不人気だったおかげで彼らと出会えた」

戻ってきた戸賀が、「影井さんだけが文系で、他の四人は理系らしいです。四人は霞山大の修士に進んだから、今も愛子ハイツに住んでいます」と補足した。

いくら仲が良くても、同じところに住むという発想には至らないのではないか。それに、男子三人、女子二人の組み合わせは、関係がこじれたときに面倒くさそうだ。

「恋人関係にあった住人はいましたか?」

「こんな老いぼれに恋愛相談をする物好きはいないけど、雛野ちゃんと有坂くんは高校生の頃から付き合っていると聞いたよ」

「影井さんは？」

「少なくとも、私は知らない」

「妊娠していたのは、事実なんですよね」

戸賀の方をちらりと見てから、管理人は答えた。

「いつの間にかお腹が膨らんでいた。父親が誰なのかは、最後まで教えてもらえなかった。彼女も苦学生だったから、心配していたんだ。大学にも行かずに部屋に籠《こ》もるようになって、追い詰められていることに気づいてあげられなかった」

やはり、中絶の費用を捻出《ねんしゅつ》できず、産むしかないと判断したのだろうか。

「自殺だったのは、間違いないのでしょうか」

「警察は、そう言っていた。ロープで首を吊っていたから、その痕《あと》でわかったのではないかな。子供のことは、戸賀ちゃんから聞いているかい？」

「出産したはずなのに、見つかっていないと」

「うん。遺体を見つけたとき、部屋の床に血痕があったんだ。首吊りで出血はしないだろうから、あれは出産したときの血だと思う」

自室で出産し、その直後に首を吊ったということか……。

影井未衣の自殺については、これくらいの確認に留《とど》めておこう。

「二ヵ月ほど前から、戸賀さんは、赤ん坊の泣き声が深夜に聞こえるようになったそうです。その他に、何か変わったことは愛子ハイツで起きていませんか？」

赤い手形の件は伝えていないと戸賀は言っていた。

「私の入れ歯がなくなったくらいかな」

「は？」

「そう、歯」

口の中を見せられ、右下の奥歯あたりが数本ないことに気づいた。他の歯は、きちんと揃っている。管理人が言うには、部分入れ歯を使っていたらしい。

「不摂生のせいか、歯周病が悪化して歯もぼろぼろでね。早くも入れ歯生活だよ」

「それがなくなったんですか？」

「二週間くらい前に、歯磨きをして入れ歯を洗浄しようとしたら、見当たらなかったんだ。今回の件とは、何も関係ないと思うけど」

戸賀に対する嫌がらせと、管理人の入れ歯の紛失が繋がっているとは思えない。

だが、戸賀は興味を示したようで、細かく確認していった。

「斎藤さん、廊下の台所で歯磨きをしていますよね」

「よく見ているね」

「私も老後に備えて、歯磨きと入れ歯洗浄の順序を知りたいです」

「ええっと――」

管理人の解説を整理すると、共用の台所に立ち、入れ歯を外してシンクの横に置き、歯を磨いてから口をゆすぎ、入れ歯をケースに入れて洗浄する、という手順らしい。

「歯磨きをしながら廊下を歩いたりしてません？」

「じっとしていられないんだ。そのときも、歩き回ってから台所に戻って口をゆすいだ。それでシンクのあたりを見たら、どこにも入れ歯が見当たらなかったというわけさ」

「へえ……。不思議ですね」

「三本分しかない小さな入れ歯だから、転がって隙間に入ったのかもしれない」

「わかりました」

気が済んだようで、戸賀は僕の方を見た。

「この年になると、どんどん身体の調子が悪くなっていってね。歯も目も耳も、補助道具を使わないと生きていけない」

老眼鏡を指さしたあと、首を捻《ひね》って耳の穴を向けられた。口の中もそうだが、見慣れない他人の身体の内側を見せられている。

「補聴器ですか」実物を見たのは初めてだ。

「若いというのはそれだけで財産だ。大切にするんだよ」

「斎藤さんは、本物の財産をたくさん持ってるじゃないですか」と再び戸賀が口を開く。

「奥さんとの思い出が詰まった愛子ハイツに住み続けているけど、他にも不動産を持っていると聞きました」

「お金にならなそうな物件ばかり買い漁《あさ》っているから、趣味みたいなものだよ」

「若さを分け与えるので、現金を恵んでほしい今日この頃です」

「説教臭いことを言ってしまったね」

戸賀は自然に、管理人は気まずそうに笑った。

5

管理人の部屋を出た後、戸賀は自室を通り過ぎ、103号室の前で止まった。

「全員の部屋を回って話を聞くつもり？」と背後から尋ねる。

「そんな非効率なことはしませんよ。事前に連絡して、雛野さんの部屋に集まってもらっています。事情聴取は、ぱぱっと済ませないと退屈しちゃいますから」

「その連絡は、いつしたわけ？」

「昨日ですけど」

僕が終焉祭に参加してゼミ室に戻らなかったり、依頼を断っていたら、どうするつもりだったのか。追及しても納得のいく返答は期待できないので、言葉を飲み込む。

事情聴取という口ぶりからして、戸賀も嫌がらせの犯人は愛子ハイツの住人と考えているようだ。それ以上の絞り込みが難しいなら、動機から探っていくのが定石だろう。

「さっきみたいに、僕を探偵と紹介するのはやめてくれ」

「ちゃんと名探偵って言いましたよ」

「そういう問題じゃない」

右手をひらひらと振って、戸賀はチャイムを鳴らす。まだ打合せが済んでいないと言いたくなるが、鍵が開いたので流れに身を任せるしかない。

「やっほー、夏倫ちゃん」

「こんにちは！」

ドアを開けたのは、長身の女性。ジーンズにパーカーというラフな恰好《かっこう》で、独特な香りをまとっている。お香でも焚《た》いているのだろうか。

「おやや、そちらの男性は？」

「古城行成さん。法学部の四年生で……、私のパートナーです。古城さん、こちらの素敵な女性は雛野怜奈《れな》さんです」

「パートナー！」

大げさに反応した雛野怜奈に、「深い関係ではありません」と告げる。

「それはそれで……、まあ、いいや。あと二人いるから、中でチルしていって」

「チルチルー」

戸賀のテンションに合わせられない。チルは、チルアウトに由来した俗語で、くつろぐという意味。それくらいは知っているが、実際に口にしている人を見たのは初めてだ。

「お邪魔しまーす」

間取りは１０１号室と同じで、それほど広くない空間に二人の男性が座っていた。

「谷隆之《たかゆき》さんと、丹治信人《のぶと》さんです」

茶髪のマッシュルームヘアが谷隆之、鳥の巣のような強めのパーマが丹治信人。二人とも髪型が独特なので、ビジュアルで覚えやすい。

この場に唯一いない住人が、雛野の恋人の有坂ということになる。

「相変わらず、モクモクしてますね」

戸賀が指摘したように、大量の煙が空中を漂っている。

紙巻き煙草や、電子タバコではない。アルコールランプを大きくしたようなボトルの先端に、金属製の部品やホースが取りつけられた器具が、彼らの前に置かれている。

「すっかりハマっちゃったよ」オレンジ色のホースを持った谷が笑う。

「古城さん、シーシャって知ってます?」

戸賀が、煙を発生させている器具を指さす。どこかで見たことがあるなと記憶をたどって、終焉祭の光景を思い出す。ランプの魔人が出てきそうだと思ったあれだ。

「シーシャ……。水タバコか」

「さすが、博識ですね。雛野さんがシーシャ研究会のお古をもらってきて、みんなで試してみたら、意外と好評だったらしいです」

濃い大量の煙、巨大な器具、妖《あや》しげな香り。

「夏倫ちゃんは苦手なんだよね」

雛野が、僕たちの前にクッションを置く。

「何か、むせちゃって」

「君も吸ってみる?」丹治がホースを僕の方に向けた。

「いや、ニコチン苦手なので」

「俺たちも嫌煙家だよ。ニコチンフリーのフレーバーを使っているんだ。フレーバーを炭で熱して香り付けして、水で冷やした煙をホースから吸い込む。喫煙者の有坂は、こんなの煙草じゃないってバカにしてるけど、意外と癖になる」

丹治がホースを咥《くわ》えると、ボトル内の水に気泡ができて上部に水蒸気が溜《た》まった。どういう仕組みなのか、何となく理解できた。

雛野が谷からホースを受け取り、先端に何かを取りつけた。

「二時間くらい楽しめるから、チルのお供にうってつけなんだよね。マウスピースを使えば、清潔にシェアもできる。紙製のマウスピースだし、環境への配慮もばっちり」

谷は、マウスピースをゴミ箱に投げ入れた。使い捨てなのだろう。

大量の煙を吐き出しているので、環境問題はともかく、壁紙には臭いが染み付きそうだ。管理人の許可は取っているのだろうか。

「本当に吸わなくていいの?」雛野に念押しされる。

「今日は遠慮しておきます」

少しだけ興味が湧いたが、シーシャを楽しみながらの事情聴取は見た目がよろしくない。彼らの中に嫌がらせの犯人がいるかもしれないと、僕たちは疑っているのだ。

「戸賀さんの部屋で起きている問題を解決するために、何点か聴かせてください」

「俺たちの中に、犯人がいると思ってる？」

携帯を弄《いじ》りながら、谷が言った。

「可能性は否定できないかと」

「まあ、そうだよな。心霊現象なんてあり得ないし。怒ったりしないからさ、好きに聴いてくれていいよ」

「皆さんは、一年生の頃からここに住んでいるんですよね。影井未衣さんを除いて、住人の入れ替わりはありましたか？」

「出ていった奴はいなくて、途中で入ってきたのは戸賀ちゃんだけ」

雛野と丹治は、シーシャをくゆらせている。やり取りは谷に任せているようだ。

「影井さんが身ごもっていた子供の父親に、心当たりは？」

「それは本当にわからない。何回も訊いたけど、頑《かたく》なに教えてくれなかった。もし、お金がなくて手術を受けられないなら、俺たちが何とかするとも言ったんだよ。そうしたら未衣が怒ってさ。それ以来、部屋からもほとんど出てこなかった」

「出産を望んでいたということですか？」

谷は頷き、「お腹をさすりながら、この子が最後の希望だから、邪魔しないで――、って睨まれたんだ。鬼気迫るっていうのかな。正直、少し怖かった」と言った。

「最後の希望……」

金銭的な問題で中絶を諦《あきら》めたわけではなく、むしろ出産を切望していた。

それほど相手の男性を強く想っていたのだろうか。

「影井さんと一番仲が良かったのは？」

「それは私だと思う」雛野が、手を挙げる代わりに煙を吐き出す。「でも、谷くんの答えに補足することはないかな。同性だから、逆に相談しにくかったのかも」

「遺体の第一発見者は、管理人だったんですか？」

その質問には丹治が答えた。

「直前にコンビニで未衣を見かけたとき、体調が悪そうに見えたんだ。もう一度話がしたくて部屋に行ったんだけど、反応がなくてさ。電気はついていたから、中で倒れてるんじゃないかと思った。それで斎藤さんに相談しに行ったら誰かと電話をしていて、あとで様子を見とくって言われた。谷たちと俺の部屋で待っていたら、斎藤さんの悲鳴が聞こえた」

管理人から聞いた話とも整合する。消失した乳児についても何点か尋ねたが、有益な答えは引き出せなかった。

「戸賀さんが悩まされている、赤ん坊の泣き声についてはどうですか？」

「それが……、聞こえないんだよね」

三人揃って同じ答えを返した。

質問が尽きたタイミングで、戸賀が口を開いた。

「斎藤さんから聞いたんですけど、影井さんも苦学生だったんですか？」

雛野は、谷と丹治の顔をちらりと見てから答えた。

「私たちの実家は、温泉街にあるの。未衣の家は『月影亭《げつえいてい》』っていう旅館を経営していて、曾祖父《そうそふ》の代から続く有名な老舗《しにせ》旅館だった。でも、未衣のお父さんが継いでから、不景気で客足が遠のいたみたいで……、私たちが高二のときに潰《つぶ》れちゃった」

「倒産したということですか？」一応、僕から訊いた。

「うん。未衣たちは敷地から追い出されて、仕事も住む場所も失った。思い出ごと奪われた気がするって、初めてあの子が泣いてるのを見た」

「経済学部に進学して旅館の経営を立て直す。高一の頃から言ってたもんな」

谷が補足すると、雛野は天井に向かって煙を吐いた。

「月影亭が競売にかけられたって未衣から聞いたときは、ショックだったな。何度も遊びに行ったし、泊まらせてもらったこともあるから」

「よく進学できましたね」戸賀が呟《つぶや》く。

「未衣、優秀だったんだよ。学費の減免とか奨学金で、諦めなくて済んだ。それでも余裕はなかったから、生活を切り詰める必要があった。安いアパートだとセキュリティが心配で、それなら五人で一緒に住もうとなったというわけ」

「なるほど。よくわかりました」

「お金に苦しめられたんだし、安易に出産を決断したとは思えない」

影井未衣に対して抱いていた印象が、雛野たちから話を聞いたことで大きく変わった。それでも、出産を切望して自殺に至った本心は浮かび上がらない。

「雛野さん。あの漆黒のローブは……」

戸賀の視線を追ってから、「ああ、黒魔術研究会の友達からもらったの。呪いが込められてるから引き取ってくれないかって」と雛野は微笑む。

シーシャと同じく、終焉祭で見かけたのと似たローブが、ハンガーにかけられていた。

「へえ。黒魔術も身に付けたんですか？」

「ううん。谷くんたちを呪ってみようとしたんだけど、協力してくれなくて」

「何もメリットがないからな」谷が苦笑する。

「ぜひ、私にも呪い方を教えてください」

「いいでしょう。まず、標的の爪や毛髪を手に入れてね——」

黒魔術師のローブもシーシャの器具も、安いものではないだろう。気前がいい友人がいたのか、本当に呪いが込められているのか……。

呪い方を教わって満足したらしく、戸賀は礼を述べて立ち上がった。

「夏倫ちゃん。明日《あした》の停電のお知らせは見た？」

雛野が、思い出したように戸賀に訊いた。

「ああ。昼間なんですよね。夜まで、外で遊んでると思います」

「私は研究室かなあ。ではでは、有意義なチルを」

「チルチルー」

１０３号室を出たあと、戸賀は自室の前で立ち止まり、ドアノブのあたりを指さした。

「スマートロックにしたんですよ。すごくないですか」

本来なら鍵穴がある場所が、アルミのような部品で覆われていた。戸賀が携帯を近づけると機械音が鳴って開錠し、扉を開閉すると自動的に施錠された。

「へえ。セキュリティ対策？」

「元の鍵が貧弱だって、斎藤さんに忠告されたんです。いろいろ調べてみたら、これが激安で売られていて。機能は申し分ないんですけど、給電し続ける必要があるんですよね。電池式でも充電式でもなく、まさかの給電タイプ。まあ、背に腹は替えられません」

「ブレーカーが落ちると、どうなるわけ？」

「鍵が開かなくなります」

災害時に家に入れなくなることを考えると、欠陥品と言わざるを得ない。

「明日の昼に停電するって言ってなかった？」

「そうなんですよ。不具合が起きるかもしれないので、元の鍵に戻してから出かけます」

そんな雑談をしてから、いったん道路に出て愛子ハイツを眺めた。

二階建ての木造建築。アパート、コーポ、ハイツ……。さまざまな名称があるが、明確な定義は存在しない。響きや見た目から、感覚的に決めているのではないか。

「たいしたものじゃないですよ。自転車を置くスペースです」

「地下もあるんだ」

「スピーカーくらいは設置できるんじゃない？」

意図は伝わったらしく、戸賀は早歩きでスロープを下りていった。

駐輪場兼物置のような雑然としたスペースで、空気が循環する音が聞こえてくる。

「多分、このあたりが私の部屋の下ですね」

戸賀が見上げている場所に、換気扇のカバーらしきものがあった。入口の近くの壁に設置されたスイッチを切り替えると、空気が循環する音が止まった。カバーに手を差し入れて、ある程度の大きさのものなら中に入ることを確認する。

「ここから、赤ん坊の泣き声の音源を流しているのかもしれない」

「証拠は……、残っていませんよね」

「今は何も入っていないし、ほこりとかに痕跡も見当たらない」

ここが音源だと断言することはできない。換気扇のスイッチを戻すと、壁際に灰皿スタンドが置かれていた。同じ銘柄の吸殻が何本も入っている。

「有坂潤《じゅん》さんが、ここでよく煙草を吸っています」

「シーシャ嫌いの人か」

「どうします？　あと話を聞くとしたら、有坂さんですけど」

少し考えて、僕は戸賀に提案する。

「調べたいことがあるから、ゼミ室に戻ろう。多分、犯人は消えた乳児の父親だ」

6

無法律のゼミ室。数時間前と同じ配置で、僕たちは座っている。印刷したインターネットの記事に目を通してから、確信を得て戸賀に説明する。

「愛子ハイツでの嫌がらせは、住人なら容易に行えるものばかりだった。自転車のパンクや郵便受けの手紙は説明するまでもないし、窓の手形も、一階にあるベランダだから近づくのは難しくない。赤ん坊の泣き声は、音源になり得る場所を地下で見つけた」

「異論なしです」

「戸賀さんを愛子ハイツから追い出そうとしているなら、動機から犯人を絞り込めるんじゃないかと考えた。犯人は、102号室を空室にして、何を成し遂げようとしているのか」

言葉に変換しながら、考えを整理していく。

「管理人犯人説は、脆《もろ》くも崩れ去ってしまいましたが」

「消えた乳児が今も102号室にいるとしたら、どうだろう？」

「それは……、かなりホラーですね」

発見されると困るものが隠されているから、住人を追い出す必要があった。それは何か？　102号室では、三年前にも不可解な事件が起きている。

「乳児がどこに消えたのかを、ずっと考えていた」

「未衣さんが、どこかに埋めちゃったのかもしれません」

「遺体発見時に部屋の床に血痕を見つけたと、管理人は言っていた。それが出産時の出血なら、室内で産んで、その直後に首を吊った可能性が高い。そもそも、出産で極度に疲弊した状態で、誰にも目撃されずに埋めることができるかな」

戸賀は少し考えてから、「難しいミッションでしょうね」と素直に認めた。

「乳児を残して首を吊ったんだと思う」

「どうして？」

「彼女は出産を望んでいた。何らかの事情があって、病院ではなく自室で分娩《ぶんべん》した。出産費用が支払えなかったのかもしれない。でも、結果は死産だった」

「……死産？」

「望んでいた命を失い、絶望した未衣さんは、自殺を決断した」

「それだと、赤ちゃんの遺体が一緒に見つかるはずです」

悪意が介在して、母子の最期が歪《ゆが》められてしまった。

「管理人が未衣さんの遺体を発見する前に、102号室に入った人物がいたんだ。その人物は、合鍵を持っていて、乳児の遺体を持ち去った」

「誰が、何のために？」

理解できないと主張するように、戸賀は首を左右に振る。

「乳児の父親しかいない。友人にも父親の名前を明かさなかったことからして、訳ありの妊娠だったのは明らかだ。父親が誰か知っているのは、本人と首を吊った母親だけ。乳児の遺体さえ見つからなければ、隠し通せると判断した」

遺体、父親……。スカートを見つめながら、戸賀は呟いた。

「DNA鑑定ですか？」

「そう。父親は愛子ハイツの住人の誰かだった。事件性があると警察が判断したら、身近にいた人物のDNAくらいは採取して調べる可能性がある。自分が父親だと周囲に知られるのを避けるために、乳児の遺体を隠したんだ」

「いろいろ訊きたいことは山積みですけど……、古城さんが考える三年前の事件の真相と、今回の嫌がらせは、どう繋がるんです？」

「父親は乳児の遺体をどうしたか。手元に残していたとは思えない。おそらく、すぐに処分しただろう。誰にも見つからない場所に遺棄した。その行為には、死体遺棄罪が成立する。死産した胎児も〝死体〟に含まれるとした判例があってさ」

六法を開いて死体遺棄罪の条文を戸賀に見せる。

「何も犯罪が成立しなかったら、そっちの方がびっくりです」

「法定刑は、三年以下の懲役。『長期五年未満の懲役』に該当するから、公訴時効も三年間。今年の終焉祭が始まる少し前に、時効が成立した」

今日も、北キャンパスは喧騒に満ちている。犯人は、時効期間が満了する日を待ち望んでいただろう。人知れず祝杯をあげたかもしれない。

「犯人が誰か判明しても、裁くことは不可能になった。その理解であってます？」

「うん。乳児の父親は、死体遺棄の罪から逃れた」

戸賀は首を傾げる。「時効が成立したなら、もう怖いものなしじゃないですか。今さら、何をしようとしていると？」

「三年経過するまでは、大胆な行動に出るわけにはいかなかった」

「まあ、そうでしょうね」

「供養の意味を込めてか、呪詛《じゅそ》を怖がったのか、そのあたりは想像するしかないけど、犯人は遺体の一部を、未衣さんが亡くなった102号室に戻したんだと思う」

「いつですか？」

「警察が未衣さんの死を自殺と結論づけてから、君が入居するまでの間。捜査は終了していたから、見つかることはなかった」

戸賀は、二年半にわたって遺体との共同生活を営んでいたのではないか。

「えっと……、そうだとしても、今さら回収する必要はないのでは？」

印刷したインターネットの記事を戸賀に見せた。

「この記事には、二十年以上前に起きた死体遺棄事件の犯人が特定されたと書かれている。ゴミ袋の中から乳児の遺体が見つかったんだけど、当時の鑑定技術では母親を特定することができなかった。でも技術が進歩して、現場に残されていたへその緒から採取したDNA型によって再鑑定に成功したんだ」

へその緒、DNA鑑定、と戸賀は再び呟く。

「二十年以上前なら、記事の事件も時効が成立していますよね」

「最終的には不起訴で処理された。でも、こうやって記事になっている。母親の名前は伏せられたけど、住んでいる場所、年齢、職業が書かれているから、個人が特定されて炎上するおそれがある」

身体の前で、戸賀は両手を合わせた。

「古城さんの話をまとめると、私を追い出そうとしている犯人は、社会的な制裁を怖がり、DNA鑑定を実施させないために、102号室に隠した遺体の回収を目論《もくろ》んでいる。そういう理解でオッケーですか？」

頷きを返して、「時効が成立するまで待機していたんだよ」と補足する。

時間をかけて記事に目を通してから、戸賀は澄んだ瞳《ひとみ》で僕を見た。

「とっても参考になりました。思い切って古城さんに相談してよかったです」

「父親が誰かは、まだわかっていないけどね」

「いえ、それ以前の問題です」

「え？」

「着眼点は素晴らしいのですが、結論は的外れだと思います」

へらりと笑ってから、戸賀は言葉を継いだ。

「父親犯人説は欠陥だらけです。そもそも、父親を特定させないために乳児の遺体を持ち去ったという論理が成り立ちません。古城さんも指摘したように、１０２号室には未衣さんの血痕が残っていた。出生前診断の特集をテレビで見たことがあるんですけど、母体の血液には、胎盤から漏れ出た胎児のＤＮＡが交ざっているそうです。だから、乳児の遺体が見つからなくても、警察はＤＮＡ鑑定を実施できたことになります」

「その事実を知らずに、遺体を持ち去ったのかもしれない」

出産を経験した者でもない限り、広く知れ渡った情報とはいえないだろう。

「ＤＮＡ鑑定で父親が誰か明らかになっても、デリケートな情報ですから、警察もよほどのことがなければ第三者に漏らしたりしないでしょう。未衣さんが望んで妊娠したなら、罪を犯してまで乳児の存在を隠そうとした理由が、なおさらわかりません」

「それは——」

「百歩譲って、冷静さを失って遺体を持ち去ったとしましょうか。すぐに処分してだんまりならまだしも、遺体の一部を１０２号室に戻したっていうのは、どんな心理状態ですか？　悪霊が憑依《ひょうい》したんじゃないかと思うくらい、やってることがちぐはぐです」

曖昧にごまかした部分を指摘され、何も言い返せなかった。

「でも、古城さんのおかげで、ようやく犯人の目的がわかりました」

「…………」

「誰が犯人かは、見当がついていました。だけど、動機がわからなかったんです。やっぱり知識は大切ですね。おかげさまで、悪意の正体にたどり着けました」

7

翌日。僕と戸賀は、クローゼットの中で息を潜めていた。

愛子ハイツで嫌がらせが始まったのは、二ヵ月前。話を聞くだけでも悪質な内容であり、僕なら一ヵ月ともたずに引っ越しを決意しただろう。けれど戸賀は、強靱《きょうじん》な精神で嫌がらせに耐えた。否、耐えるどころか、犯人捜しまで始めた。

揺るがない意志の強さを感じ取った犯人は、やむを得ず作戦を変更した。

追い出せないなら、隙を見計らって侵入するしかない。そのためには鍵の問題を解決する必要があった。古い建物なのでこじ開けることも可能だったかもしれないが、戸賀はスマートロックを用いてセキュリティ対策を施していた。

そこで犯人は、計画的な停電が起きるという嘘の情報を流した。実際、指定された時刻をすぎても、家電製品は問題なく動いている。戸賀が購入したスマートロックは、給電し続けなければ動作しない。従来の鍵に戻してから出かけると、犯人は予想した。

戸賀は、そこまで読み切った上で犯人の誘いに乗った。

スマートロックの部品を取り外し、見張られている可能性を考慮して一度敷地を出て、ベランダから室内に戻った。その手引きを行ったのが僕だ。

そして、かれこれ三十分ほど、窮屈なクローゼットの中で戸賀と肩を寄せ合っていた。

突然、ガチャリと開錠する音が聞こえた。

近づいてくる足音――。扉は閉め切っているため、部屋の様子は確認できない。

身動き一つせずに耳を澄ます。

五分ほどが経って、室内を物色するような物音が止まったタイミングで、戸賀は勢いよくクローゼットから飛び出した。少し遅れて僕も外に出る。

「ひゃ！」室内にいた女性が声を上げる。

「落ち着いてください。クローゼットの住人です」

「か、夏倫ちゃん？」

「プラス、ぽんこつ探偵です」

手の平サイズの木箱を持って目を見開いているのは、雛野怜奈だった。

「どうして……」

「雛野さんと敵対するつもりはありません。話を聞いて、すっきりしたいだけです」

念のために、僕は雛野と廊下の動線上に立った。

「私が来るってわかっていたの？」

「はい。この前の事情聴取のとき、一つだけ不自然な答えがありました」

「……不自然？」

「丑三つ時の赤ん坊の泣き声を聞いたことはない。そう言いましたよね。でも、雛野さんに聞こえていないのはおかしいんです」

「おかしいって……、他の人も同じ答えだったじゃん」

そこで戸賀は、天井を指さした。

「202号室の丹治さんが、自分の部屋で赤ん坊の泣き声を流していたとしましょう。直下の部屋に届く音量なら、左右にある、谷さんと有坂さんの部屋にも聞こえているはずです。同じように、左隣の斎藤さん、右隣の雛野さんの部屋が発信源でも、私以外の誰かは泣き声を耳にしているはずです」

「それなら、私も容疑者から外れるはず」

「唯一、私と犯人にしか、泣き声が聞こえない場所を見つけました。それが、地下の換気扇の中です。音量を調整すれば、二階には聞こえず、一階にだけ響かせることができます」

「一階って」

雛野は、自室とは反対側の壁をちらりと見る。

「ええ、斎藤さんの部屋もあります。でも、斎藤さんは耳が遠くて補聴器を着けています。泣き声が聞こえるのは深夜。補聴器を外して、すやすや眠っている時間帯です」

地下で鳴り響いている泣き声は、戸賀と雛野にだけ聞こえていた。

つまり、消去法で犯人を導くことができる。

「聞こえてるって答えなくちゃいけなかったのか。しくったな。それだけで、私が犯人だってわかったの？」

「ヒントは他にもありました」

「そっか。すごいなあ」

「わからなかったのは、私を追い出そうとした理由です。雛野さんには可愛がってもらっていると思っていたので」

「夏倫ちゃんのことは大好きだよ。ごめんなさい」

「それが欲しかったんですね。相談してくれたら一緒に探したのに」

雛野が持っている木箱に、戸賀は視線を向ける。

「何が入っているかもわかってるの？」

「二分の一くらいには絞り込めています。ちなみに、この部屋の合鍵はどうやって手に入れたんですか？　居住者が変わったときに、鍵も交換したはずですよね」

「斎藤さんの部屋に遊びに行くと、共用の台所でお茶を淹れてくれるでしょ。その隙に合鍵を持ち出して複製した」

所有者と管理人の立場を兼ねているので、各部屋の合鍵を保管していたのだろう。

「なるほど。せっかくですので、最後まで謎解きを披露させてください。間違っている箇所があれば、いつでも指摘を受け入れます」

今日の戸賀は、オフショルダーのワンピースを着ている。クローゼットの中が暑苦しいと判断したからかもしれないが、季節感がまるでない。

「三年前に、乳児の遺体を持ち去ったのは、雛野さんだった。ただし、その動機は、穢《けが》れた保身ではなく、献身だったと想像しています」

手元の木箱を見つめたまま、雛野は戸賀の言葉に耳を傾けている。

「この部屋に入った雛野さんは、首を吊って息絶えている未衣さんと、傍らに横たわっている乳児の遺体を発見した。絶望的な光景を目の当たりにして、乳児を殺害したのは未衣さんだと考えたのではないでしょうか」

「うん、そのとおり」

どこか哀しそうな表情を浮かべて、雛野は続けた。

「廊下で丹治くんと斎藤さんが話してるのが聞こえて、未衣から預かっていた合鍵を使って部屋に入った。二人がいつ入ってくるかわからないから、ちゃんと観察する余裕はなかった」

「私たちは、乳児は死産だったと考えているのですが――」

「胸のあたりがね……、おかしな形に陥没していたの。小さな身体だから、首を絞めたんだと私は思った。でも、心臓マッサージを試みたんじゃないかって後で気づいた」

「ああ。そういうことですか」

分娩した後、未衣は乳児の呼吸が止まっていることに気づいた。必死に、鎖骨が折れるくらい、心臓マッサージを繰り返した。その光景が、眼前の部屋に浮かび上がる。

「私の勘違いだったんだよ」

死産だと気づいていれば、その後の展開は変わっていたはずだ。

「遺体が見つかると、未衣さんが殺人者として扱われると思った。産んだ直後の乳児を殺害する……。そういうニュースを見たことがあります。無責任だとか、自分勝手だとか、ひどい言われようでした」

「間違ったことをしていると思ったけど、気づいたら身体が動いていた。未衣は、月影亭が潰れて家族が追い詰められても、前を向いて生きようとしていた。どうして首を吊ったのかは、今もわからない。でも、死んだ後まで、責められなくてもいいじゃん」

「死者の名誉を守るために、雛野さんは乳児の遺体を持ち去ったんですね」

「遺体は、近くの山に埋めた」

保身ではなく、献身のために罪を犯す。

どれだけ考えても、僕はたどり着けなかっただろう。

「その後に斎藤さんが部屋に入って、未衣さんの遺体を見つけた。真相は伏せられたまま、捜査は打ち切られ、三年の月日が経ちました。今頃になって嫌がらせが始まった理由について、古城さんは死体遺棄罪の時効と関連づけて考えたそうです」

「夏倫ちゃんは？」

「確かに、ここが最大の謎でした。でも、昨日の調査でたくさんのヒントが得られました。その一つが、行方不明の入れ歯です」

「ほんと、すごいなあ」

二週間前に、管理人は歯磨きをした際に部分入れ歯を失くしている。戸賀は興味を示していたが、事件とは無関係だろうと僕は決めつけた。

「斎藤さんだけ、少し強引でしたね」

「シーシャを勧めるわけにはいかなくて……。壁紙が汚れるって怒られそうだしね。他は、我ながら良いアイディアだと思ったんだけど」

当然、管理人の入れ歯が欲しかったわけではない。雛野の狙いは、入れ歯に付着していた特定の成分にあった。

「谷さんと丹治さんは、シーシャ。有坂さんは、煙草。黒魔術は失敗したんですか？」

「そうそう。さすがに拒否された」

雛野は苦笑した。戸賀は、柔らかい口調で続ける。

「洗浄前の入れ歯。使用済みの紙製マウスピース。煙草の吸殻。標的の爪や毛髪。雛野さんは、愛子ハイツに住む男性のDNAを集めていた」

「お見事」

「DNA鑑定と事件を結びつけたのは、古城さんです。微妙にズレていたんですけど」

「へえ。名コンビだ」

雛野は、四人の男性陣の唾液《だえき》を、本人に気づかれずに手に入れたのだ。DNAの私的鑑定を実施するために。

「乳児の父親を特定しようとしたんですよね」

「三ヵ月くらい前に、有坂くんにプロポーズされたの」

「なんと。そういうわけですか」

「高校生の頃から付き合っているから、そろそろ意識してもおかしくない時期ではあった。でも、急に怖くなった。あの子の父親は、有坂くんだったんじゃないかって……」

「有坂さんの浮気を疑ったんですね」

「私と未衣は親友だった。隠し事はなしで、どんなことも相談しあってきた。それなのに、誰の子供を身ごもっているのかだけは、絶対に教えてくれなかった。有坂くんの子供だから負い目を感じていたんじゃないかな」

ゼミ室で戸賀が話していたように、警察は父親が誰か特定しているかもしれない。だが、その情報が雛野に教えられることはなかった。

「他の人のDNAも集めたのは、念のためですか？」

「谷くんや丹治くんとは、これからも友達でいたいから。わだかまりをなくすために、白黒つけたいと思った。斎藤さんは完全に思いつき」

「父親が有坂さんだったら……」

強い意志を感じさせる目で、雛野は答えた。

「別れるよ。どんな理由があっても、一緒になることはできない」

「箱の中身……、見せてもらえますか？」

「うん」

戸賀が木箱を受け取り、慎重に蓋《ふた》を開けた。

ガーゼに包まれて入っていたのは、へその緒でしたか」茶色がかった半透明のひも状の物体。

「胎盤ではなく、へその緒でしたか」

警察が捜査を終えた後に、雛野が１０２号室に供養したのだろう。

保身のために死体を遺棄したなら矛盾した行動だが、献身が動機ならば納得できる。

へその緒から採取したＤＮＡで鑑定が実施できるようになったと、記事に書いてあった。

父親候補と死産した乳児。ＤＮＡ鑑定に必要な検体が、これで揃った。

「どうして、この部屋に戻したんですか？」戸賀が訊いた。

「へその緒は、遺体と一緒に埋めなかった。ちゃんと弔われるはずだったのに、私が存在を消したんだ。その罪を忘れちゃいけないと思って、近くに置いておこうと決めた。未衣は実家の近くのお墓に埋葬されたけど、命を絶った場所に魂は残っているような気がしたから、二人が向こうの世界で一緒になれればいいなって……」

納得したのかはわからないが、戸賀は頷いて蓋を閉じた。

「答え合わせの結果が出たら、教えるね」

そう言った雛野に、「私の謎解きはここまでです」と戸賀は木箱を返した。

愛子ハイツで起きた不可解な事件の犯人、その動機。積み上がった謎を戸賀が切り崩し、父親の正体もやがて明らかになる。

だが――、もう一つ、謎が残っている。そして、解き方がわかってしまった。

「僕は、乳児の父親は有坂さんではないと考えています」

雛野は目を細めて、「慰めてくれなくてもいいよ」と僕を見た。

「未衣さんは、最後の希望と言ったんですよね」

「えっ?」

中絶を勧めた友人に対して、影井未衣は怒りを露《あら》わにしたという。父親となる男性を強く想っていたから、出産を切望したのだと理解していた。

「呼吸が止まった乳児に、鎖骨が折れるくらい心臓マッサージを繰り返した。乳児が息を吹き返すことはなく、未衣さんは首を吊った。なぜ、そこまでしたのでしょう」

「取り乱したから……」

「その子が、未衣さんの最後の希望だった。無事に生まれてこないと希望が絶たれるから、頑なに出産にこだわり、死産を受け入れられなかった」

戸賀が、真剣な表情で口を開いた。

「浮気にしては度を越えていると言いたいんですね」

「愛情や嫉妬《しっと》でも説明できるのかもしれない。だけど、感受性に乏しい僕は法律論で考えてしまう。未衣さんは、子供と父親を家族にしようとしたんじゃないかな」

雛野も戸賀も頷かなかったので、僕は説明を続けた。

「結婚は、双方の合意がないと成立しない。つまり、相手の男性に拒絶されたら、未衣さんが一方的に婚姻関係を結ぶことはできなかった。でも、親子は違う。血縁関係さえ明らかにすれば、父親に対して認知を強制できる」

認知を拒否しても、DNA鑑定の結果を覆すことはできない。

「責任を果たそうとしない男を父親にして、何の意味があるんですか？」

戸賀の視線が鋭くなっていた。

「法律上の親子関係が認められれば、多くの権利義務が生じる。その一つが、相続権」

「相続って……、あの死んだときの？」

「生前の財産は、相続によって引き継がれる。未衣さんの近くには、財産を多く持っていて、生存する妻や子供がいない人物がいた」

雛野が「ちょっと待って」と声を大きくする。

「さすがにそれはないよ。未衣がお金に困っていたから、お金持ちの斎藤さんを誘惑して子供を作ったって言いたいわけ？　ふざけてる。あの子を愚弄《ぐろう》しないで」

管理人は、妻を五年前に亡くし、子宝にも恵まれなかったと教えてくれた。還暦を迎えているため、人生の終わらせ方を意識する時期にも入っている。

「霞山大に進学したとき、賃料が安い部屋を探して、一緒に住むことになった。そう言っていましたね。愛子ハイツを提案したのは、誰だったんですか？」

「それは未衣だけど――」

「お金持ちなら、誰でもよかったわけではありません」

「何が言いたいの？」

「管理人だけが持っている財産があった」

ＤＮＡ鑑定の結果を待つまでもなく、登記簿を調べれば答えに行き着く。

そのためには法務局に行かなければ……、いや、違う。

「古城さん？」

戸賀の視線を感じながら、僕は携帯で必要な情報を検索して〝登記情報提供サービス〟にアクセスした。一定の手数料を支払えば、特定の不動産の登記情報を調べることができる。公的な証明文書としては使えないが、今回の答え合わせでは問題ない。

「これを見てください」

表示した登記情報の画面を二人に見せる。

「何ですか、これ」戸賀が、すぐに首を傾げた。

「不動産の登記簿。ここに書かれているのは、六年前に抵当権を有していた銀行にこの不動産が差し押さえられて、競売の開始決定が裁判所から出された記録」

「六年前って」雛野が呟く。

「そして、約一年後に競売の手続が終了している。不動産競売は、定められた期間内に入札を募って、裁判所が落札者を決める。その結果も登記簿に記載されている」

戸賀も雛野も気づいただろう。

表示されているのは、倒産した老舗旅館――月影亭の不動産登記簿だ。

『所有者　斎藤正』

――三年前。この部屋で首を吊った影井未衣は、呪詛の言葉を書き連ねた遺書を残していたのかもしれない。不運に見舞われ続けた、自身の人生を呪うしかなかった。

献身のために乳児の遺体を持ち去った雛野には、気づく余裕がなかった。保身のために探し回った斎藤正には、遺書を隠匿する機会があった。

遺体の発見状況から逆算した推測にすぎない。雛野に伝えることは躊躇《ためら》われた。

「未衣は……」

雛野の口が動いたが、その後の言葉は続かなかった。

影井未衣は、取り戻そうとしていた。

かつての居場所を、両親の誇りを、自身の思い出を。

登記簿に追加されるはずだった。

相続を登記原因として、彼女の子供の名前が。

死産が、絶望をもたらした。

顔をひきつらせた雛野が木箱を落とす。

失われた希望が、静かに堕《お》ちた。

幕間――法曹一家

古城家と法律は、切っても切れない関係にある。

裁判官の父、弁護士の母、検察官の兄。三人が一堂に会すれば、家族会議ならぬ家族裁判を開催できてしまう。僕の居場所は、今のところ傍聴席にしか用意されていない。

裁判を傍聴するように、家族はどこか遠い存在だった。

父と母は、大学生のときに研究室で出会って交際を始め、同じ年の司法試験に合格した。制度改革後の新司法試験とは異なり、当時の旧司法試験は合格するまでに何年もかかるのが当たり前の超難関試験だった。合格発表の翌日に父がプロポーズして、二年間の司法修習を経た後に、裁判官と弁護士の法曹夫婦が誕生した。

やがて生まれた四歳差の兄弟。兄は三権分立を学んだばかりの中学生の頃から、検察官になると豪語していた。法曹には三つの職種があると知り、両親が選ばなかった最後の椅子に座るのが自分の使命だと決意したらしい。

裁判官には全国転勤が付き物なので、父の単身赴任中は休日くらいしか家族が揃うことはなかった。日曜日の夕暮れ時――。家族四人で食卓を囲みながら、その週に起きた事件について意見を交わす。そんな習慣が自然とできあがっていた。

弁護士の母が犯行動機の決めつけや有罪ありきの報道に苦言を呈し、検察官気取りの兄が付け焼き刃の知識で反論して、裁判官の父が俯瞰的な視点で落としどころを探る。

仕事として事件に向き合っている両親に、高校生までの兄はまったく歯が立たなかった。母に言い負かされ、父に宥《なだ》められ、その度に悔しそうな表情を浮かべていた。

普段、兄には泣かされてばかりいたので、いい気味だと思いながら、それでも懲りずに挑み続ける姿に、若干の羨望《せんぼう》と嫉妬の念を抱いていた。

霞山大に進学した兄は、瞬く間に法律の才能を開花させていった。

大学三年で合格率一桁《ひとけた》の予備試験に一発合格、翌年に二桁の順位で司法試験も合格。その頃には、父や母とも対等に議論を交わせるくらいにまで成長していた。

一方、高校生だった僕は、やりたいことすら見つけられずにいた。

裁判官、弁護士、検察官……。父と母と兄の三人で、法律の世界は循環している。僕には選択肢が残されていない。そんな思考回路に陥っていた気がする。父の書斎にあった法律書は一通り目を通したが、週末の家族議論では傍観者に徹していた。

現在、大学の卒業を間近に控えているのに、未《いま》だ将来像は浮かび上がらない。


検察官の兄は、努力に裏づけられた自信と実力で道を切り開いてきた。

弁護士の母は、揺るぎない信念を持って社会的な弱者に寄り添ってきた。

裁判官の父は、私情を排して良心のみに従いながら真実と向き合ってきた。

何者にもなれない僕は、傍観者で在り続けるしかないのだろうか。

情報刺青

1

大学生活は、最後のモラトリアム期間である。

そんな文章を目にして、さらにモラトリアムの意味が〝猶予期間〟だと知った僕は、高校の卒業式は執行猶予を宣告するセレモニーだったのかと苦笑した。

『卒業生は、速やかに社会人になることを命じる。ただし、大学若しくは専門学校等に進学した者については、当該大学等に在籍中に限り、その刑の執行を猶予する』

一般的な学部生の在籍期間は四年。留年や休学、修士課程への進学等を有効活用すれば、猶予期間を延長できる。寛大かつ柔軟な制度だ。通常の刑罰なら、留年した時点で執行猶予が取り消されてもおかしくない。

猶予期間中は、持て余すほどの自由が与えられる。サークル、バイト、異性交遊……。すべてを満喫して、多くの時間を学業以外に費やしても、ほとんどの学生は制限期間内に卒業する。モラトリアムなのだから、気楽に楽しむくらいがおそらく正しい。

一方、大学生活に娯楽を見出《みいだ》せなかった僕は、単位の最多取得を目指すことにした。

高校までとは違い、大学では、講義を取捨選択して、自由にカリキュラムを組むことができる。周りの学生が効率的な単位の取得を目論《もくろ》む中で、僕はすべての時間帯を埋め尽くす講義の組み合わせを模索した。

その結果、三年の前期で卒業に必要な単位を取得し終えたが、それ以降も手を抜くことなく記録を伸ばしてきた。予習や復習の時間を含めると、モラトリアムどころか社会人に並ぶくらい過酷な日々を送ってきた気がする。

四年の後期を迎えても、ウイニングランの気持ちで講義室巡りを続けている。

今日は、戦国法制史、独占禁止法、地方自治法、革命法制史、プロバイダ責任制限法の講義を受け終えて、大量のレジュメと共に無法律のゼミ室に戻ってきた。

『無料法律相談所』と書いた看板も設置しているが、相談者がゼミ室を訪れることは滅多にない。所属しているのは僕一人なのに、人手不足を感じたことがないくらいだ。

僕が卒業するまでは、閑散とした状態が続く。

そう思っていたのだが……、

「あっ、お帰りなさい。古城さん」

「だからさ、勝手に入るなって言ってるだろ」

経済学部三年の戸賀夏倫が、ソファでくつろいでいた。ダーツボードと魔法陣を組み合わせて宇宙空間に放り投げたようなデザインのシャツを着ている。

「鍵《かぎ》が開いてる玄関は、ウェルカムを意味しています」

「そんな慣習は存在しない」

「不存在の証明って難しいんですよ」

戸賀と知り合ったのは一ヵ月前。突然、無法律を訪ねて来たのだ。

難解な法律相談を持ち込み、僕から知識を引き出して事件を解決に導いた。そこで契約は終了したはずなのだが、なぜか定期的に顔を見せるようになった。

「歓迎するのは法律相談だけ」

「法律に関係しているのかはわかりませんが、霞山大ゴシップを仕入れてきました。フェイスサーチは知ってますよね。今をときめくフェイサーです」

「いや、知らないけど」

大げさにのけぞってから、「想像以上の浮世離れっぷりでした」と戸賀は笑った。

「フェイス……、サーチ。顔検索？」

「まあ、ほぼ正解です。顔写真をアップロードすると、似ている芸能人をランキング形式で表示してくれる。一言で説明が終了するアプリがありまして」

「ありふれたアプリな気がするけど」

「ところがですね——」

フェイスサーチは一年ほど前にリリースされたアプリで、当初はそれほど注目されていなかったが、芸能プロダクションと提携したことで知名度が飛躍的に高まったらしい。百人のアイドルが、自撮り写真をフェイスサーチにアップロードして結果を公開する。そういった検証企画も行われたと戸賀は紹介した。

「他のアプリだと、最前線で活躍しているAちゃんの写真をアップロードしても、Bちゃんに似てるって結果を表示したりするんですよ」

「本人ですら一致しないなら、信憑性《しんぴょうせい》は皆無だろうね」

顔の角度次第で、別人に見えるということはありそうだが。

「だけどフェイサーは、百人中九十五人が的中した。残りの五人は、地下アイドルで知名度が足りていなかったと噂されています」

「へえ。それはすごい」

「次にアップロードしたのが、そっくりさんコンテストの入賞者の顔写真。その次が、本人が似てると思った素人さん。そうやって少しずつ偽物の要素を足していっても、フェイサーは納得感のある答えを返し続けました」

「出演したアイドルの精度だけ高めたとか、そういう真相だったりする?」

それほど詳しい分野ではないけれど、人工知能や機械学習を用いて開発されたアプリなのだろう。魔法のような技術をイメージしがちだが、膨大な数のデータを読み込ませなければ高精度の結果を導くことはできないらしい。

「おお、鋭い。フェイサーは、検索する対象を潔く絞り込みました。この手のアプリを好んで使うのは、中高生から新社会人までの年代らしくて」

「十代と二十代ってことか」

「だから、最初はアイドルと読者モデルしか調べられなかったんです。その代わり、精度は妥協しない。アップデートされる度に検索できる対象が広がっていって、インフルエンサーとか若手の女優が追加されました」

戸賀の話は、どこに向かっているのだろう。女子大生と、芸能人検索アプリ。トラブルの気配が色濃く漂っていて、逆に絞り込むのが難しい。

「他人の写真を勝手にアップロードして、結果をSNSで晒《さら》す。そんな嫌がらせが、大学ではやりだしたとか？」

「さすが、考えることがゲスい。でも、フェイサーで表示されるのは美女ばかりですから。そういう悪質な嫌がらせは成立しません」

「ああ、そうか」およそ芸能人にはいないような顔写真をアップロードしたら、どのような結果が出るのだろうか。該当結果なしは、さすがに悲しい。

「一カ月前までは、高評価だらけの神アプリだったんです。ですが、直近の大型アップデートで炎上しました」

少し考えたが何も思い浮かばず、戸賀が説明するのを待った。

「追加されたのは、二つのカテゴリーです。一つ目は、アイドル、読モ、インフルエンサーの男性版。あと俳優も。つまり……、古城さんみたいな若い男性も、フェイサーを楽しめるようになりました。おめでとうございます」

「それはよかった」

「メンズ向けの機能はずっと要望されていたので、来るべくしてきたって感じです。ただ、もう一つサプライズ発表がありまして。それが何と――、AV女優」

意外な単語が飛び出したので、反応が遅れてしまった。

「AV女優って、あの？」

「少年からおじいちゃんまで、みんな大好きアダルトビデオ女優です。一定の年齢を越えたお姉さまは登録されないみたいですけど」

あっけらかんと話す戸賀を見て、そういうものかと思う。性別で先入観を抱くべきではないし、同年代の女子と話し慣れていない弊害かもしれない。

「顔写真をアップロードすると、似ているAV女優が表示される機能か……」

「試してみます？」

真顔で言われると、冗談か判別するのが難しい。

「AV女優に似てるって言われるのは、女子大生的にどうなの？」

「おお、鋭い質問ですね。かわいい子もたくさんデビューしてるから、人によると思います。不快に感じるユーザーがいることも考慮して、検索結果から除外するフィルターも追加されましたし」

「へえ。それなのに炎上したわけ？」

「本質はそこじゃないんですよ。今回のアップデートが来るまでは、自分が誰に似ているのか確認したり、友達同士とか合コンで盛り上がるために使われていた。でも、AV女優が調べられるようになったことで、こそこそ調べるユーザーが出てきた」

想像してみる。携帯を握り締めているのは誰で、何を期待しているのかを。

「……なるほどね」

「大学に気になる子がいて、だけど高嶺《たかね》の花だったとしましょう。もしくは、大好きな彼女に振られて未練たらたらだったとしましょう。叶《かな》わぬ恋、やり直せない恋。それでも忘れられないとしたら？　本人の代わりに似ているＡＶ女優を探して――、ダメです。これ以上は、私の口からは言えません」

　頰を赤らめることもなく、むしろからかうように戸賀は説明を終える。

「アイドルとかモデルは調べただけで終わる。ＡＶ女優の場合は、その先があると」

「古城さんでも、共感できますか？」

「共感はできないけど、理解はできる」

「勝手に代替品を探して性的に搾取されるなんて、こっちからすれば鳥肌ものだし、端的に言えばキモいわけですよ。そういう行為を助長する機能を追加したフェイサーは、燃えに燃えて、叩《たた》かれに叩かれました」

　ハッシュタグを使ったツイッターでの抗議デモから始まり、ネットニュースや地上波でも取り上げられたらしい。男性陣は、どのようなスタンスを取ったのだろうか。気まずそうに相槌《あいづち》を打つ男性アナウンサーの顔が脳内で再生された。

「結末は？」

「運営会社は開き直って放置です。どこまでが本当かわかりませんけど、インストール数はめちゃくちゃ伸びたって聞きました」

「法に触れる機能ではないし、ユーザーのモラルの問題といえばそれまでか」

ポジティブな要素を前面に押し出してユーザーの信頼を勝ち取り、地盤を整えた後に本命の機能を追加した。そこまで計算していたのだとしたら、驚嘆に値する。

「これだけ騒ぎになったのに知らないって、現代を生きる若者として信じられません」

「気になるニュースしか見ないから。それで……、一連の炎上騒動はわかったけど、霞山大ゴシップっていうのは？」

忘れていたと主張するように、戸賀は両手を身体の前で合わせる。

「フェイサーの被害者が、うちの大学でも出たんです」

「そんなの、たくさんいるんじゃないのか」

フェイスサーチの怖いところは、顔写真さえあれば本人に気づかれずに検索できることだろう。似ているAV女優が実在すれば、一方的に消費されてしまう。

「直接的な被害者です」

「どういう意味？」

「リベンジポルノが流出しました」

返答に窮した。リベンジポルノの意味は知っている。元交際相手への復讐《ふくしゅう》を目的として、性的な画像や動画を無断で公開する。SNSの普及と共に顕在化した犯罪だ。

「フェイスサーチで……、リベンジポルノが？」

「これです」

戸賀が手に持つ携帯には、ツイッターの画面が表示されていた。

『フェイサーで調べたら、霞山大経済学部の〝エコノミスト〟小暮葉菜《こぐれはな》があられもない姿で映っている動画を見つけた』

末尾にURLが記載されている、リツイート数は530。

「動画は見たの？」

「はい。最初の数分間だけ。いかがわしいホテルで、そういう行為をしていました。気分が悪くなって、途中で止めちゃいました」

この場で動画を再生するつもりはない。小暮葉菜という女子大生の動画が公開されているのだとすれば……、どういうことなのだろう。

このツイートを投稿した人物は、小暮葉菜の写真をフェイスサーチにアップロードした。おそらく、似ているAV女優を検索するために。けれど、検索結果として表示されたのは、似ているどころか本人そのものだった。

背筋がぞくりと粟立《あわだ》つ。そんなことが起こり得るのか。

「暮葉《くれは》は、私の友達なんです。めちゃくちゃ怒っていたので、無法律を紹介しました。そろそろ来る頃だと思います」

「えっ？」

直後というわけではなかったが、やがて扉がノックされた。

戸賀が迎え入れた女子大生は、「小暮葉菜です」とよく通る声で名乗った。

2

小暮葉菜は、派手な外見の女子大生だった。目鼻立ちがくっきりしていて、化粧も濃いので座っているだけで目立つ。赤茶色の前髪を上げて編み込み、額を露出させている。専門書で溢《あふ》れたゼミ室を見回してから、戸賀に話しかけた。

「相変わらず、ぶっ飛んだシャツだね」

「動画映えしそうな服を選んだの」戸賀はシャツを引っ張った。

「画面がうるさくなる」

その隣で金髪の男がカメラを構えている。小暮葉菜とは対照的に地味な顔立ちで、金髪が似合っているとはお世辞にも言い難い。大きな吹き出物が、鼻や頬で存在感を示している。無表情でカメラを持っており、少しばかり気味が悪い。

「それ、撮ってるんですか？」

男に尋ねると、小暮葉菜が答えた。

「まだ撮っていません。私たちのことは、夏倫から説明を受けました？」

「ううん。事件のことを話していたら、暮葉たちが来ちゃった」戸賀が明るい声で話す。

「だって古城さん、フェイサーを知らないって言うんだよ」

リベンジポルノが流出したことは伝えたと、戸賀は補足した。災難でしたねと話を振るのも失礼な気がするし、同情心を示しても不愉快な思いをさせるだろう。

悩んだあげく、無言で視線を逸《そ》らしてしまった。おそらく最悪の反応だ。

「私と、隣の彼――キヨは、夏倫と同じ経済学部の三年生で、ユーチューバーとしても活動しています。他にも四年生のメンバーが二人いて、チャンネル名は、エコノミスト。囚人のジレンマみたいな経済学を使ったゲームを考えたり、クイズ動画を投稿したりしています」

経済学者を意味するエコノミスト。ストレートな名称だ。

フェイスサーチ、ツイッター、ユーチューブ。大学生ご用達《ようたし》の単語が頻出している。最後のモラトリアム期間を勉学に費やした僕とは、相性が悪い分野である。

「キヨというのは、チャンネルでの呼び名ですか？」

「そうです。私は名前の両端を外して暮葉。他の二人は――、サタケとセゴドン。登録者は五万人くらいで、霞山大ではそれなりに名が知れているはずです」

セゴドンは、西郷《さいごう》どんから来ているのだろうか。

それはさておき――、

「ここに来たのは、ツイッターの件ですか？」

「はい」暮葉の長い睫毛《まつげ》が、上下に動く。「投稿者を突き止めたいと考えています。夏倫に相談したら、このゼミのことを教えてくれて」

「助けてもらったお礼に、きちんと宣伝しているんです」

相談者が押し寄せることを望んでいるわけではない。それでも、来るもの拒まず去るもの追わずが運営方針なので、法律相談の要件を満たしていればアドバイスには応じる。

「投稿者の目星がついているのかで、提案できる方法は変わります」

今日の五限、プロバイダ責任制限法の講義を思い出す。これも巡り合わせか。

「アカウントは英数字の羅列。プロフィールは『こんにちは』の一言。フォロワーもゼロ。今回のツイートを投稿するために作ったみたいで、手掛かりすらありません」

「それなのに、五百件以上もリツイートされたんですか？」

「多分、『エコノミスト　暮葉』で定期的に検索している人がいて、そこに引っかかったんだと思います」

エコノミストの視聴者が、ツイートを見つけて拡散したということか。登録者が五万人もいるなら、熱心に情報を追っているファンがいても不思議ではない。

知名度があったせいで投稿が拡散してしまった。無名の大学生であれば、問題のツイートも投稿されなかったかもしれない。もちろん、それらの行動を正当化する余地はないが。

「元のツイートには、小暮葉菜とフルネームで書いてありましたよね」

「ユーチューブでは暮葉としか名乗っていないので、リアルで繋《つな》がっている人物が投稿した可能性も疑っています」

そこで戸賀が、「あえてフルネームで書いてるところが怖いよね。リア友だとアピールしてる感じが滲《にじ》み出てるっていうかさ」と眉根《まゆね》を寄せる。

「でも、これだけじゃ犯人は絞り込めない」

暮葉が言うとおり、ツイート自体から犯人の見当をつけることは難しいだろう。ならば、正攻法で投稿者を明らかにする必要がある。

プロバイダ責任制限法は、インターネット上の情報発信における責任追及の方法を定めた法律で、その中には発信者を突き止める手段も記載されている。

「発信者情報開示請求という手続をとるのが、一般的だと思います」

説明を続けようとすると、暮葉が隣のキヨを見てから「お願いがあります」と言った。

「やり取りを撮影させてもらえませんか？」

「備忘用ですか？　それとも、動画を公開するためですか？」

前者なら、ICレコーダーで録音すれば足りる。案の定、暮葉は動画を公開するつもりだと答えた。キヨは無言でカメラを構えている。

「投稿者を突き止めるまでを動画にしたいんです」

「エコノミストの動画で、ツイッターの件について触れるということですよね。そんなことをしたら、さらに拡散されてしまうんじゃ……」

リツイート数は約五百。チャンネルの登録者数は約五万。百倍も差がある。動画を公開することで話題になれば、それこそ投稿者の思う壺《つぼ》なのではないか。

しかし、暮葉は譲らなかった。

「動画のコメントでも書き込まれてるし、大学でも噂になっています。内容が内容だから、リツイートは躊躇《ちゅうちょ》するけど、口コミとかラインで広まっているんだとすれば、今さら隠そうとしても手遅れですよね。それなら……、徹底的に戦うしかない。こっちは被害者なのに、こそこそしないといけないなんて、おかしいじゃないですか」

感情的になって、冷静な判断ができていないようにも見える。だが、騒動の概要を聞いただけの僕が反対しても、決意は覆らないだろう。

「まあ、撮影するのは構いません」

相談者が希望したことなので、動画が公開されても守秘義務の問題は生じない。

「無法律の宣伝にもなりますしね」

隣に座る戸賀が軽口を叩いても、ゼミ室の雰囲気は和まない。

「ありがとうございます。騒動の経緯をまとめて、投稿者に宣戦布告するシーンは既に撮影しています。大学の無料法律相談所でアドバイスを求めようと思い立って、この場面に繋がるので、そんな感じでお願いします」

携帯を鏡のように使って、暮葉は前髪を整える。戸賀に比べて派手に見えるアイシャドウやリップは、映像越しの見栄えを重視した化粧なのかもしれない。

「発信者情報開示請求について説明すればいいんですよね」

「はい。動画の内容とか、誰に盗撮されたのかは、知りたければ後でお話しします」

撮影中は触れるなということだろう。それくらいの配慮は僕でもできる。

今回の相談で厄介なのは、盗撮した動画を公開したリベンジポルノの犯人と、その動画をツイッターで拡散した犯人が別に存在するという点だ。

元凶のリベンジポルノについては、特別法で罰則付きの規制が設けられている。しかし、暮葉が求めているのは動画の公開後に被害を拡大させた人物の特定であり、両者は区別して考えなければならない。

「ということで、霞山大の無料法律相談所にお邪魔しています。ここは、法学部の学生が、法律相談に無料で応じる自主ゼミなんですよね？」

暮葉が、これまでより少し高い声で僕に問いかける。いつの間にか、キョが立ち上がってカメラを向けていた。前置きもなく撮影が始まったらしい。

僕が答えずにいると、なぜか戸賀が喋《しゃべ》り始めた。

「そうなんです！　学生からは、無法律と呼ばれています。トラブルに巻き込まれたとき、私たち学生は泣き寝入りしちゃうことが多いんです。弁護士に相談するお金もないし、事を荒立てるのが見苦しいみたいな風潮もありますし。些細《ささい》なトラブルでも、気軽に相談して、素敵なキャンパスライフを送ってほしい。そういう思いで活動しています」

「なるほど、なるほど」

代表の僕がまるで思っていない活動目的を、ゼミ生でもない戸賀が勝手に語る。

訂正する間もなく、暮葉は上目遣いで僕を見つめた。

「実は、困っていることがあるのですが……。このまま相談してもいいですか？」

「もちろんです。訴えますか？　それとも――」

「訴えます」

暴走を続ける戸賀のつま先を踏んだ。小さく悲鳴を上げた戸賀は、「詳しいアドバイスは、無法律の代表、四年生の古城行成が行います。学部生にして、あらゆる法律に精通していると恐れられている人物です」と僕に右手を向ける。

カメラを構えたキヨが近づいてくる。なんだ、この茶番は。

「えっと……、不名誉な内容のツイートが投稿されたので、その投稿者を特定したいということでしたよね」

初めから相談し直すつもりだったのかもしれないが、付き合っていられない。

「そうなんです。どういった方法がありますか？」

「弁護士に依頼して、発信者情報開示請求という手続をとるべきだと思います」

「発信者情報……？」

暮葉は首を傾げる。エコノミストでは、どういったキャラクターを演じているのだろう。カメラマンに徹しているキヨもメンバーの一人ということだったが、この場で一言も発していない彼が出演することもあるのか。

「僕が今から、『特報。エコノミストに霞山大の学生はいない。詐欺ユーチューバーだ』と書いたツイートを携帯から投稿したとしましょう」

「ひどい。言いがかりです」棒読みのような口調。

「どうすれば、投稿者が僕だと判明すると思いますか？」

「う～ん。わかりません」

「実際、かなり複雑です。携帯が繋がっているネットワークを通じてデータが送信されて、ツイッターのサーバーが受信する。いろいろと省略していますが、こういった処理が瞬時に行われて、僕のアカウントからツイートが投稿されます」

「ふむ。何となくわかったような……」

携帯を操作してネットワークの設定を開き、十一桁《けた》の数字が記載された『IPアドレス』を暮葉に見せる。

「データを送受信するには、ネットワーク上の住所を割り振る必要があって、その役割を果たしているのが、このIPアドレスです。ツイートを投稿したときも、携帯が繋がっているネットワークのIPアドレスが、ツイッターのサーバーに保存されます」

「ぎりぎり、ついていけてます」

「インターネットは顔が見えないやり取りだから、発信者を特定するにはデータの痕跡《こんせき》からたどっていく必要がある。でも、IPアドレスは個人情報なので、教えてほしいと頼んでも普通は断られます。さっきのIPアドレスも、カットしてもらえますか？」

「モザイクをかけます」暮葉は微笑む。

「そこで、違法な内容の投稿によって権利を侵害されたから、発信者の情報を明らかにしろと請求するのが、発信者情報開示請求というわけです」

暮葉は大きく頷《うなず》いてから、僕に訊《き》いた。

「ツイッターの運営会社を訴えるんですか？」

「そうです。さっきのツイートだと、暮葉さんたちが霞山大の学生ではないと断言しているので、名誉毀損《きそん》を主張することになります。請求に理由があると裁判所が認めれば、発信者情報の開示が命じられます」

「でも、ひどい内容のツイートが投稿されても、運営会社は悪くありませんよね。管理責任みたいなものを問うんですか？」

首を左右に振って説明を付け足した。

「慰謝料の請求は、投稿者に対して行います。運営会社に求めるのは、投稿者にたどり着くまでの橋渡しです。さっきも話したとおり、個人情報の開示には難色を示すので、裁判所に判断してもらうわけです」

投稿者から個人情報の漏洩《ろうえい》だと責任を問われても、裁判所の命令に従ったと説明することができる。お墨付きが与えられれば、開示を渋る理由はなくなる。

「投稿者の名前や住所もわかるんですか？」

台本の存在を疑ってしまうくらい、的確な質問だった。

「アカウントを作るときに、本名や住所の入力は求められませんよね。ツイッターのようなコンテンツを提供するプロバイダから開示を受けられるのは、サーバーに保存された情報に限られます。そこでＩＰアドレスを手に入れたら、今度は通信事業者に契約情報の開示を請求する。二段階の開示請求によって、ようやく投稿者が特定できる仕組みです」

ツイートの投稿は、文章を考える時間を含めても数分で終わる。それに対して、投稿者の特定に至るには、複雑な手続をいくつも通り抜けなければならない。

「違法なツイートであれば、開示請求は認められるんですよね」

「暮葉さんの件ですと、名誉毀損、プライバシー権侵害、肖像権侵害……、そういった主張が考えられます。絶対に認められるという確約はできませんが」

「自分でも調べてみます」

簡単な手続だと誤解させるような説明をしてしまったかと思い、法律構成の難しさ、費用や期間の問題も指摘しようとした。

「発信者情報開示請求には制度上の問題もあって――」

説明を遮るように、暮葉が右手を挙げた。それを見たキヨが撮影を終える。

「ありがとうございました。撮影は、このあたりで大丈夫です」

「ネガティブな要素も伝えようとしたのですが」

「もちろん、お聞きします。でも、動画では投稿者に宣戦布告しているので、こちらの弱みを見せるわけにはいきません」

そういうものだろうか。ただ、無理に撮影させてもカットされるだけだろう。

隣の戸賀を見ると、うつらうつらとしていた。

3

暮葉とキョに対して、発信者情報開示請求の問題点を掻《か》い摘《つま》んで説明した。

発信者情報開示請求を行うには専門家の協力が不可欠で、投稿者の特定に至るまでには、百万円近い出費を覚悟する必要がある。一方、無事に投稿者を特定できても、出費に見合う慰謝料を勝ち取れる可能性は低い。さらに、投稿から時間が経つと、通信事業者のログが削除されて、IPアドレスから投稿者に遡《さかのぼ》る道が断たれてしまう。

「いばらの道なんですね」と暮葉は呟《つぶや》いた。

「手続を進めるつもりなら、弁護士に相談することを勧めます」

「撮影を許してくれる弁護士が見つかればいいんですけど」

本気で一連の手続を公開するつもりらしい。

その後、戸賀が動画についての説明を暮葉に求めた。ツイッターで拡散された今回の件ではなく、元凶となる動画が撮影された経緯を尋ねたのである。

「一年くらい前のことだけど――」

大学二年の秋頃。暮葉は付き合っていた恋人と別れた。

その恋人は、エコノミストのサタケ。チャンネルのメンバー同士で付き合い破局したが、現在は未練を断ち切り、友人として関係を修復したらしい。

失恋から立ち直るために、暮葉はマッチングアプリで恋人探しを始めた。聞き覚えがないサービスだったが、戸賀は「ああ、あれね」と納得していた。

マッチングアプリは、異性との出会いの仲介役を果たすサービスで、恋愛目的で利用する恋活アプリや、結婚目的で利用する婚活アプリなど、その目的に応じて分かれている……。と解説するサイトを、暮葉の説明に耳を傾けながら見ていた。

プロフィールと地域さえ設定すれば利用を開始できる、カジュアルな恋愛を推奨しているサービスを選んだと、暮葉は語った。メッセージのやり取りを面倒に思った暮葉は、

アプローチがあった相手と積極的に顔を合わせて、心惹《こころひ》かれるかの判断を下していった。

そして、大量の外れくじを破り捨てた後に、金色に輝く一等くじを引き当てた。

自嘲《じちょう》めいた笑みを浮かべ――、

「粗悪な金メッキだったわけ」と補足した。

ニックネームは、リョウ。爽《さわ》やかさが溢れ出ている顔写真。同い年で、読者モデルをしているというプロフィール。

会う前から相当高い場所に設置されたハードルを、リョウは見事に飛び越えた。

カフェで話して、ウィンドウショッピングを楽しみ、夕食を共にして、ホテルに向かう。数回分のデートの振り返りではなく、出会った初日のプレイバックである。

「もう少し慎重になるべきだった」と漏らした暮葉に、

「少しじゃ足りないでしょ」戸賀は正論を返した。

「見た目もタイプ。話し上手かつ聞き上手で、ユーモアのセンスもある。誘いを断ったら、二度と会えないと思ったんだよね」

「そこでホテルに行ったら、普通の恋愛関係には絶対ならない」

「当時の私を説得してきてほしい」

過去の反省会を開いても、流出した動画を消せるわけではない。気まずい沈黙が流れて、戸賀が説明を続けるよう暮葉に促した。

「あとは、やることをやられただけだよ」

連れて行かれたのは、オアシスというラブホテル。

順番にシャワーを浴びてから、ベッドでことに及んだ。次に会う日時を決めて別れたが、マッチングアプリでブロックされていることに気づき、そのまま音信不通に。

「あっけない幕切れでしょ」

「撮られてるって気づかなかったの？」

「ぜんぜん。多分、シャワーを浴びてる間にカメラを仕掛けられた」

そう語った暮葉の顔を、僕は直視できなかった。

暮葉とリョウは交際関係まで至っていないので、厳密な意味でのリベンジポルノには該当しないのかもしれない。もちろん、盗撮したポルノ動画を公開しているのだから、悪質な犯罪であることに変わりはないが。

「動画の公開日、一ヵ月前くらいだったよね」戸賀が鋭く指摘する。「どうして、今さら公開したのかな？」

「ああいう動画って、すぐに削除されるでしょ。リョウが最初に公開したのは、一年前だったんじゃないかな。それを保存した奴が転載して、しぶとく生き残った。ツイッターで拡散されたのは、その生き残り。他のサイトにも転載されているかもしれない。あの動画を完全に消し去るのが無理だってことは、私でもわかるよ」

インターネット上に公開されてしまった個人情報は、刺青《いれずみ》のように深く刻まれる。情報の刺青――〝デジタルタトゥー〟と呼ばれる問題だ。

「今回の件で拡散されるまでに、暮葉が動画を見たことは？」

「ううん。キヨがツイートを見つけて教えてくれた。ずっとネットで晒されてたんだよ。何人に見られたのかは知らないけど、マジで最悪」

アダルトビデオメーカーが作成したものと、素人が投稿したものを合わせれば、どれくらいのポルノ動画が一年間に公開されているのだろう。運悪く友人知人に発見されない限り、一カ月も経てばインターネットの深海に沈んでいくのではないか。

しかし、水没した爆弾がサルベージされてしまった。

「拡散した人も最低だけど、盗撮してネットに晒したリョウって男の方が許せない」戸賀は唇を尖《とが》らせ、「犯罪じゃないんですか、古城さん」と言って僕を睨《にら》んだ。

「性行為の盗撮は、迷惑行為防止条例違反。ネットでの公開は、わいせつ電磁的記録媒体陳列罪。リョウを見つけることができれば、警察に突き出せると思う」

盗撮目的でマッチングアプリを利用していたのなら、登録されているのはでたらめな情報だろう。リョウという名前も、おそらく本名ではない。

「電話番号も、ラインも、住所も、何も知らない。正直、そっちは諦《あきら》めてる」

溜息《ためいき》をついた暮葉に、「写真とかもないの?」と戸賀が食い下がる。

「一回しか会ってないし、そんな機会なかった」

「動画も、男の顔には雑なモザイクがかかってたもんね。卑怯者《ひきょうもの》だ」

これだけの情報では、警察が動く可能性も低い。ホテルに設置された防犯カメラの映像は既に削除されているだろう。リベンジポルノであれば、交際していたときの痕跡をかき集めて、犯人にたどり着くことも期待できたのだが。

「ユーチューブのコメントとか、ツイッターのリプライで、動画について叩かれ続けています。リョウを見つけることができないなら――」

息を吸ってから、暮葉は続けた。

「せめて、ツイートの投稿者は特定したいんです」

時間も費用もかかり、無事に発信者の特定に至っても、最終的な収支は赤字を覚悟しなければならないのが、発信者情報開示請求だ。制度の概要を学んだとき、このような割に合わない手続を利用する者がいるのだろうかと疑問に思った。

だが、暮葉の話を聞いて納得した。同時に、彼女の力になれないだろうかと自分が考えていることに気づいて、少しばかり驚いた。

エコノミストの二人がゼミ室から出ていった後も、戸賀はソファに座り直して、リョウやツイートの投稿者を罵《のの》り続けた。

「信じられない。最低最悪の豚野郎どもですよ」

「一つ、気になることがあるんだけどさ」

「何ですか？　暮葉の自業自得とか言いだしたら、ぶっ飛ばしますよ」

「そんなこと思ってないよ」

リョウの誘いに応じたのは軽率な行動だったと言えるのかもしれないが、その後に起きた出来事については、暮葉は完全な被害者だ。

「投稿者は、どうやって動画を見つけたんだろう。フェイスサーチで調べたと書いてあったけど、顔写真をアップロードすると、似ている芸能人がわかるだけじゃなく、出演している動画まで表示されるわけ？」

「そんな機能はありません。古城さんは、どういう流れを想像しています？」

投稿者の思考と行動を思い浮かべる。

「小暮葉菜に好意を抱いていた男が、フェイスサーチを使って、似ているAV女優を検索しようとした。そうしたら、本人の動画が見つかって——」

「だから、動画はヒットしません」

他の答えを思い浮かべようとしたら、戸賀が「逆なんです」と言った。

「先に動画を見つけた。そう考えると、つじつまが合います」

「動画が先……」

「フェイサーで名前を知ったわけです」

そうか。小暮葉菜を知る人物が、動画にたどり着いたのではない。動画をサルベージした人物が、誰が写っているのかを探り当てた。

「逆？」

「そういう使い方もあるのか」

「一カ月前に投稿された盗撮動画に行き着いた変態は、写ってる女の子が可愛かったから、暴走した性欲を鎮めるために、似ているAV女優を調べた。動画から静止画を切り取って、フェイサーにアップロード。表示されたのは、暮葉本人だった」

「彼女は、フェイスサーチに登録されているの？」

「年代とカテゴリーを絞っている分、網羅性は高いです。暮葉は、読者モデルの仕事もたまにしてるから、どのカテゴリーかわからないけど、登録されていると思います」

戸賀の説明によると、直近のアップデートによって、一般的な芸能人とAV女優の二種類が検索結果に表示されるようになった。暮葉の名前は、前者に表示されたのだろう。

「なるほどね」

「試した方が早いですね」

携帯を取り出した戸賀は、慣れた手つきでフェイスサーチを起動した。

レトロな虫眼鏡のアイコンをタップして、検索する画像を選択する。戸賀が選んだのは、暮葉が経済学部棟らしき建物内でポーズをとっている写真だった。読者モデルをしているというだけあって、様になっている。

自動的にトリミングされた画像をアップロードすると、すぐに結果が表示された。

芸能人の欄に、『暮葉　整合ランク：S』。

AV女優の欄に、『茜恋愛　整合ランク：B』。

「茜恋愛って知ってます？」

「知らない」

「あかね……、こあいって読むんだ」

戸賀が画像検索した『茜恋愛』は、それなりに暮葉に似ていた。これでBランクなのか。戸賀いわく、Sランクが出ることはほとんどないらしい。

「暮葉の名前をたどっていけば、エコノミストのチャンネルが見つかる。概要欄にメンバー全員が霞山大経済学部生と書いてあるので、それを見てツイートしたんでしょうね」

発信者情報開示請求に似ている、と思った。

ツイートの投稿者も、ポルノ動画に写る美女も、『匿名者』という点では共通する。前面に出た情報を追うだけでは、いずれも名前は明らかにならない。大きな違いは、顔が写っているのか否か――。発信者情報開示請求では何カ月もかかるのに対して、フェイスサーチを用いれば一瞬で特定に至ることが期待できる。

そう

「どうして、わざわざツイートしたんだと思う？」

「さあ。思いがけずマル秘情報を手に入れて、SNSで調べたら誰も気づいていなそうだった。承認欲求とか自己顕示欲とか……、そんなところじゃないですか」

「金銭的な利益はないし、メリットはなさそうだよね」

戸賀が、息を吐いて天井を見上げる。

「顔が見えないから、深く考えずに動いちゃうんですよ。私が言った特定の経緯が当たっているなら、暮葉と投稿者には接点がなかったことになる。繋がりがなければ、恨みもない。愉快犯だとしか思えません」

戸賀の分析には説得力を感じた。SNSでの誹謗《ひぼう》中傷が原因で自殺に追い込まれた事件が起きた際、摘発された投稿者は「大勢が叩いていたから便乗した」と動機を明らかにした。共感どころか理解もできず、被害者が不憫《ふびん》でならなかった。

ツイートの投稿者も、一時の愉悦感を味わうために暮葉の名誉を傷つけたのか。

「動画を見つけたのが先。そこは、僕も異論がない」

「完全に納得したわけではないと？」

「うん。どこかに引っかかってる」

「言語化してください」

「まだできない」

短時間の間に、フェイスサーチの仕組み、ツイートの内容、盗撮された経緯などの情報をまとめて与えられた。戸賀の説明だと、矛盾が生じている箇所がある気がした。のどに刺さった魚の骨のような違和感。その正体がわからない。

4

翌日、『暮葉のリベンジポルノ騒動について』というタイトルの動画が、エコノミストのチャンネルに投稿された。僕が数日後に見たときには、三十万回再生を突破し、チャンネル登録者数も激増していた。

ネットニュースでも取り上げられ、マッチングアプリの匿名性、フェイスサーチの危険性など、多くの問題が議論の俎上《そじょう》に載せられている。

暮葉に対しては、同情の声だけではなく、自業自得や売名行為と非難するコメントが押し寄せているらしい。投稿された動画を見たが、泣き言を漏らすこともなく、怒りを露《あら》わにしながら宣戦布告をしていた。

『安全地帯にいるつもりなら大間違い。絶対に見つけ出すから』

グリーンバックを背景に立っている暮葉の表情や声色が印象的で、普段のキャラクターは知らないが、かなりの迫力があった。一方で、動画の低評価の数が三千件を超えていることに気づいて驚いた。

悪意に傷つき、無言で耐え忍んでいる間は、哀れな弱者として丁重に扱われる。

だが、声を上げて立ち向かった瞬間、批判に晒される。身勝手で不愉快な考え方だ。杓子定規《しゃくしじょうぎ》の価値観が、二次被害を生み出す。

動画の後半には、発信者情報開示請求について説明する僕の姿も写っていた。自分が出演する動画を見るのは不思議な感覚だった。テロップがなかったら聞き取れないくらい早口な箇所があり、ゼミ室で一人反省会を開いた。

「これからどうすればいいのか、方向性が見えてきました。発信者情報開示請求を行うか、メンバーと相談して決めます。進展があったら報告します」

暮葉が今後の方針を明らかにして、エンディングのアニメーションが流れた。

動画の反響は、無法律には及んでいない。

抜本的な解決策を示したわけでもなければ、心を操るトーク力を披露したわけでもない。エコノミストの視聴者がゼミ室に押し寄せることはないだろう。とはいえ、暮葉の質問には過不足なく答えたはずなので、あとは事の成り行きを見守ろうと思っていた。

一週間後、戸賀がゼミ室にやって来た。

「五十万回も再生されたのに、相変わらず暇そうですね」

さらに再生回数が増えているらしい。

「法律のトラブルなんて、そう簡単に巻き込まれるものじゃない」

「私は常連さんですよ」

「自分から首を突っ込んでるか、捏造《ねつぞう》してるか」

確かに、トラブルに巻き込まれているのに、法律で解決できる可能性を見落として、実質的に権利を放棄している学生も多くいるのだろう。

アルバイト先でのいざこざ、知人友人との約束、教授からの無理難題……。モラトリアム期間といえど、法律問題の火種は至る所に潜んでいる。

事なかれ主義を美学とする国民性が、解決策を見出す洞察力を鈍らせているのかもしれない。まあ、戸賀のような学生が増えたら、無法律はパンクしかねないが。

「そういえば、自分の声って動画だと変に聞こえなかった？」

「ああ。骨伝導かなんかで、実際の声よりも普段は低く聞こえているらしいです。だから、動画の方が正しい声ですね」

なるほど。勉強になったが、早口に聞こえたのは、骨伝導では説明がつかないだろう。

「今日は、また新しい厄介ごと？」

「いえいえ。前回の続きです。暮葉に会いに行きましょう」

「なんのために？」

「乗りかかった舟だからです」

戸賀は鞄《かばん》を肩にかけたまま、ソファに座ろうともしない。

「弁護士に相談して手続を進めても、二段階の手続が必要だから、投稿者の特定には時間がかかる。ここで会いに行っても面白い話は聞けないと思う」

「昨日の動画、まだ見てないんですか？」

「また投稿されたの？」

「はい。もう一息だって暮葉が言ってました」

「そんなわけない」

この一週間で、プロバイダ責任制限法の実務書を読み直した。図書室で文献も調べたし、代表的な裁判例も確認した。勉強を始めて日が浅い分野ではあるが、発信者情報開示請求に関する先日の説明に大きな間違いはなかった。

どれほど順調に手続が進んでも、一週間で手掛かりを掴《つか》めるとは思えない。

「なおさら事情を確認しなくちゃいけませんね」

「投稿者の特定を請け負ったわけじゃないし、好きにやらせればいい」

「一本目の動画で、古城さんは特定までにかかる時間について説明していません。あの動画を見た人は、お手軽な手続だと勘違いしちゃうかもしれません」

「撮影を終えた後に、ちゃんとデメリットも説明した。聞いてただろ？」

しかし、戸賀は頷かない。

「さあ。言った言わないの水掛け論は不毛で、証拠の有無によって結論が決まる。古城さんから、そう教わりました。無法律にインチキ集団の汚名を着せないためには、代表自ら足を動かすべきだと、常連さんは思いますよ」

戸賀との言い争いに費やす時間とエネルギーの方が不毛だ。

「……わかったよ」

溜息をついて、僕は立ち上がる。

法学部棟を出た後、戸賀は迷いのない足取りで北キャンパスに向かった。

「エコノミストは、どこで活動してるの？」

「野鳥の会の部室です」

「何て言った？」

後ろ歩きをしながら、戸賀は首を傾げる。

「あれ、知りませんか？　新歓のイベントで、獲《と》りたての焼き鳥を新入生に振る舞っていると噂される、かの有名な野鳥の会を」

「知らないし、どうしてユーチューバーが野鳥の会に」

「そこで知り合った経済学部の四人で、エコノミストを結成したからです。今は企画くらいでしかバードウォッチングはしていないみたいですけど。撮影用の小部屋があって、普段はそこで活動しているそうです」

ユーチューブ活動だけでは、サークル設立の申請は受理されないのだろうか。そんなことを考えている間に、サークル棟が見えてくる。

四階建ての建物は、中央が吹き抜けになっていて、上空を仰ぎ見ると切り取られた絵画のような青空が広がっている。カラスも野鳥も横切らない。階段を上ると、中国のアパートの如く密集した部室が姿を現した。

どこからか鳴り響くトランペットの音色、煙草とビールが混ざった毒々しい匂い、通路上に放置されたブルーシートや雑誌、扉の前に立てかけられた看板——。いかにもサークル棟といった雑然とした光景を堪能《たんのう》しながら、戸賀の後ろをついていく。

「ここですね」

ひな鳥のイラストが描かれた看板の近くに、バーベキューコンロが置かれていた。本当に野鳥を調理しているのだろうか。鳥獣保護法で禁止されているはずだが。

約束を取りつけていたわけではないようで、室内にいた野鳥の会の部員に事情を説明するのに苦戦した。こういうときに、無法律の知名度の低さを痛感する。

双眼鏡、三脚、バズーカ砲のように巨大な望遠レンズ。野鳥の写真も飾られている。

入口とは反対側にある扉が開き、ゆるくパーマをかけた茶髪の優男が現れた。

「暮葉にアドバイスをしてくれた人……だよね？」

「はい。法学部の古城です。突然押しかけてしまい、申し訳ありません」

「経済学部の戸賀です。こんにちは」

「暮葉もキヨもいないんだけど、とりあえず中で話そう」

協力者という位置づけだからか、すんなり通された。

グリーンバックの背景、絡み合ったコード、マイク、オーディオインターフェイス。

ここが撮影部屋だと、一目でわかった。

部屋の隅で、膝《ひざ》の上にノートパソコンを広げている男性がいた。濃く太い眉、潔い短髪、座っていてもわかる巨体。彼はおそらく――、

「セゴドンさん、ですか?」

僕の声に反応して顔を上げ、「ああ」と渋い声で認めた。

「俺がサタケ。よろしく」

部屋に通してくれた優男が微笑む。紅一点の暮葉、無口で本心が読み取れないキョ、優男のサタケ、貫禄《かんろく》と威圧感のセゴドン。これで、全員と顔を合わせたことになる。

「暮葉と話したかったんですけど、いないんですね」

室内を見回しながら、戸賀がサタケに尋ねる。隠れられる場所はないし、その理由もないだろう。サタケとセゴドンは経済学部の四年生らしいので、戸賀の先輩にあたる。

「キョを連れてどっかに行った。今日は戻らないと思うよ」

「リベンジポルノの関係ですか?」

「多分ね。その件、俺たちは何も聞かされてないんだ。気づいたら、動画が投稿されて、めちゃくちゃ伸びててさ。ビビったよ。ああ、適当に座って」

カーペットが敷かれていたので、話しやすい場所に僕たちは腰を下ろした。

「相談もなかったんですか?」戸賀が再び尋ねる。

「まったくなし。例のツイートが投稿されたのは、かなり噂になっていたから知ってたけど、本人の前で話題に出したことはない。そうだよな?」

サタケが確認すると、セゴドンは無言で頷いた。

「投稿者が特定できそうだって、昨日の動画で暮葉が報告していました」

「本人が言ってるんだから、見つけたんじゃないか」

「古城さんいわく、そんなに早く進展があるのはおかしいそうです」

「暮葉が嘘をついていると？」

サタケが、足を組みながら僕に訊く。

「法的な手続をとったなら、一週間は早すぎます。別のヒントをたどって投稿者を見つけたのかもしれません」

いわゆる〝捨て垢《あか》〟からの投稿で、心当たりもないと暮葉は言っていた。ただ、投稿者が口を滑らせたり、不用意な行動に出ていれば、何らかの情報が暮葉の耳に入っていてもおかしくない。

「ふうん。そんな話はしてなかったけどなあ」

そこで戸賀が、「暮葉がサタケさんに相談しなかったのは、二人が付き合っていたからですか？」と相変わらずの踏み込んだ発言をした。

「視聴者は、そう理解していると思う」

「気になる言い方ですね」

「君は、暮葉の友達なんだよね。でも、霞山大経済学部の小暮葉菜と、エコノミストの暮葉は別の人格だと考えた方がいい。要するに、小暮葉菜ならこうすると予想した行動を、暮葉が選択するかはわからないってこと」

「よくわかりません」

今のサタケの発言で、一つの疑問が解消した。

リベンジポルノの動画を見つけたのが先で、フェイスサーチで名前を知ったのが後。

ゼミ室で聞いた戸賀の説明だと、小暮葉菜にたどり着くことはできない。

「ユーチューバーの暮葉は、役割を演じているにすぎない」

「キャラを作ってるってことですか？」

「そうそう。コメント欄をすべてチェックして、どんな発言が好意的に受け入れられるのか、どういう立ち位置が求められているのかを分析する。まあ、ここまでなら普通だけど、暮葉は視聴者の要望をどんどん取り入れていった」

「市場リサーチやフィードバックは、サービス業の基本です」

得意げに戸賀は答えた。ユーチューバーはサービス業に含まれるのだろうか。

「初期の動画は、暮葉目当てで再生する視聴者しかいなくて、俺たちが出るだけで低評価の嵐だった。初めて再生回数が伸びたのが、俺が暮葉に囚人のジレンマ状況のドッキリを仕掛けた動画で、隠し撮りした雑談も編集して差し込んだら、関係性を邪推するコメントで盛り上がった。それを見た暮葉は、俺と暮葉が絡む企画を急に増やした」

隠し撮りということは、暮葉はカメラを意識していなかったことになる。つまり、普段の関係性がやり取りに滲み出ていると、視聴者は理解した。

たんだ」


「需要に応《こた》えたわけですね」戸賀が相槌を打つ。

「過激な内容の方が再生数が伸びるから、わざと険悪な雰囲気を作り出してから、最終的に付き合うまでのシナリオを暮葉は準備してきた。要するに、話題作りにすぎなかったんだ」

「じゃあ、本当に付き合ってたわけじゃないんですか？」

「霞山大の視聴者も多いから、キャンパスを歩く姿を見せつけたりはしたよ」

「休日に遊びに行ったりとかは？」

「もともと二人で出かけることもあった。ただ、付き合ってるって感覚はなかったな」

戸賀は、考える素振りを見せてから口を開いた。

「サタケさんと付き合いたいと、暮葉は考えていた。だけど、素直に気持ちを伝えることはできなくて、コメントを口実に急接近した。違うって言い切れます？」

そういう考え方もできるのか、と戸賀の推測に感心した。

「想像力が豊かだね」サタケは苦笑する。「関係性が安定すると、視聴者は飽きて離れていく。引っ掻《か》き回して、別れた後も友達に戻った振りをしながら、たまに怪しい雰囲気を匂わせる。そういうシナリオだったんだと思う」

セゴドンは、無言でパソコンを操作している。

「暮葉は、サタケさんと別れたショックで、マッチングアプリに登録したと言っていました。そこで最低の男に捕まって盗撮されたと」

「確かに、マッチングアプリの動画は投稿されていない。でもそれは、暮葉の目算が外れただけかもしれないよ。何かの企画を撮ろうとしていたけど、ネタとしても使えないトラブルに巻き込まれたから諦めた」

「あの……、暮葉のこと嫌いなんですか？」

戸賀が訊くと、サタケは笑った。

「仲良しこよしの友達集団ってわけじゃない。でも、お互いに認め合ってると思う」

不満気に、戸賀は僕を見た。「古城さんは、どう思うんですか」

「さあ。僕は一度話しただけだから」

「第一印象で、だいたいわかるはずです」

人を見る目がないのに、相手が役を演じているなら見破れるはずがない。

ただ、訊きたいことが一つある。

「今回の投稿者捜しも、暮葉さんはシナリオを準備していると思いますか？」

眉を持ち上げて、サタケは微笑んだ。

5

「どういうつもりですか」

サークル棟を出た後、無法律のゼミ室に戻ろうとしたのだが、戸賀は北キャンパスの食堂の前にあるベンチを指さして、座るよう僕に命じた。

学園祭が終わり、年内の大きなイベントは残っていない。それに肌寒い季節に突入しつつあるため、キャンパスはどこか閑散としている。戸賀は、枯葉のような色合いのリーフ柄のワンピースの上に、芥子《からし》色《いろ》のカーディガンを羽織っている。

「どういうつもりって?」

「最後の質問ですよ。暮葉がシナリオを準備したとか、意味がわかりません」

「サタケさんは否定しなかったね」

「暮葉は被害者なんですよ。わかってます?」

リベンジポルノを拡散された被害者として、暮葉は無法律を訪ねて来た。

「彼のおかげで、違和感の正体に気づいた」

「暮葉の真意を決めつけていて、私はムカつきましたけど」

サタケに同調するような発言をしたので、怒りの矛先が僕にも向かっているのだろう。

「問題のツイートが投稿されるまでの流れを、もう一度話してくれる?」

少し距離をとって座った戸賀は、不機嫌そうに口を開いた。

「だから、アダルトサイト巡りをしていた変態は、見た目が好みの女の子が盗撮されている動画を見つけたんですよ。それが、暮葉のリベンジポルノだった。その子と似たAV女優を知りたくて、動画から切り出した画像をフェイサーで検索した。検索結果に表示された暮葉を見て本人だと気づき、個人情報を書いてツイッターで拡散。想像したくないんですから、何度も説明させないでください」

一週間前も、同じストーリーを戸賀から聞かされた。

「納得しかけたんだけど、どこかズレている気もしていた」

「欲情した猿の行動なんて理解できませんよ」

「動機以前に、その経緯だと小暮葉菜にたどり着かないんだ」

戸賀は、長い睫毛を上下に揺らした。

「名前はフェイサー。チャンネル名は名前で調べれば出てくる。大学とか学部はチャンネルの概要欄に書いてある。すべて揃っていますよ」

「ツイートには、暮葉ではなく、小暮葉菜と書いてあった」

「あっ……」

戸賀がフェイスサーチに顔写真をアップロードすると、『暮葉　整合ランク：S』と画面に表示されたし、フルネームは伏せて活動していると本人も認めていた。

「フェイサーだと、フルネームは表示されない」

――霞山大経済学部の小暮葉菜と、エコノミストの暮葉は別の人格だと考えた方がいい。

サタケの指摘は、肩書だけではなく、名前も異なることを示していた。

「どういうことだと思う？」

「投稿者は、暮葉のフルネームを知っていた。あれ？　でも、おかしいですよね」

「フルネームを知っているだけだと、動画にたどり着くことはできない。先に動画を見つけてフェイスサーチにアップロードしても、『暮葉』としか表示されない。つまり投稿者は、リベンジポルノの動画も、小暮葉菜という名前も、最初から把握していた」

反論の言葉を探すように、戸賀は青空を見上げた。

「じゃあ、フェイサーは何に使ったんですか」

「不要だったことになるね」

「フェイサーで調べたって、はっきり書いてありましたよ」

裏を返せば、フェイスサーチを使ったというのは、投稿者の自己申告にすぎない。

「口実作りだったんじゃないかな」

「……何の？」

「動画を公開する口実」

戸賀は、首を左右に振る。理解できません、と聞こえたような気がした。

「暮葉が捨て垢を作って、ツイートを投稿して……、犯人に宣戦布告する動画まで公開した。すべて自作自演だったと言いたいんですか」

「協力者が別にいる可能性はあるけど。小暮葉菜がシナリオを書いたと考えれば、つじつまが合うんだよ。フルネームが記載されていたことも、無法律に相談しに来たことも、たった一週間で投稿者の目星がついたことも」

自分の名前なので、深く考えずに記載してしまった。無法律を訪れたのは、法律事務所では動画撮影を拒絶されると考えたからではないか。そして、〝捨て垢〟からの投稿でも、自作自演なら投稿者を特定する必要はない。

「リベンジポルノを自分で拡散した？　そんなの、あり得ません」

「投稿者に宣戦布告する動画を公開して、五十万回再生を突破してもまだ削除していない。名誉を守るよりも、彼女の中では優先すべきものがあるんだろう」

広告収益を伸ばしたいのか、批判に晒されても知名度の向上を望んでいるのか。そのあたりは本人に訊かなければわからないが。

「ツイートを投稿するのと、犯人捜しの動画を公開するのは、ぜんぜん違います」

「大差ない」

そう答えると、戸賀に睨みつけられた。

「まあ、聞いてよ。盗撮者による最初の動画公開が、一線を越えた行動なのはわかる。その時点でデジタルタトゥーは刻まれたんだ。転載が繰り返されて、完全に消し去ることはできない。終わりのない追いかけっこで、どこまで拡散されたのかも目に見えない」

「それでも……、自分で自分を追い込むなんて」

追い込んだのではなく、あえて逃げ道を断ったのではないか。

「あそこまですれば、逃げ回る必要もなくなる。言い方は悪いけど、思い切って動画のネタにすることだってできる。無法律に相談しに来た姿を見て、どうやって登録者数を伸ばしてきたのかをメンバーから聞いて、強い人だと思った。ネットに残り続ける限り、あの動画が見つかるのは時間の問題だったかもしれない。いつ爆発するか怯《おび》えるくらいなら、自分から爆弾を投げつける。そういう選択を、彼女はしたんじゃないかな」

僕の説明を浸透させるように、戸賀はしばらく黙っていた。

やがて顔を上げて、ぽつりと呟いた。

「暮葉は、強くありません」

「ユーチューブでは、役割を演じている。サタケさんはそう言っていたね」

「わかりました。不毛なので、もういいです」

ふてくされたように顔を背けて、戸賀は食堂のテラス席を見つめた。

「一カ月前に投稿された自分の動画を、暮葉さんは何かの拍子に見つけてしまった。さっき話したような思考をたどって、ツイートの投稿を思いついた」

「フェイサーがアップデートされたのも、その頃ですね」

「AV女優の検索機能が追加されたことを知って、口実に使うことにした」

犯人捜しを始めたことへの批判は動画のコメント欄でも目についたが、すべてのシナリオを暮葉が書いたと疑うには発想の飛躍が必要だ。

「ちょっと冷静になりました」

こめかみを指先で小突きながら、戸賀は続けた。

「古城さんの推理は、筋が通っていると思います。矛盾点も、特に見当たりません。ただ、動機がどうしても納得できないんですよね。友達としての先入観で見誤っているのかもしれないし、チャンネルを大きくする価値を低く見積もっているのかもしれません」

だけど、私は納得できません――。と戸賀は繰り返した。

「動機は僕の苦手分野だから」

「暮葉の自作自演だとして、この騒動の終着点は？」

「協力者がいるなら、犯人役を頼んで直接対決するんじゃない？　投稿者を特定したことにして、どこかに呼び出す。モザイクをかけて声も加工すれば、犯人役にも迷惑をかけない。それで一件落着」

ありきたりな展開だと思って苦笑する。戸賀は、口を半開きにして僕を見ていた。

「どうしたの？」

「ちょっと待ってください。何か閃《ひらめ》きそうです」

そう言って戸賀は、ベンチの背にもたれかかって目を瞑《つぶ》った。

普段の暮葉の言動を振り返って、自作自演の動機について何か思い当たったのか。思索にふける戸賀を横目に眺めながら、明日の時間割は何だったかと考える。

この件について、僕にできることは残されていない。あとは、暮葉自身の問題だ。

「――わかりました」

目を開いた戸賀は、頰にかかった髪を払った。

「前言を撤回します」

「え？」

「古城さんの推理は、間違っていました」

「……どこが？」

「フェイサーには、ちゃんと意味があったんです。あのアプリがなかったら、計画を実行に移すことはできなかった」

「計画って？」

ツイートに〝小暮葉菜〟とフルネームが記載されていた以上、投稿者は暮葉の存在を把握していた。彼女の自作自演ではないとしても、フェイスサーチを用いて個人を特定したのではなく、顔見知りによる犯行。この結論は揺るがないはずだ。

「犯人捜しですよ」

6

その日の夜。僕と戸賀は、サークル棟の二階でトングを摑んでいた。

野鳥の会の部室。扉の前に置かれたバーベキューコンロでバナナを焼きながら、その瞬間が訪れるのを待っている。

焼きバナナの完成ではなく、暮葉が現れるのを。

「バーベキューといえば、焼きバナナと焼きマシュマロですよね」

「メインの食材ではないと思う」

「肉も野菜も、焼いて美味《おい》しいのは想像がつきます。伸びしろという点では、マシュマロが優勝です。ただ金網だと扱いが難しいので、今回は次点のバナナを楽しみましょう」

「何でもいいけどさ」

北キャンパスのベンチで何かを閃いた戸賀は、暮葉に電話をかけて「すべてわかったから、答え合わせをしよう」と告げた。それに対する返答が、「夜の十一時にサークル棟で待っている」というもので、僕も付き合うことになった。

図書館は午後八時に閉まるので、こんな時間まで大学に残っているのは初めてだ。明かりがついている部室はいくつかあるが、外で騒いでいる者はいない。ときおりコンビニの袋を持った学生が行き交うくらいで、もちろんバーベキューをしているのは僕たちだけだ。

「これ、焦げてるんじゃない?」

金網に載ったバナナの皮は、こげ茶を通り越して炭に近づいている。

「中はまだまだです。バーベキューも張り込みも、忍耐力が物を言うんですよ」

「まず、張り込みではない」

野鳥の会の部室は明かりが消えていて、ノックをしても反応がなかった。待ち合わせ時刻まで暮葉がやって来るのを待ち、寒さに耐えかねた戸賀が鞄からバナナを取り出して金網に載せたというわけだ。バナナを持ち歩いていた理由は不明だが。

「誰か来ましたね」

戸賀が声を潜めて呟く。サークル棟は中央が吹き抜けになっているため、各階から一階の広間を見下ろすことができる。僕も腰を浮かせて、手摺《てすり》の隙間から下を覗《のぞ》き込んだ。蛍光灯が設置されており、この時間帯でも人影の有無は確認できる。

キャップを被《かぶ》った若い男が、周囲を見回している。長身痩軀《そうく》。見下ろす角度とキャップのせいで、顔立ちは見て取れない。

「待ち合わせかな」これから遊びに行くにしては遅い時刻だが。

戸賀の方を見ると、双眼鏡を目に当てていた。野鳥の会と印字されており、通路に置いてあったらしい。

「もう一人。あれは……」

夜中でも目立つ金髪。暮葉と共にゼミ室に来たキヨだ。カメラは構えていない。ポケットに両手を入れて、痩身の男に近づいていく。

広場の中央あたりで、二人は向き合って何かを話し始めた。

「聞こえませんね」戸賀が呟く。

「僕たちも下りようか」

「もう少し様子を見ましょう」

ジジジッと、セミが鳴くような音が、天井から聞こえる。蛍光灯が切れかけているようだ。階下の二人は動かないが、牽制《けんせい》ではなく会話を続けているのだろう。

暮葉に指定された時刻から始まったやり取りだ。今回の件と無関係とは思えない。当初の僕の予想が当たっているなら、二人が暮葉の協力者なのかもしれない。

そこでキヨが、ポケットから何かを取り出した。

「USBメモリですね」双眼鏡を構えたまま戸賀が言う。

瘦身の男が大きく動いたのは、その直後だった。

わずかに離れた距離を一気に詰めて、キヨが伸ばした右手を摑んだ。右手にはUSBメモリが握られている。奪おうとしているのか。もう一方の腕も伸ばしてキヨの動きを封じようとするが、男の身体がふわりと浮いた。

一瞬の出来事。キヨが投げ飛ばしたのだと遅れて気づく。

「あっ」戸賀の声。

男は受け身も取れず、地面に叩きつけられる。

立ち上がった男がキヨに殴りかかるが、数秒後には再び地面に這《は》いつくばっていた。無駄な動きが一切なく、キヨには格闘技の経験があるのかもしれない。

力量差を思い知ったのか、男は背を向けて逃げ出した。

出口に向かった男は、なぜか身を翻して階段を上り始めた。つまり、僕たちが屈《かが》んでいる場所に近づいてくる。逃げ道がない方向に向かっているのだ。

何をしでかすかわからない。状況を理解できていないまま、戸賀の前に立って武器になりそうなものを探した。

トングでは頼りない。立て看板は持ち上げられなさそうだ。

息を切らした男と目が合う。見覚えがない顔。

「古城さん、気をつけて」

背後を振り返ってから、男は僕たちのそばを走り抜けようとした。

「危ない！」戸賀が大きな声を出す。

焦りと視界の悪さで見落としたのだろう。壁際に置かれたバーベキューコンロに全速力で突っ込み、金網を吹き飛ばした。鈍い音と甲高い音が続けて鳴る。

男は、三度目の挨拶《あいさつ》を床と交わした。転げ落ちた金網に右手をつき、言葉にならない悲鳴を上げる。僕たちが何十分も熱していたので、相当な高温に至っているだろう。

上着を引っ張られたので視線を向けると、戸賀が地面を指さしていた。

「あれ……」

そこには、焼きバナナの無残な姿があった。

「もう食べられないね」

「バナナの皮で転んだ人、初めて見ました」

コンロに突っ込んで転倒したのであって、バナナの皮で足を滑らせたわけではない。

「大丈夫ですか？」

金髪を揺らして近づいてきたキヨが、男を見下ろしながら僕たちに訊く。部室の前にいる僕と戸賀の姿を見ても、驚いた素振りは見せなかった。

「ええ。彼は無事じゃなさそうですけど」

「自業自得です」

キヨの背後から、カメラを構えた女性が姿を現した。キャップを被って髪を後ろで結っており、小暮葉菜だと気づくのに時間を要した。

「中で話しましょう」暮葉が微笑む。

グリーンバックの背景。キヨが男をパイプ椅子に座らせた。鼻血が出ており、火傷《やけど》の痛みのせいか、顔を歪《ゆが》めている。それでも、整った顔立ちであることはわかった。

徐々に状況が呑《の》み込めてきた。

「提案してもいいですか？」僕は、キヨに声をかける。

「何でしょう」

「彼の手当をしませんか。右手の火傷と鼻血を。このままだと監禁だと訴えられかねません。手当をするために連れてきたとか、口実を準備しておいた方がいい」

五人が部屋に入った後、暮葉が鍵を閉めたので忠告しておいた。内側にいる人間なら開錠できるが、簡単に逃がすつもりはないという意思表明だろう。

「わかりました」

低い声で了承したキヨは、ティッシュで男の鼻を繰り返し拭《ぬぐ》い、冷凍庫から出した袋入りの氷を右手に押しつけた。適切な手当とは到底言えないが、何もしないよりはマシだろう。

キヨが手当を施している間、戸賀はずっと携帯を弄《いじ》っていた。

「夏倫、どこまでわかってるの？」結っていた髪をほどいた暮葉が訊くと、

「この人が誰で、暮葉が何をしたか」顔を上げた戸賀は答えた。

「じゃあ、説明してもらってもいい？」

手当を終えたキヨが手に持っているカメラを、戸賀はちらりと見た。

「撮影するつもりだよね」

「夏倫が来なかったら、私がカメラの前で話していた。でも、第三者に真相を明らかにしてもらった方がいい。わがままを聞いてくれないかな」

どこか哀しそうに、戸賀は眉根を寄せた。

「止めても無駄なんでしょ」

「ごめん。カメラは気にしないで、好きに話してくれればいいから。編集はするけど、都合のいい部分を切り取ったりはしない」

この部屋に連れてきてからも男は何度か逃走を試みたが、キヨの力には太刀打ちできず、今は無言で椅子に座っている。ときおり僕たちを睨んで、悪態をつくくらいだ。

暮葉が、カメラのボタンを押す。

溜息をついてから、戸賀は説明を始めた。

「フェイサーで調べたら、霞山大経済学部の〝エコノミスト〟小暮葉菜があられもない姿で映っている動画を見つけた――。このツイートに今回の事件の謎が詰まっている。

ユーチューブや読者モデルでは暮葉と名乗っていたのに、どうしてフルネームが書かれているのか……。リアルの知人友人が投稿者なら、どうしてフェイサーで調べたと嘘を書いたのか……。あらゆる可能性を検討して、暮葉の自作自演という結論に行き着いた」

「自分で自分のリベンジポルノを拡散したってことだよね」

暮葉が相槌を打ち、その様子を少し離れた場所からキョが撮影している。

「私は友達として……、たとえば、チャンネルの登録者数を増やすためだけに、そんな自爆テロみたいなことを暮葉がしたとは信じられなかった」

「でも、今は信じてる」

「必死で考えて、ようやくわかった。あれは脅迫状だったんでしょ」

首を巡らせてから、戸賀は続けた。

「拡散されたツイートは、無数のユーザーが目を通す。でも、暮葉が本当に届けようとしていたのは一人だけ。その人が読めば、脅迫文として機能する文章になっていた」

「誰が本命の受信者だと考えているの？」

部屋にいる人間を、順番に戸賀は見つめていく。

「そこに座っている男――。彼が、リョウだよね」

「うん。一年前にホテルで私を盗撮して、その動画をネットに公開した犯人。ずっと捜してきて、遂に見つけることができた」

そういうことか……。ようやく事件の全容が見えた。

暮葉が、リョウとの関係性を補足する。動画の視聴者を意識しているのかもしれない。

「マッチングアプリで出会って、その日のうちにホテルに連れて行かれた。だから、本名も住所も連絡先も、彼が誰かを特定する情報は何もなかった。少し経ってから、自分の動画がネットに晒されていることを知った。キヨが見つけて、私に教えてくれた」

本人に確認するのも、勇気がいる行動だっただろう。

動画を見た暮葉は、どれほどの羞恥心《しゅうちしん》に苛《さいな》まれたのか。想像することもできない。

「古城さん、リベンジポルノに成立する犯罪は何でしたっけ？」

「盗撮は、迷惑行為防止条例違反。ネットでの公開は、わいせつ電磁的記録媒体陳列罪」

「そうでした。だけど、暮葉はリョウを特定することができなかった。マッチングアプリでもブロックされて、個人情報はニックネームしか把握していなかったから」

「警察に相談しても、相手にしてもらえなかった」暮葉が言った。

「だから、盗撮犯を突き止めるのは諦めた。……と、私たちは勘違いしていた」

前提から見誤っていたのか。戸賀は暮葉に視線を向ける。

「ツイートで拡散された暮葉の動画は、一カ月前に投稿されたものだった。盗撮された時期と公開時期がズレているのは削除と転載が繰り返されてきたからで、動画自体はオリジナルのデータを使い回している。これも、私たちの勘違い」

「夏倫も、動画は見たんだよね」

「うん。最初の数分間だけ。今回の動画だと暮葉の顔ははっきり写っているのに、相手の顔には雑なモザイクがかかっていた。卑怯者だと、私は罵った。でも、オリジナルのデータにモザイクは存在しなかった」

「正解」暮葉は頷いた。

　盲点だった。いや、巧妙に誘導されたのだ。

　最初に公開された動画では、暮葉の顔だけではなく、リョウも顔を晒していた。その動画を保存してモザイク処理を施し、アップロードし直した人物がいる。

「最初の動画を見た暮葉は、リョウの顔を把握していた。そして、そのデータを使ってリョウの正体を特定した」

「一年前は特定できなかった。ずっと待ち続けていたんだよ」

　その一年間で、状況が大きく変わったのだ。

「リョウは、マッチングアプリのプロフィールに、読者モデルをしていると記載していた。読モって、星の数ほどいるからね。いや、星の数は言い過ぎかもしれないけど……、本人が載っている雑誌を探すのは簡単なことじゃない」

「手あたり次第にファッション誌を立ち読みしたけど、見つけられなかった。見栄《みえ》を張って嘘をついたんじゃないかって考えたくらい」

　リョウは、暮葉を睨みつけるだけで口は開かない。

「一カ月前――、ちょうどモザイク付きの動画が公開されたのと同じ時期に、フェイサーの大型アップデートがきた。AV女優の検索機能の衝撃が強すぎて忘れられがちだけど、追加された機能はもう一つあった。男性の検索機能で、その中には読者モデルも含まれていた。つまり、男性の顔写真でも名前を調べられるようになった」

リベンジポルノ、ツイートの文章、モザイク処理。それらの印象に引っ張られて、フェイスサーチで検索されたのは、暮葉の顔写真だと決めつけてしまった。

だが、オリジナルの動画には二人の顔が写り込んでいた。

「キヨさんが手当をしている間に、彼の顔をこっそり撮影して、フェイサーで検索しました。柴崎諒志《しばさきりようじ》。芸名かもしれないけど、リョウは適当な偽名じゃなかったんですね」

携帯の画面には、フェイスサーチの検索結果画面ではなく、芸能事務所に所属するモデルのプロフィールが表示されていた。柴崎諒志。眼前の男性に作り物めいた爽やかさを足した宣材写真で、年齢は十九歳、主な活動はファッションスナップと書かれている。

「動画から画像を切り出して、フェイサーで調べたんだよね」

戸賀の問いかけに、暮葉は微笑を返した。

「うん。いつか、男性版の検索機能も追加される。そう信じて、最初の動画が削除される前にダウンロードしておいた。そして、アップデートがリリースされた日に、すぐ検索した。何百冊も雑誌を読んでも見つからなかったのに、一瞬で名前がわかった。笑っちゃったよ」

一年近く捜し続けていた名前を、フェイスサーチが明らかにしたのだ。

「その時点でリベンジポルノの犯人が明らかになった。古城さんが教えてくれた犯罪が成立するから、警察に相談すれば動いてくれたはず。だけど――」

「夏倫が考えてるとおりだよ」

「男の顔にモザイク処理を施した動画を、暮葉は自分で公開した」

「うん。そのとおり」

そこで、柴崎諒志は肩を震わせながら笑った。

「傑作だよな。そいつは、自分で自分のセックスを晒したんだ。わざわざ俺の顔を隠して、自分の顔だけを見てほしかったんだろ。なあ、満足のいく快感を味わえたか？」

カメラを下ろしたキヨを暮葉が右手で制した。

パイプ椅子に座る柴崎に近づき、暮葉は声を低くした。

「想像力が欠如した猿らしい感想だね。十九歳のあんたは、逮捕されても実名が報道されることはない。判決までに成人を迎えても、初犯で刑務所に入ることはまずない。そんな処分で、私が満足するはずないじゃん。あんたの人生を台無しにできるなら、裸でもセックスでも公開する。どうせ、一度あんたに晒されてるんだ」

「は？　俺はすぐに削除した。見た奴なんて、ほとんどいない」

自分の顔がはっきり写っていることに気づいて、慌てて削除したのかもしれない。

「十三回――。何を意味する回数かわかる？　私が確認した、あの動画が転載された数だよ。削除しただけで安心して、その後の追跡なんてしてないよね」

「転載した奴に文句を言えよ」

オリジナルの動画が公開されなければ、転載されることもなかった。

「私は、毎日のように検索した。それでも、見つけられたのはごく一部だとわかってる」

「よっぽど暇人なんだな」

「見つける度に、サイトの運営者に事情を説明して削除を頼んだ。削除してくれたところもあるけど、無視された数の方がずっと多い。海外のサイトだと、問い合わせすらできない。弁護士に依頼すれば、何十万円も費用がかかる」

無法律に相談をしに来たとき、暮葉は的確な質問をし続けた。事前に調べて、知識を得ていたのだろう。自身の名誉を回復する方法を探るために。

「自意識過剰なんだよ」

「ネットに公開した動画は、一生残り続ける。軽い気持ちでモザイクもかけずに公開して、すぐに怖くなって消したんでしょ。猿以下の知性だから、試す前に想像して踏み止《とど》まることもできない。本能で動くバカだもんね」

「黙れ」

暮葉は、さらに顔をリョウに近づける。

「女子が相手だよ。殴って罪を重くすればいい。いい？　あんたにたどり着くまで、私は一人で絶望するしかなかった。だけど今は、一緒に堕《お》ちる方法をいくらでも思いつく。慰謝料を払う金もないんでしょ。だったら、私が全部奪ってあげる」

「ふざけるな……」

「声が震えてるよ。ビビってんの？」

パイプ椅子から離れた暮葉は、戸賀に向かって微笑んだ。

「ごめんね、夏倫。続けてくれるかな」

「う、うん」

気持ちを落ち着かせるように、戸賀は大きく息を吸った。

「ツイートを投稿した時点で、暮葉はリョウの正体を見抜いていた。モザイク処理が施された動画だけを見た人は、〝フェイサーで調べた〟のは、暮葉の顔写真だと理解する。でも、オリジナルの動画の存在を知っているリョウは違う。ツイートの文章を見て、フェイサーで自分の顔写真を検索されたら、過去の犯罪が掘り返されると気づいた」

文章、動画、アプリ。すべてが脅迫文の役割を果たしていた。

「ツイートの拡散と、発信者情報開示請求の存在を明らかにするために、無法律に来て動画を撮影した。古城さんの説明を途中で打ち切って、簡単に投稿者を特定できる手続が存在するように見せかけた」

「私の都合で巻き込んでしまい、すみませんでした」

暮葉の謝罪に、僕は言葉を返せなかった。

彼女が発信者情報開示請求を行う前提で、僕は手続の流れを紹介した。本人が投稿者だとは想像もしていなかったからだ。動画を見たリョウも、同じように理解しただろう。

「昨日、もう少しで投稿者を特定できると報告する動画を投稿した。その後に、ツイートを投稿したアカウントを使って、柴崎諒志に接触したんじゃない?」

「彼のアカウントにDMを送った」

「取引を持ちかけたんでしょ」

「うん。エコノミストの動画のURLを送って、事情を説明した。もちろん、自作自演とは認めてないよ。通信会社から連絡があって発信者情報を開示すると通告された。手元には、モザイクがかかっていない動画がある。これを小暮葉菜に渡されたら困るんじゃないのか。十万円でデータを買わないかと提案したら、すぐに食いついてきた」

柴崎は、自分が公開した動画を短期間で削除したことで、もうインターネットには残っていないと楽観視していた。保存していた人物が現れたのは想定外だが、そのデータさえ消し去れば問題は解決すると考えたのだろう。

「さっき、サークル棟の一階で行われていたのが取引の現場だった。力ずくでUSBメモリを奪い取ろうとして、返り討ちにあった。そして——、今に至る。リベンジポルノの犯人を引きずり出して復讐する。すべて、そのために練られたシナリオだった」

「お見事」

暮葉の拍手が、虚《むな》しく響き渡る。

「どうしても許せなかった。軽い気持ちでホテルについていったのは、私の落ち度だってわかってる。でもさ、盗撮されてるなんて思わなかったんだよ。キヨに動画の存在を教えられたとき、終わったって……、ただそう思った。気づいていない振りをしているだけで、家族も友達も、みんな見てるんじゃないか。本当に、怖かった」

「暮葉――」

戸賀が、泣きだしそうな表情で暮葉を見る。

「フェイサーで名前がわかって、どういう処分になるのかを調べて、自分でけじめをつけると決めた。前回の動画は、五十万回再生を超えた。キョの投げ飛ばし、見苦しい負け台詞《ぜりふ》、夏倫の謎解き、小暮葉菜の暴走……。今回の動画は、見どころが盛りだくさん。サムネイルも編集も、徹底的に拘《こだわ》る。どれくらい再生回数が伸びるかな」

暮葉が行おうとしているのは、私的制裁だ。

法律を学んできた者として、正しい行動だと受け入れることはできない。警察に通報して処分を任せ、毀損された名誉は裁判で損害賠償を請求する。彼女が無法律で真相を打ち明けていたら、僕はとるべき手続をアドバイスしただろう。

だが、どれくらいの刑罰が科されるのかも、認められ得る賠償額も、容易に想像がつく。暮葉が被った被害に釣り合う罰だと、本当に言い切れるのか。

「頼む。やめてくれ」

人生を汚した犯人に向かって、暮葉は笑いかける。

「やめるわけないじゃん。私の復讐は、これから始まるんだから」

幕間──誰彼味方

「お前の母ちゃん、犯罪者の味方なんだろ」

そう言って雑巾《ぞうきん》を投げつけてきた男子と大喧嘩《おおげんか》を繰り広げたのは、中学二年生のときだったと思う。うまく反論できず、先に手を出してしまった。

ストーカー被害に苦しんでいた女子大生が殺害されるという大事件が起き、その弁護人を母が引き受けた。世間的に注目された裁判員裁判の動向は連日にわたって報じられ、弁護人席に座る母の存在にクラスメイトが気づいたというわけだ。

ことの経緯を知った母は、呆《あき》れるでも怒るでもなく、僕の頭を撫《な》でて笑った。

「私は、弱い人の味方をしたいだけだよ」

逮捕や起訴された時点では、犯罪者と決まったわけではない。事件の真相を明らかにするために、誰かが被告人に寄り添わなければならない……。そういった教科書的な理由を口にしてから、「こんな説明じゃ誰も納得しないよね」と微笑むのだった。

「有罪率九十九・九%。ニュースを見ているほとんどの人が、彼が犯人だと確信している。行成はどう思う？　口に出さなくていいよ。心の中は自由だから。世界中の人が敵に回ったような状況なんだ。私一人が味方するくらい、別にいいじゃない」

その事件で、被告人は無罪を主張していた。具体的な内容までは覚えていないが、無理がある主張のように感じて、母に真意を確認した。

「そう感じるのも、行成の自由。もしかしたら、私も同じ意見かもしれない。だけど、自分の感覚が絶対に正しいと確信していいのは、全知全能の神様だけなんだよ。残念ながら私はただの人間だから、彼の主張が間違っているとは断言できない」

裁判官はどうやって結論を出すのかと尋ねると、「私も知りたいから、お父さんに訊いてみて」と単身赴任《え》中の父に回答権が委《ゆだ》ねられた。

母は、事件を選り好みせずに引き受け、袋小路に陥っている隣人トラブルや関係者全員が悪人のような金銭トラブルでも、鮮やかに——ときに泥臭く——解決していった。

「どんな事件でも、弁護士が考えることは一つだけ。どうすれば、依頼人に最大の利益をもたらせるか。お金なのか、名誉なのか、人間関係のリセットなのか……。ゴールを見据えたら、よーいドンで走りだす。道なき道だろうと、走りきれば勝ちなの」

母が経営する法律事務所に立ち寄った際に、何度か相談者の姿を見かけることがあった。法律相談に同席することは当然許されなかったけれど、緊迫感を漂わせながら訪れた相談者が、重圧から解放されたと胸を撫でおろしていたことが印象に残っている。

「自分が進む道は、自分で決めなさい」

その翌日——。母さんの教えに従い、喧嘩をした男子に僕は謝った。先に手を出した僕に非があることを認めてから、一日遅れの反論を口にした。

僕の母親は、正義の味方だと。

安楽椅子弁護

1

「五法でも七法でもなく、六法なのには理由があるのか？」

三船昇《みふねのぼる》は、ケースに収納された〝六法全書〟を指でつつきながら、僕に訊《き》いた。

疑問に思ったこともなかったが、改めて考えてみると、確かに六法である必然性はない。どのような理由だったか……、脳内の知識を探索する。

七味唐辛子や十六茶は、原材料の数。さて、六法全書は？

「六は完全数だよね」思いついた単語を口にする。

一足す二足す三。自分以外の約数を足し合わせたとき、その数と等しくなる自然数。

「六の次は二十八、四百九十六、八千百二十八。その次は八桁《けた》の数まで見つからない」

三船は、六法全書のケースを前後に揺らしながらそらんじた。

「よく覚えてるな」

「八桁の数までは覚えてない。完全数と法律が関係してるのか？」

「いや、時間を稼ぐために適当に答えた」

ケースが机上で倒れて、本の重量とは思えない音がする。

七千ページ近くもある六法全書は普段使いには向いておらず、本領を発揮するのはブルーシートの重し代わりに使う場面だと、とある准教授が言っていた。

三船は携帯を取り出して――、

「無知を認めてグーグルで調べるのも、識者への一歩だ」

「もう少しで思い出せそう」

「じゃあ、素数を数えながら待ってるよ」

右側だけ長いアシンメトリーな前髪を弄《いじ》りながら、三船は頰杖《ほおづえ》をついた。右目がすっかり隠れており、刈り上げた左側の耳たぶにはリング状のピアスがぶらさがっている。

無法律のゼミ室で、僕たちは向き合っている。午後六時半。窓の外は、すっかり暗くなっている。中庭で赤く色づいているけやきの木の葉が散れば、やがて冬が訪れる。

そうだ。革命法制史の講義で准教授が言及していた。

九十七まで進んだ三船の素数カウントを止める。

「お待たせ。今の日本の法律は、明治時代に作られたものがベースになっているんだけど、そのときに参考にしたのが、ナポレオン五法典なんだってさ」

戦場の英雄というイメージが強いナポレオンだが、法典の制定という内政改革においても実績を残している。フランス革命後に制定された、民法、民事訴訟法、商法、刑事訴訟法、刑法を〝ナポレオン五法典〟と呼び、そこに憲法を加えて〝六法〟と総称した。

そこまで説明すると、三船は首を傾げた。

「どうしてナポレオンは、憲法を仲間に入れてやらなかったんだ？」

「フランス革命に終止符を打って、新しい政府と憲法を作ってから、時間をかけて五法典を編纂《へんさん》した。時期が少しズレているし、国を縛る憲法は特別なんだと思う」

　正確な知識ではないが、論外な憶測でもないだろう。

「うーん。マニアックすぎて、合コンで披露する雑学としては重い」

「それなら、完全数に由来してるって嘘をつけばいい」

　三船は、理学部数学科の四年生だ。

「明治時代って……、百年以上前だよな。六法の顔ぶれは変わってないわけ？」

「法律の数はどんどん増えていて、今は二千以上あるらしい」

「うへえ」

　三船は六法全書を遠ざける。六法全書といえども、八百件程度しか収録されていない。

「でも、主要な法分野は今も変わらない。あえて挙げるなら、行政法が七法目になるんじゃないかな。司法試験でも、六法と行政法が必須《ひっす》科目だから」

「それなのに、七法全書にはならないのか。ラッキーセブンの方が縁起がいいのに」

　語呂《ごろ》が悪い気がするが、聞き慣れていないだけかもしれない。

「六法とは違って、行政法っていう法律は存在しないんだ。国家賠償法、行政手続法、行政事件訴訟法……、そういう行政に関する法律をまとめて、行政法と呼んでいる」

　三船は感心したように頷《うなず》いた。

「へえ。数学科、物理学科、宇宙地球物理学科、化学科、生物科をすべて合わせて、理学部を名乗っているようなものか」

的を射ているのか微妙な喩《たと》えで、反応に困った。

そこで三船は、「古城らしい法律だ」と僕の名前を口にして笑った。「古城行成。行政法を体現した子供に育ってほしくて、親御さんは名前を決めたのかもしれない」

「どんな子供だよ」

〝ギョーセー〟とバカにされた高校時代を思い出す。

「社会で重要な役割を果たす存在だけど、実態が摑《つか》めない」

「そんなピンポイントの願いを込めないだろ」

「そのとおりに育ってるじゃないか」

どこにでもいる法学部生だ。社会に影響を与えた経験なんてない。

「そろそろ打合せを始めよう」

挨拶《あいさつ》代わりの雑談にしては、時間とエネルギーを使いすぎてしまった。

専門書が並んでいる棚からファイルを抜き取って、机の上に置いた。三船は缶コーヒーを飲みながら携帯を見ている。何度目かわからないほど打合せを重ねており、改めてファイルを開かずとも事件の内容は頭の中に入っている。

「来週の裁判だけど――」

本題を切り出したところで、ドアが乱暴に開けられた。ノックもしない、静かに開くことすらできない。条件に該当する闖入者《ちんにゅうしゃ》は一人だけだ。

「あれ、お客さんがいる」

小豆色《あずきいろ》のジャージにパーカーを羽織った戸賀夏倫は、出直すという選択肢を消し去って、室内に入ってきた。三船は、興味深そうに来訪者を眺めている。

「初めまして。無法律の助手を務めている戸賀です」

「数学科の三船です。助手……、へえ」

「勝手に名乗ってるだけで、そもそも法学部生ですらない」

僕が指摘すると、「他学部でも、自主ゼミには入れるそうです」戸賀は口を尖《とが》らせた。

「法律相談なら、助手も一緒に聞いていいですか？」

三船を見てから、返答を待たずに近づいてくる戸賀を声で制した。

「ダメ。複雑な事件なんだ」

「なおさら気になります」

「言うことを聞かないなら、出入り禁止にする」

「横暴だ」

「俺は構わないよ。何か面白そうな子だし」三船が微笑む。

今回の件には関わらせたくないのだが、事情を伏せて追い返す口実も思い浮かばない。

「……三船がそう言うなら」

「古城さんが呼び捨てにしてるの、初めて聞きました。お友達さんですか？」

「高校が一緒」

文系と理系だったのでクラスは違ったが、受験対策の課外授業で顔を合わせる機会が多くあった。霞山大を受験する生徒が、僕と三船しかいなかったからだ。

「高校生の古城さんって、まったく想像できません」

「ほぼ変わってない。コンタクトにしたくらい？」三船はそう言ってから、「そういえば、高校のときから法律に詳しかったよな」と余計な補足をした。

「既に法律マシーンの片鱗《へんりん》が」

「法律一家なんだよ。そんなことより――」

話題を変えようとしたのだが、三船が反応してしまった。

「法律マシーンなんて呼ばれてるのか」

「はい。情で訴えかけても、法的な解釈を優先して論破する。哀しみを理解してもらえず、涙を流した相談者は数知れず。それに、無法律からゼミ生が離れていったのも、古城さんとの法律バトルに負けたからだと噂されています」

「戸賀。少し黙って」

「冗談ですよ。あれ？　ようやく私も呼び捨てにしてくれましたね」

やはり、戸賀の同席を許すべきではなかった。普段なら冗談で聞き流すが、今回は関係者が正面に座っている。

三船に視線を向けると、先ほどとは種類が異なる笑みを浮かべていた。

「このゼミから人がいなくなったのは、俺のせいだよ」

「えっ？」戸賀が訊き返す。

「俺が無法律に厄介な相談を持ち込んだ。それを古城が引き受けて、終焉祭《しゅうえんさい》の実行委員会を訴えた。去年のボヤ騒ぎ、知らない？」

止める間もなく、三船は事件の根幹に関わる単語を口にした。〝終焉祭〟は霞山大学祭の通称であり、僕と戸賀が知り合うきっかけになったイベントでもある。

戸賀は困惑した表情で三船を見つめている。

「いろいろ語弊がある」僕が説明するしかないだろう。

「実行委員会に対する裁判を提案したのは事実だけど、僕は弁護士資格を持っていないから訴えたのは三船だ。僕は手伝っているだけだよ。それに、無法律から人が去ったのは他にも原因があるし、小屋が全焼しているんだからボヤ騒ぎじゃない」

「相変わらず細かいな」三船が苦笑する。

「最初に誤りを指摘しておかないと、勘違いが勘違いを招いて暴走する」

「そういうわけでさ、戸賀さん。この件は去年の終焉祭から始まっていて、一年以上も二人で闘い続けてきたんだ。それが、ようやく大詰めを迎えつつある」

振り返ってみると、あっという間に過ぎ去った一年のようにも思える。

裁判所の判断を求めるには、どうしても時間がかかる。焦って先走ることがないように、状況を見極めながら、少しずつ手続を進めてきた。

「えっと……」戸賀が頰を掻《か》く。「私が場違いなのは理解できました。これ以上邪魔をしたくないので、退散させてください。引っ掻き回して、すみませんでした」

珍しく反省しているようだ。立ち去るのを止める理由も特にない。

「古城。俺たちも情報を整理すべきじゃないか」

「僕は整理できてる」

「空気が読めない奴だな。どうせ、暇なんだろ？」

「平均的な学生以上には忙しい」

卒業に必要な単位は取得しているが、記録を伸ばすために多くの講義を受講している。

長い付き合いだ。三船が何を考えているのかは、おおよそ予想できる。

「とりあえず、三人で夕食を食べにいこう」

三船が先にソファから立ち上がり、僕たちが見上げる角度になった。長い前髪が揺れて、一瞬ではあるが隠れていた右目を直視できた。

戸賀は気づいただろうか。

目から頬にかけて刻まれた、まだら模様の火傷《やけど》の跡に。

2

実行委員会と聞いたとき、僕はボランティアサークルを思い浮かべた。高校で経験した文化祭をイメージしたからかもしれない。普段は閉じた世界で完結している学校が、敷地を開放して外部の人間を受け入れる。屋台が立ち並び、さまざまなコンテストがステージで開かれる。利益を度外視して、華々しい思い出を作るための舞台。

けれど、終焉祭の実情は違った。三日間にわたる開催期間中、三万人を超える集客を記録し、運営総予算は約一千万円にのぼる。実行委員会のスタッフは約二百名で、企画、広報、会計、庶務、渉外といった部署が存在し、警備計画の策定から資金調達に至るまで、ほとんどの業務を大学の力を借りず学生だけで完遂している。

三万人といえば、中規模の野外フェスにも引けを取らない来客数らしい。その一大行事を取り仕切る実行委員会は、ボランティアサークルどころか企業並みの組織力を有している。実際、一般社団法人として法人格を取得していることが後に判明した。

法人格の有無は、団体の実態を把握する上で大きな意味を持つ。

サークルや同窓会といった任意団体を法人化すれば、交渉や取引に臨む際に社会的な信用を得やすくなるが、その一方で煩雑な登記手続を経なければならないし、議事録や決算書といった書面の作成も求められる。僕が調べた限り、法人格を取得している任意団体はごく一部しかない。無法律は……、明言するまでもないだろう。

そのような巨大な団体に対して、僕と三船は喧嘩《けんか》を売った。

——償わせる必要があったからだ。


「お勧めはスタミナラーメン。というか、ほぼ一択」

大学の近くの食堂で、僕たちは夕食を共にしている。学食ではないが、客の八割は霞山大の学生だと思われる。文字が滲《にじ》んだメニュー表、べたつくテーブル。値段と立地の強みで学生を引き寄せている老舗《しにせ》食堂だ。

僕と三船は、メニュー表も開かずに、麺《めん》にほうれん草が練り込まれたスタミナラーメンを頼んだ。定番メニューなので、初めて来たという戸賀にも勧めたのだが、緑色の麺に抵抗を示してカレーヌードルを選択した。

「これは……」戸賀が驚きの声を上げた。

結果、カレーの中に緑色の麺が放り込まれた料理が戸賀の前に置かれた。カレーうどんのようにだし汁にカレー粉を溶いた様子もない。

「だから言ったじゃん」

「緑麺の洗礼を受けています」

戸賀が、箸《はし》で麺を持ち上げる。

「五回くらい来ると、美味《おい》しさに気づく」

「それまでは苦行ですか」

スープには大量のにんにくが投入されていて、清潔な息と引き換えに身体が温まる。

食事中は、これまでに戸賀が無法律に持ち込んだ事件について話した。もちろん守秘義務に抵触しない限度に留《とど》めたが、食事の場に相応《ふさわ》しい話題ではなかったかもしれない。

「どちらかと言えば、古城の方が助手みたいだ」三船が感想を漏らす。

「巻き込まれている側だからね」

「周りの見る目も変わったんじゃないか」

「じろじろ見られるようになった。あとは、少しだけ法律相談が増えて、それ以上に法律に関係しないトラブルが持ち込まれる」

経済学部の学生が関わっていた事件の真相を戸賀が明らかにし、その様子を撮影した動画がユーチューブに投稿された。動画を見たという相談者が、既に何人も来ている。

「一進一退だな」

「ひっそりと活動したいんだけど」

戸賀に視線を向けると、カレーを飛ばさないよう慎重に麺を口に運んでいた。その作業も五分ほどで終わり、三船は水を飲んでから本題に入った。

「俺も、実行委員会の一員だった。終焉祭の準備期間中に火事に巻き込まれたんだ」

「去年の火事、思い出しました」戸賀が、遠慮がちに呟《つぶや》く。「終焉祭の一カ月くらい前に、倉庫が燃えたんですよね」

「そう。事務局のプレハブから少し離れた場所に、備品を保管している倉庫があった。そこには、毎年使い回している看板とかスタッフジャンパー、それと本番が近づいていたから、作成途中のポスター、パンフレットなんかも置かれていた」

その光景を思い出すように、三船は薄汚れた食堂の天井を見上げる。全焼した倉庫は、骨組みも撤去されたため、今は跡形もなく消えている。

「火事の原因は何だったんですか？」

「火災調査結果では、トラッキング現象と結論づけられた」

　三船の答えに、戸賀は首を傾げた。

「コンセント火災の一種」僕が補足すると、

「タコ足配線とかですか？」戸賀は顔の前で指を広げた。

「コンセントを差しっぱなしにしているとほこりが溜《た》まって、そこに湿気が加わるとプラグの表面の炭化が進む。最終的にショートして発火に至るのが、トラッキング現象」

「へえ。怖いですね」

　最初に三船から説明を受けた際、聞き覚えのない火災原因だったので、僕も戸賀と同じような反応を返した。今は、ある程度の知識を有している。

「頻繁にコンセントを抜き差しする人の方が少ないだろうし、日常的に起きる現象ってわけではない。ほこりが溜まりやすい家電の裏側とか、結露しやすい台所とかで、他の条件も満たすと発火することがある」

「倉庫が全焼するレベルの火花が散るんですか？」

「ドミノ倒しみたいに、最初は弱い火種でも燃え広がれば猛火になる」

「ああ。燃えやすい物が近くにあったんですね」

　現場見分調書に記載されていた、倉庫の見取り図を思い浮かべる。

「発火したのは壁に固定してあったコンセントで、すぐそばにカーテンがあった。ここまでなら、防炎性能に乏しい布製で、燃え移った火種はレベルアップして炎になった。

ボヤ騒ぎで済んだかもしれない。でも、塗料用シンナーに引火した」

「シンナー？」

「塗装に使っていたんだよね」

三船に訊くと、頷いてから説明を引き取ってくれた。

「メインステージの背景に使う巨大なパネルを作っていたんだ。俺も、担当者の一人だった。ムラなく下地を塗るために、塗料をシンナーで薄めた。シンナーに使われている有機溶剤には強い引火性があるらしくて、そこから一気に燃え広がった」

「それで全焼……」

「パンフレットとか看板とか、燃えやすい物だらけだったからね。それに、木造だったし。気づいたら、倉庫から黒煙が立ち上っていた」

「三船さんも現場にいたんですか？」戸賀が尋ねる。

「うん。プレハブで、パネルの下地が乾くのを待っていた。外の灰皿で煙草を吸っていたら、黒い煙が見えてさ。驚いて駆け寄って窓から覗《のぞ》いたら、オレンジ色に染まっていて火事だとわかった。普通は避難すると思うけど、俺は中に入った」

「どうして？　危ないですよね」

「本番に向けて作ってきたあらゆる道具が倉庫の中にあった。膨大な時間をかけたから、すべて燃えたら終焉祭が開けなくなると思ったんだ」

無法律のゼミ室が燃えていたら、僕は炎や煙を恐れずに飛び込めるだろうか。

専門書や事件記録を失うのは惜しいが、身の安全を第一に考えるだろう。ただしそれは、いずれ全焼することを前提にしているような気もする。火事に巻き込まれるなんて、一生に一度あるかないかだ。危険性を見誤る可能性は充分にある。

「中で何が起きたのか、聞いてもいいですか？」

「入って左手にあるカーテンと、壁に立てかけたパネルが燃えていた。パネルの炎が烈《はげ》しくて、燃え広がるのは時間の問題だと思った。すぐ近くにあった看板だけ回収して逃げようとしたんだ。でも、コードに足を引っかけて転んだ」

「発火したコンセントのコードですか？」

「そう。焼き切れていたはずだけど、片足で踏んで……、逆の足のつま先が引っかかった。間抜けな話だよ。立ち上がろうとしたら、シンナーの容器が倒れているのが見えた。中身が漏れていて、引火性が高いのを知っていたからヤバいと思った。そうしたら、頭上から何かが降ってきた。そのときはわからなかったけど、剝《は》がれ落ちたパネルだったらしい。熱くて這《は》い出ようとしていたら、煙を吸いすぎて意識を失った。目を覚ましたのは病院のベッドの上で、全身に包帯が巻かれていた」

三船は、右側の前髪をそっと持ち上げた。

下瞼《したまぶた》のあたりから、手の平ほどの大きさの火傷の跡が残っている。受傷から一年以上経っているので、軽度や中度の熱傷で生じる赤色の瘢痕《はんこん》ではない。黒ずんだシミのような色合いのまだら模様。神経が破壊されて、色素沈着が起きている。

「反応に困るよね」

「あっ……、すみません」

無言で固まっていた戸賀が謝る。ほとんどの人間が同じ反応を示すだろう。

「これでも、かなり良くなったんだ。しばらくは直視するのもキツい状態だったから。整形外科で治療を続けたけど、これ以上目立たなくするのは難しいらしい」

「再生医療の選択肢はあるんじゃなかった？」

僕が指摘すると、「提示された金額の桁が違った」三船は前髪を整えながら苦笑した。

「もちろん自由診療。学生が捻《ひね》りだせる治療費じゃない」

通常の治療を続けても症状が残存すると判断された場合に、後遺障害が認定される。顔の火傷という後遺症を抱えたまま、今後の長い人生を送らなければならない。火災に巻き込まれたことで、三船は多くのものを奪われた。

三船が追加で頼んだ土手焼きがテーブルに置かれた。どんぶりから湯気が立ち上り、みそが絡んだ牛スジ肉とこんにゃくの匂いが食欲をそそる。

「ここまでが事件編。治療を打ち切られた後、途方に暮れた俺は、無法律に助けを求めた。というわけで、続きは頼れる古城先生に任せるよ」

文系と理系でキャンパスが離れていることもあり、大学生になってからは、なかなか顔を合わせる機会がなかった。高校生の頃とは印象が大きく変わった旧友と、どのような会話を交わしたのだったか……。

思い出話に花を咲かせている場合ではなかったので、法律知識を語り続けたはずだ。

「三船には、外貌醜状《がいぼうしゅうじょう》の後遺障害が残った。つまり、顔に残った手の平大の火傷のこと。後遺障害、治療費、精神的な苦痛。それらの損害を金銭的に回復するには、責任を追及する相手の選定から始める必要があった」

励ましやいたわりの言葉をかけるのは、無法律に求められている役割ではない。マイナスをゼロに近づけるために、僕にできることを考えた。

「火事を起こした人ですか？」

交通事故や殴り合いの喧嘩なら、加害者の特定に迷うことは少ない、だが、失火の場合は、必ずしも加害者を絞り込めるとは限らない。

「トラッキング現象が火災原因だった場合は、誰になると思う？」

「最後にコンセントを抜いた人……ではないですよね」

「それだけで責任を問われるのは、黒ひげ危機一発より理不尽だ。引火して火勢を強くしたシンナー塗料も、適切な使い方をしていたなら過失はない」

「シンナーで薄めたのは俺自身だしな」土手焼きを箸で崩しながら三船が言う。

「うーん。じゃあ、代表者とか」

「それを認めたら、誰も代表をやりたがらないと思う」

「確かにそうですね」

回答が尽きたようなので、僕たちの結論を述べた。

「登記簿を遡《さかのぼ》ったら、全焼した倉庫は二十年以上前に建てられたものだとわかった。大学の所有物ではなく、実行委員会が管理保管する不動産。適切に倉庫を管理する義務を怠って、火災を発生させた。個人ではなく、団体の管理責任を追及する可能性を探った」

「そんなことができるんですか？」

「通販で代金を払ったのに商品が届かなかったら、販売会社を訴える。実行委員会は法人格を取得していたから、会社と同じように責任を追及できた。対象を見定めた後は、法律構成を組み立てなくちゃいけない。僕たちは、どういう主張をしたと思う？」

戸賀は考える素振りを見せてから、検討結果を口にした。

「トラッキング現象を防ぐために、倉庫のコンセントを定期的に抜き差しするべきだった。掃除を怠ってほこりを溜めたせいで火事が起きた――。こんな感じですかね」

「その構成も検討したけど、トラッキング現象は一般的に知られている事象ではないとして、管理者の責任を否定した裁判例があるんだ。木造建築が多く残っている日本は、延焼によって予想外の被害が生じることが珍しくないから、要件が厳しく設定されていてさ」

寝煙草や花火の不始末による延焼などであれば、強い姿勢で管理者の責任を追及できるが、トラッキング現象のみで戦うのは心もとないと判断した。

「言いたいことはわかりますけど……」

トラッキング現象は、個人のミスによって生じるものではない。団体に対する責任追及も否定した裁判例が存在する。個人も団体もダメなら、打つ手がない。相談に立ち会っていた無法律の後輩は、諦《あきら》めましょうと僕に言った。

「だから、トラッキング現象を否定することにした」

「でも、さっき――」

トラッキング現象による失火は、消防局や警察が導いた暫定的な結論にすぎない。

「僕たちは、放火による火災を主張している」

3

不運に見舞われた旧友を気の毒に思い、無理筋な主張に固執したわけではない。

ゼミ室で事件の概要を三船から聞いた際、トラッキング現象による失火と決めつけるべきではないと僕は考えた。明らかに不自然な点があったからだ。

発火したコンセントから、カーテン、パネルへと燃え広がった。ここまでは、当時の倉庫内の配置から説明がつく。だが、全焼に至ったのは、炎に包まれたパネルが剝がれ落ちて、容器から漏れ出たシンナーに引火したせいだと考えられている。

なぜ、シンナーの容器は倒れたのだろう。

ピタゴラ装置のように、剝がれ落ちたパネルが容器を直撃し、蓋《ふた》が外れて横転したのか。だが三船は、コードに足を絡ませて転び、容器から漏れ出たシンナーを見て逃げようとしたところで、頭上からパネルが降ってきたと話している。

転倒時には、既に容器が倒れていた。ならば、パネルの直撃が原因ではない。意識が回復した後、事情を聴取しに来た警察官に対して三船は、自身が目撃した火災現場の状況を説明した。しかし警察は、被害者の目撃状況を踏まえて捜査を進めるのではなく、むしろ三船が容器を倒した可能性を指摘したらしい。

容器を蹴《け》飛《と》ばしたのであれば、足の感覚や音で普通は気づくはずだ。

気が動転して記憶から抜け落ちているのではないか……あるいは、不注意で火勢を強めたと責められるのを恐れて、最初からシンナーの容器が倒れていたと嘘をついたのではないか。

そういった警察の不誠実な対応を受けて、三船は無法律への相談を決断した。

三船の供述を信用した場合、火災発生前に倒れた容器が放置されていたか、故意にシンナーを振りまいた人物がいることになる。前者のような不運が、偶然に連鎖したとは思えない。

後者なら……、この段階で放火の疑念が浮かび上がった。

失火の可能性を否定するためには、トラッキング現象の仕組みを理解する必要があった。インターネットで検索して、トラッキング現象を再現する実験動画にたどり着き、人為的にコンセントを発火させる方法を知った。

コンセントとプラグの間に隙間を生じさせて、ほこりの役割を果たす綿を差し込む。

そこに炭を振りかければ、炭化したほこりと同じ状態になるため、あとは電流を流せばショートして発火に至る。難しい作業や特殊な材料は必要ない。

綿は焼失するし、振りかけた炭は火災によって生じた燃え殻と一体化する。火勢が強まるほど、証拠隠滅の期待値も高くなる。偽装工作の一種である以上、警察が科捜研に依頼して徹底的に調査すれば、プラグの表面の劣化状況や倉庫の湿気などから、意図的に生じた発火か否かを区別できたかもしれない。

しかし、倉庫が全焼し、重度の火傷を負った被害者がいるにもかかわらず、警察は一年前の火災について踏み込んだ捜査をしなかった。事件性はないと判断したのである。消防局が作成した調査書類を受け入れ、出火原因はトラッキング現象と結論づけた。

事件性がないと判断したのは、放火を疑うに足りる明白な痕跡が残されていなかったことに加えて、倉庫を故意に燃やす動機が想定できなかったからだろう。

放火は重罪だ。よほどの理由がなければ、人は犯罪者になるリスクを受け入れない。

動機の問題には、僕たちも頭を悩ませてきた。

平地に建てられた文系キャンパスと、山の中腹に建てられた理系キャンパス。両者を繋《つな》ぐ坂道を通行するのは霞山大の関係者くらいなのだが、その中間あたりに実行委員会が管理するプレハブと倉庫がぽつんと建っていた。

二つの建物は三十メートルほど離れており、山林に隣接しているわけでもないので、倉庫から他の建物に延焼したり、山火事が派生する危険性は低かった。また、出火時に倉庫で作業していた者はおらず、三船が飛び込まなければ人的な被害も生じなかった。

したがって、延焼や人的被害の危険性を否定した場合、愉快犯を除外すれば、放火の動機は倉庫の焼失自体に求めるしかない。

犯罪の動機は、それによって何を得られるのかが重要な考慮要素となる。

実行委員会を恨んでいる者が、倉庫を燃やして金銭的な被害を生じさせようとしたのか。しかし、倉庫に貴重品は保管されておらず、何年前に購入したのかもわからない古い機材や、終焉祭に向けて作成したパネルなどが雑然と置かれていたに留まる。むしろ、隣接するプレハブを燃やした方が、各種の電子機器が保管されていたためダメージが大きかった。

金銭以外の損害として想定されるのは――、
機材や道具を消し炭にして、終焉祭を中止に追い込むことか。

火災が発生したのは終焉祭の一カ月前だった。進めていた作業の大半が振り出しに戻ったため、実行委員がプレハブに連日泊まり込んで何とか本番に間に合わせたらしい。

最大の問題は、刷り上がったばかりの大量のパンフレットを失ったことだった。案内図やタイムスケジュールが記載されており、来場者の多くが手に取って目を通す。実行委員会は、無料配布のパンフレットに企業名や広告を掲載することを条件に、企業協賛金を調達していた。つまり、当日までにパンフレットを準備できなければ、契約不履行を理由に協賛金の返還を求められる可能性すらあった。三万人を超えるイベントに成長した以上、大学生が主催しているという言い訳は通用しない。

結果的には、パネルや看板といった装飾は簡素なもので妥協せざるを得なかったが、印刷会社に頼み込んでパンフレットを超特急で刷り直し、終焉祭は滞りなく閉会式を迎えた。

むしろ、アクシデントの克服が地方紙やニュースで取り上げられ、歴代最多の来場者数を記録したと三船は言っていた。

倉庫の焼失によって、実行委員会が大打撃を受けたのは間違いない。一方で、終焉祭を中止に追い込みたかったのであれば、開催直前に火を放った方が効果的だったのではないか。そうすれば、不死鳥のような復活劇は成し遂げられなかっただろう。

僕と三船は、再会した当日にこのあたりまで検討を進めた。動機の問題は積み残したままだったが、放火の可能性が否定しきれない以上、真相を解明すべきだという結論に至った。

しかし、放火犯にたどり着くためには、まったく情報が足りていなかった。この時点では火災に関する調査書類すら手元になかったのである。被害者であっても、三船が個人で情報を集めるのは自《おの》ずと限界があった。

今後の人生を左右する訴訟に発展することが予想されたし、学生にすぎない僕が踏み込んでいい問題ではないと思い、弁護士に相談するよう三船に勧めた。弁護士であれば、関係機関に照会をかけて資料を集めることができる。

三船はいくつかの法律事務所に問い合わせて事情を話したが、どの弁護士も依頼を引き受けるのに消極的な態度を示した。多額の賠償を求めても敗訴すれば報酬を受け取れないため、負け筋の事件を受けたがらない弁護士は多い。

警察が失火と結論づけたことで、それに反する放火の主張に及び腰になったと思われる。検察が不起訴とした事件や、裁判所が無罪とした事件であっても、民事訴訟で有罪を前提とした判決が下されることはある。刑事と民事では、求められる立証の程度が異なるからだ。とはいえ、そのような逆転劇は滅多に起こるものではない。

敗訴を見据えて、高額の着手金を支払うなら引き受けると言った弁護士はいたが、依頼の時点で大金を捻出《ねんしゅつ》する余裕はなかった。

訴訟の入口段階で躓《つまず》いた三船は、再び無法律を訪れた。

何とか力になりたい。そう考えた僕は、禁忌を犯して旧友に手を差し伸べた。

「僕が出す指示に従って、三船は本人訴訟を進めてきた」

「本人訴訟？」

放火を疑った理由を説明した後、無法律を訪れた際のやり取りを伝えている途中で、戸賀に訊き返された。既に三人とも食事を終えているが、追い出される気配はない。

「民事訴訟は、弁護士が法廷に立つのが原則だけど、代理人を選任せずに本人が訴訟を追行することも認めている。それが本人訴訟」

「へえ。弁護士しか訴えられないと思ってました」

「弁護士以外に助っ人を頼むのはダメ。でも、本人が自力で立ち向かうのは許す」

「不思議な制度ですね」

弁護士代理の原則を廃止したら、自称専門家の訴訟請負人が現れて、高額な依頼料を求める詐欺が横行するかもしれない。本人訴訟なら、負けても勝っても自己責任の一言で片づけられるため、法律で禁止する必要はないと考えられている。

「訴訟を提起すれば、裁判所を通じて証拠資料を収集する手続が利用できる。引き受ける弁護士がいないなら、本人訴訟で戦うしかない。訴状、準備書面、書証、証拠説明書。必要な書面を僕が作成して、三船には台本通りに法廷で振る舞ってもらった」

「操り人形みたいにな」三船が揶揄《やゆ》するように言った。

「つまり、古城さんは法廷に立たず、影の支配者に徹していたわけですか」

大げさな表現に、僕は首を左右に振る。

「弁護士資格がないから、立ちたくても立てない」

「安楽椅子弁護ですね」

「傍聴席で見てきたから、現場にはいたよ」

「現場は柵《さく》の内側に限られます」

僕の決断に対して、ゼミの内外から批判が噴出した。

資格がないにもかかわらず、書面の作成や訴訟追行の指示など、あたかも弁護士のように背後から当事者を操る。それは弁護士代理の潜脱つまり脱法行為と言われても否定できないもので、ゼミの信用に関わるから手を引くよう説得された。

警察が事件性なしと結論づけたのも、周囲の態度を硬直化させる一因となった。学生間の私的なトラブルならまだしも、僕たちの主張は失火と判断された事件を蒸し返して放火犯を弾劾するものだった。警察、大学、実行委員会……。放火と断言する明白な証拠があるわけでもないのに、多くの団体を敵に回したのだ。

それでも、僕は譲るつもりはなかった。

当時の無法律は、活動方針を巡って、代表の僕と副代表が対立していた。そんな折に舞い込んだ三船の相談が引き金となり、内部分裂が起きた。見苦しい言い争いや蹴落とし合いを繰り広げた結果、僕はゼミで孤立するに至った。

そんな黒歴史を公開することに意味はないので――、

「放火犯が誰か特定できていなかったから、実行委員会を被告として訴訟を提起した。管理義務を怠って放火を招いた。苦しい主張だけど、委員会のメンバーの中に放火犯がいるなら監督責任を問うことができる」

「それって、順番が逆な気がします」そう戸賀が指摘した。「放火犯が誰かわかってから、所属する団体を訴える。それが普通の流れですよね。だって、もし部外者が倉庫に侵入して火をつけたなら、濡《ぬ》れ衣《ぎぬ》もいいところじゃないですか」

「すぐ近くのプレハブで三船たちは待機していたわけだから、見知らぬ人間が倉庫で怪しい動きをしていたら見咎《みとが》められたかもしれない。愉快犯が、辺鄙《へんぴ》な場所にある倉庫を狙うとも思えない。いろんな事情をあわせて考えると、内部犯の可能性が高い」

「うーん。結論ありきの理由づけに聞こえますが」

言葉を濁しているが、説得力が弱いと戸賀は言いたいのだろう。

「当事者は、結論ありきで主張を組み立ててもいいんだ」

「ほう。その心は？」

「真実だと考えるストーリーを原告と被告が披露して、裁判官が妥当な結論を導く。それが裁判の在るべき形だから。さすがに嘘をつくのはマズいけど、無理筋だと自覚しながら自信満々に主張するのは、よくあることだよ。戦略といってもいい」

「なるほど」

あたかも僕自身が経験してきたように話してしまったが、弁護士の母の受け売りだ。

どうして凶悪事件の弁護を引き受けるのか。悪人の味方をして心が痛まないのか。依頼人が嘘をついていると思っても、自分の直感を裏切って従うのか――。素朴な疑問に対して、母は曖昧《あいまい》な言葉でごまかさず真摯《しんし》に答えてくれた。

今回の事件も母に依頼できればよかったのだが、去年から弁護士登録を一時的に取り消して霞が関に出向しているため、力を借りることは難しかった。

「友達のために苦しい主張を押し通そうとしているなら、それはそれで古城さんを見直したんですけど。人情派の熱い男だったのかと」

「期待に添えなくて申し訳ない」

相談者が三船ではなく初対面の霞山大生でも、他のゼミ生の反対を押し切って手を貸そうとしたか――。迷わずに依頼を受けたと断言することはできない。火傷がない三船の素顔を知っていたからこそ、長い前髪で顔を隠している姿を見てショックを受けた。高校生の頃のような笑顔を取り戻してほしいと思った。

私情を挟んだ決断だとしても、依頼者の利益になるなら母は認めてくれるはずだ。

「それで、犯人の目星はついているんですか？」戸賀に訊かれる。

「取っかかりはある。無人の倉庫を全焼させる動機って、何が考えられると思う？」

行動心理を見定める能力は、僕より戸賀の方が優れている。

「入れ物か中身が邪魔だったとか」

「倉庫が入れ物？」

「はい。柱にダイイングメッセージが刻まれていたり、天井裏に人骨が埋め込まれていたりしたわけですよ。消し去るには、倉庫自体を燃やす必要があった」

「なるほど」考えてもみなかった。「中身っていうのは？」

「シンプルに、倉庫で保管されていたものです。大麻の栽培とか、酒の密造を裏事業として行っていて、ガサ入れが入る前に証拠を隠滅したとか」

想像力の豊かさに感心してしまった。

「マフィア組織みたいだ」三船は笑いながら、「でも、倉庫を燃やす必要まではないんじゃないかな」と指摘した。

一部に問題があるなら、その部分だけを取り除けばよかったはずだ。

「木を隠すために森を燃やしたっていうのは、どうでしょう」

「どういう意味？」

「人目に触れると困るものが、倉庫に保管されていた。だけど、それは持ち去ると他の人に怪しまれるものだった。つまり、悪事を働いていたのは実行委員の一部だったんです。その証拠を隠滅するために、すべてを燃やした。うん。それっぽくないですか？」

僕と三船は、顔を見合わせた。

もっと早く意見を訊くべきだった。三船も、そう思ったかもしれない。

4

民事訴訟を提起してから約一年。多くの時間を一人の女子大生の説得に費やした。

文書送付嘱託と呼ばれる手続を利用して火災の調査書類を手に入れたところ、焼損面積や出火原因について、専門用語を交えながら細かく記載されていた。それらを精読してから、趣旨が不明な箇所はメールで回答を求めた。個人情報の開示には消極的な消防局も、一般論は丁寧に解説してくれた。大学生と名乗ったのが功を奏したのだろうか。

『トラッキング現象による出火と考えて矛盾しない』

矛盾しないというのは便利な言葉で、あえて否定する根拠もないが、積極的な裏づけも存在しないことを意味している。裏を返すと、放火を疑う理由さえ示せれば、争う余地は充分残されている。僕たちはそう理解した。

ゴールは決まったが、その道のりは霧に包まれていた。

放火犯がいるというのは、ある種の願望にすぎなかった。真相は不慮の事故で、シンナーの容器が倒れていたのも偶然。あるいは、三船の見間違い――、虚偽の記憶を作り出したのかもしれない。それでも、依頼者を信じるのが自分の役割だと理解していた。

罪を逃れて嘲笑《あざわら》っている放火犯が、どこかにいる。

その正体を見極めるために、関係者に接触して話を聞くことにした。

訴状を裁判所に提出した翌日、三船は実行委員会を辞めた。火傷を負わせた犯人が内部にいると疑ってしまったのだから、籍を置き続けることはできなかったのだろう。

これは僕の判断ミスなのだが、対立構造ができあがる前に情報収集を済ませておくべきだった。実行委員会の管理責任を追及する内容の訴状は、彼らへの果たし状に他ならない。宣戦布告をしてきた敵対者に対して口が重くなることは予想できた。

昨日の敵は今日の友。その逆もまた然《しか》り。

三船の顔を直視しようとしない者たちに冷たくあしらわれ、プレハブへの出入りすら禁じられた頃に、他にも実行委員会を去った人物がいることを漏れ聞いた。僕たちのしつこさに辟易《へきえき》して、口を滑らせた者がいたのだ。

足立千佳《あだちちか》。煙を吸って意識を失った三船を、倉庫の外に運び出した命の恩人。

火災現場で何かを目撃して、一人では抱えきれなくなって辞めたのかもしれない。

文学部の四年生で、何度か学部棟に足を運んだが、卒業に必要な単位を取り終えていたらしく、講義室には姿を現さなかった。

三船がメッセージを送っても反応がなかったので、僕が作成した長文の文章を転送してもらった。後遺症について説明する内容も含まれており、情に訴えかけることに三船は難色を示したが、他に手段がないと納得させた。裁判でも双方の主張が行き詰まり始め、このままだと手続を打ち切られかねないと焦っていた。

後日、足立千佳から短い謝罪のメッセージが届いた。

――私のせいです、ごめんなさい。

ようやく、取っかかりが得られたと思った。早急に問い質《ただ》したりはせず、信頼関係を築くためにやり取りを重ねた。

断片的な情報が明かされ、徐々に距離を縮めていき、覚悟を決めて大胆に手を伸ばしたところで、すべてを話しますと呼び出された。

そして、現在に至る。

「面白い子だな」

「戸賀夏倫のこと？」

「呼び捨てにするのは恥ずかしい。フルネームだったら、記号として口にできる。ほんと、変わらないな」

「冷静に分析しないでくれ」

「古城って、良くも悪くも自己完結してる人間だから。無理やり殻を破ってくるタイプとは、相性が悪いと思ってた。向こうにも信頼されてるみたいだし、よかったじゃん」

「振り回されてばかりだけど」

食堂を出た後、僕と三船は、キャンパスの裏側にある坂道を歩いて登った。約束があると伝えたところ、何かを察したらしく戸賀は一人で帰っていった。

午後九時。終焉祭が終わってから一ヵ月半ほどが経ち、事後的な事務作業も終了したからか、敷地内はひっそりとしている。プレハブへの出入りは禁止されているが、待ち合わせ場所に指定されたのは倉庫跡地である。

そこに建物が建てられていたという痕跡すら、何も残っていない。終焉祭で使用する機材の保管場所はどこになったのだろうか。防火対策が万全な建物だといいけれど。

「来週の裁判で尋問をやるんだよな」

三船の横顔が、月明かりで照らされている。なるべく左側に立つように意識しているが、それが配慮と受け止められているか、逆に傷つけているのかはわからない。

「うん。記憶通りに答えてくれればいい」

「そういうものなのか」

実際は綿密なリハーサルを行うが、今回は特殊な事情がある。

かつて倉庫の入口があったはずの場所に立っていると、ニットのワンピースを着た小柄な女性が近づいてきた。足立千佳なのか視線で尋ねると、三船は頷きを返した。

一度も染めたことがなさそうな黒髪が、眉《まゆ》の下で切り揃えられている。

「足立、来てくれてありがとう」三船が声をかける。

「ううん。呼び出したのは私だから」

立ち止まり、気まずそうに足立は俯《うつむ》いた。

待ちわびた対面の瞬間。

「僕は、三船の手伝いをしている法学部の古城です。しつこくメッセージを送ってしまい、すみません。でも、書いた内容はすべて本当のことなので」

「そうやってプレッシャーをかけるなよ」

三船が柔らかい口調で言い、足立は顔を上げて僕たちを見た。

「もっと早く打ち明けるべきでした」

「足立は何か知ってるの？」

「……うん」

「教えてくれないかな」

呼吸を整えるほどの間――。

ため込んでいたものを吐き出すように、核心部分から足立は語りだした。

「私、パンフレットの作成を担当してたでしょ。タイムスケジュールとか案内図を作って、広告のレイアウトを決めて、印刷会社に発注した。送られてきた見本も問題ないと思ったから、指示した部数を刷ってもらった。それで倉庫に搬入された後にじっくり読み直したら、編集後記に見覚えがないQRコードが印刷されていた」

「QRコード？」三船が訊き返す。

商品のパッケージやチラシなどに印刷されているものだ。正方形の二次元バーコードで、対応したアプリを使用すればあらかじめ登録された情報が読み取れる。

「編集後記も私が書いたから、違和感に気づいた。印刷会社のホームページにでも飛ぶのかと思って、携帯で読み取ってみたの。そうしたら、ファイルのダウンロードページみたいなのが表示された」

パンフレットも倉庫に保管されていた。

木を隠すために森を燃やした――。戸賀の発言を思い出す。

「ネットに公開されていたデータがあったってこと？」

「うん。ダウンロードして開いたら、エクセルのデータで、数字がたくさん書いてあった。項目も細かく分けられていて、直接の担当じゃないから知識はなかったけど、過去に開かれた終焉祭の会計に関する書類だと気づいた」

「えっ……」

「外部に公開するようなデータじゃないし、私が書いた編集後記に印刷されている意味がわからなかった。このまま配るわけにはいかないと思ったけど、倉庫に山積みになっている。一人じゃ抱えきれなくて、清崎《せいざき》くんに相談した」

清崎壮《そう》。昨年の終焉祭の実行委員長を務めた人物である。

登記簿を見る限り委員長が団体の代表者を兼任しているのだが、今年の終焉祭を迎えて委員長が替わっても、代表者は清崎壮のまま書き換えられていない。今回の訴訟に決着がつくまでは、代表者を固定するつもりなのだろう。

「清崎は、何て言ったんだ？」

「驚いてたけど……、何が起きたのか調べるって」

何者かが、印刷会社に発注する直前に、編集後記のデータを差し替えたのだろうか。会計のエクセルデータを忍び込ませた……、その意図は。

「パンフレットのデータは、どこで管理していたんですか？」

話が先に進む前に確認しておきたかった。

「プレハブのパソコンです。共用で使っていて、パスワードは全員に教えられていました。フォルダに保存されていた最新のデータを業者に送ったんです」

「簡単にデータを差し替えられたということですね」

「はい。ちゃんと発注前に確認するべきでした」

手違いで混入したとは思えない。ダウンロードページの作成、QRコードへの変換、編集後記への挿入。何段階も手順を踏み、発見される危険を顧みずに実行した。

明確な意思を感じる。そこから何を伝えたかったのか。

「犯人は見つかったのか？」

三船が訊くと、足立は僕たちの背後を見た。

「一週間後に、倉庫が燃えた。保管されていたパンフレットも全部。あの日、私もプレハブで作業していて、煙に気づいたから。中に入って、三船くんを見つけて、私――」

「大丈夫。落ち着いて」

パンフレットの焼失が目的だったのかもしれないとは、三船と軽く話したことがある。刷り上がった直後に火災が発生したからだ。大量の部数が保管されていたため、人知れず持ち去ることもできない。しかし、その目的がわからなかった。

かなりの印刷コストがかかっているため、発注ミスに気づいた担当者が責任逃れを図った可能性も検討したが、それだけで放火に及ぶとも思えず否定した。

足立は、目を潤ませながら、

「不正な会計処理が行われていたんじゃないかな」

「……内部告発か」三船が呟く。

一般的なサークルの部費や委員会の経費とは異なる。法人格を取得して、企業から協賛金を調達し、運営総予算は一千万円にのぼる。まとまった金銭が動いていたのは間違いない。関係者が横領行為を働いていたとしたら。

「経費は自己申告、領収書の管理も明確なルールはなかった。帳簿の見方は知らないけど、見る人が見たら不正を見抜けたのかもしれない」

「足立の言うとおりの内容だったとして、それを来場者に配布したら、不正の証拠をばら撒《ま》くことになる。運営の裏話が書かれていると思って、編集後記のQRコードを読み取る人は、一定数いただろうし」

「知識がある人が見れば、会計の資料だって一目瞭然《いちもくりょうぜん》だったと思う」

足立の意見に、三船は頷き返した。

「企業広告を載せる条件で資金を調達しているから、パンフレットの配布を諦めるわけにはいかない。かといって、事情を説明せずに刷り直す口実も見つからなかった。だから、失火に見せかけて倉庫ごと燃やした」

不正会計の証拠隠滅は、倉庫を全焼させる理由になるだろうか。発覚した場合のリスクと釣り合いが取れているかを考えようとしたが、すぐには結論を導けなかった。

「私は、清崎くんにしか話していない」

「清崎自身が関わっていたか、清崎に問い詰められた誰かが暴走したか」

不正を働いていたのが、一人とは限らない。むしろ、OBが関与していた可能性すらある。不正会計が露見した場合、関係者は刑事責任を問われかねない立場にあった。

過去の罪を闇に葬るために、放火という新たな罪を犯したのか。

「倉庫が燃えた後、清崎さんとどんな話をしましたか?」僕からも訊いた。

「元のデータで刷り直そうと言われて、あのエクセルのデータは何だったのか訊きました。パンフレットと火事は、まだ完全には結びついてなくて……、いや、考えたくなかっただけかもしれません。清崎くんは、過去の会計書類だったと言いましたが、不正の証拠とは認めなかったし、混入した理由もわからないと」

「そのパンフレットは、今も手元にありますか？」

「いえ。清崎くんに渡してしまったので」

「印刷業者に送信したメールは残っていますよね」

差し替え後のデータには、ＱＲコードが挿入されているはずだ。

「はい。でも、ダウンロードページが消えていました」

実行委員会の不正会計が露見していれば、僕や三船の耳にも入っているはずだ。告発者は手を引いたのだろう。火災から脅迫のメッセージを読み取ったか、あるいは――、

「足立さんと三船の他に、実行委員会を辞めた人はいますか？」

「いないと思います」

「清崎さんと、それ以上の話は？」

足立は首を左右に振った。前髪が小刻みに揺れる。

「どうして燃えたんだろうねって、清崎くんに無表情で訊かれたんです。急に怖くなって、脅されたのかもしれないと思いました。誰にも相談できなかったし、何事もなかったかのように終焉祭が開かれて。頭がおかしくなりそうで……、逃げてしまいました」

証拠になり得るデータが残っていないため、会計の不正が行われていたと断言するこ

とも難しい。足立の供述だけで、放火犯を特定することはできないだろう。

しかし、火種としては充分だ。あとは間に合うか否か。

「倉庫の外に運び出してくれてありがとう。重かっただろ。足立がいなかったら、あそこで焼け死んでいたかもしれない」

三船が礼を述べる。足立は、彼の顔を見ようとしなかった。

「私が清崎くんに相談していなかったら、火災は起きなくて――」

「それは違うよ。足立が責任を感じることじゃない」

「本当のことを話すのに、こんなに時間がかかっちゃった」

「でも、話してくれた」

足立が泣き止むのを待ってから聞き逃した点を確認したが、有利に働きそうな情報は引き出せなかった。立ち去る直前、足立は頭を下げた。

「卑怯者《ひきょうもの》なのはわかっています。だけど……、ごめんなさい」

「今日のお話で充分です。ありがとうございました」

足立の背中を見送りながら、訊き出した情報を頭の中で反芻《はんすう》した。

5

翌日。僕は、とある雑居ビルの中にいた。

目的の部屋を見つけて、重厚な造りの黒い扉のインターフォンを鳴らす。その上部には、『レジスト法律事務所』と彫られた鉄製のプレートが掲げられている。

今回の訴訟で僕たちは、実行委員会を被告に選んだ。けれど、実体が存在しない団体が訴訟活動を行うことはできないため、代表者である清崎壮の名前も訴状に記載した。あくまで被告は実行委員会であり、清崎は団体の権利を代わりに行使する建前になっている。

もちろん、原告が本人訴訟で手続をスタートさせたからといって、被告までそのレールに乗る必要はない。清崎は、自ら法廷に姿を現すのではなく、相馬《そうま》弁護士を代理人に選任した。レジスト法律事務所の代表弁護士である。

この時点で、原告は本人訴訟、被告は弁護士が代理権を行使するという、圧倒的に不利な構図ができあがった。

「レジスト法律事務所、受付です」

スピーカーから女性の声が聞こえ、「相馬先生と約束している古城と申します」と答えると中に通された。

訴訟では黒子役に徹してきたが、決戦直前に単身で敵陣に乗り込むことにした。午前中に電話をかけて要件を伝え、先方の予定を聞いて面会を申し入れた。任意後見契約法の講義と重なっていたが、既に出席日数は足りているのでこちらを優先した。

「相馬を呼んでまいります」

案内されたのは、テーブル、ソファ、観葉植物、内線電話が置かれているだけのシンプルな空間だった。専門書で溢《あふ》れている無法律のゼミ室とは違う。この部屋に通された相談者は、どんな心境で弁護士が来るのを待っているのだろう。

そんなことを考えていると、応接室のドアが開いた。

「待たせたね」

ネイビーのスーツを着た相馬弁護士が、ゆったりとした足取りで入ってきた。三十代半ばくらいの外見だが、法廷での立ち振る舞いも含めて、落ち着きと余裕を感じる。毛玉だらけのカーディガンを着ている僕とは、初対面の相手に与える印象がまるで違うだろう。

「お時間を割いていただき、ありがとうございます」

足を組んで顎《あご》に手を当て、相馬弁護士は思案するように目を細めた。

「ああ。どこかで見たと思ったら、傍聴席に座っていた学生か」

弁論準備手続と呼ばれる非公開の手続に付されるまで、三船が裁判官や相馬弁護士と受け答えする姿を傍聴席で見守ってきた。

「電話でお伝えしたとおり、原告の主張を組み立てて、一連の書面を作成したのは僕です。清崎壮さんから、無料法律相談所のことは聞いていますか？」

「噂にすぎないと思っていたよ。法学部のゼミの活動として、訴訟活動を請け負っているということかい？」

「僕が、独断で行ったことです」

足立千佳の名前は出さず、戸賀が言うところの〝安楽椅子弁護〟を打ち明けて、相馬弁護士と会う約束を取りつけた。現役の弁護士ならば、興味を示すと考えたからだ。

「本人訴訟にしては、よくできた訴状や準備書面だったよ」

「ありがとうございます」

「そう褒めてもらいたくて来たわけか」

冷ややかな視線を向けられる。

「違います。僕は――」

「非弁活動という言葉くらいは知っているだろう」

安楽椅子弁護の問題点を、ピンポイントで指摘された。

「資格を持たずに、弁護士の業務を行うことですよね。業務に対する報酬を受け取らなければ、法律で禁止されている非弁活動には当たらないはずです」

「本質は、報酬の有無にあるわけじゃない」

強い口調で相馬弁護士は続けた。

「法律上の紛争はやり直しが利かないんだ。紛争を未然に防ぐために予防策を講じるのも、解決に向けて落としどころを探るのも、専門家が行うべき業務だ。君のような素人が横やりを入れていい領域ではない」

「弁護士だって、すべての紛争を解決できるわけではないですよね」

「我々は、バッジと職責を懸けて、事件と向き合っている」

彼のジャケットには、ひまわりと天秤《てんびん》を象《かたど》った弁護士バッジが留められている。

「プライドの話ですか？」

「書面にも判決にも、代理人としての名前が表示される。不適切な弁護活動をした場合は、懲戒処分や賠償責任を問われることもある。これが責任というものだよ。大学で身に付けた知識を披露したいなら、模擬裁判でもやればいい」

「遊びのつもりはありません」

「今回の訴訟の結果には、既判力と呼ばれる拘束力が生じる。敗訴すれば、改めて弁護士に頼んで紛争を蒸し返すことはできない。敗訴という結果に拘束されるからだ。弁護活動は、不可逆なんだよ」

火災によって三船が被った損害の賠償を、僕たちは実行委員会に求めている。

相馬弁護士が指摘したとおり、この訴訟に敗訴すれば責任追及の道が断たれる。後遺症という損害だけが三船の人生に残ってしまう。

最善を尽くすならば、腕の立つ弁護士に依頼するべきだった。引き受ける者がいなかったから、苦肉の策で僕が関わった。そう説明しても納得は得られないはずだ。

「要するに、三船が勝訴すれば問題ないわけですね。既判力は勝訴判決にも生じます」

あからさまな溜息。そして、はっきり告げられた。

「自惚《うぬぼ》れているのかもしれないが、君の訴訟活動はお粗末だよ」

「そうでしょうか」

「火傷の後遺障害について、男性は女性よりも労働能力に与える影響が小さい。その立場を前提にした主張が、君が作成した訴状で展開されていた。確かに、容姿が重視される仕事の男女比の割合などから、損害の認定に差異を設けるべきだという議論は存在する。だがそれは、被告の反論によって生じる論点だ。原告はまだ学生なのだから、卒業後の職業選択の幅が狭まり、労働能力の喪失に性差は関係ないと主張する余地は充分にあった」

僕の反論を待たず、相馬弁護士は言葉を継いだ。

「慰謝料の額も、弱気な額が設定されている。二百万円の慰謝料が相当だと裁判所が考えても、原告が百万円しか請求していなければ、その額を超えた支払は命じられない。最終的な落としどころを勝手に想像して、原告にとって不利な構成を自ら選択した。それでよく勝訴すれば問題ないなどと言えたものだ」

「――勉強になります」

「君にとっては、数多くある依頼の一つなのかもしれない。依頼人の人生を左右することを本当に理解しているのなら、そんな軽い言葉は口にできないはずだ。訴訟提起から一年以上経つのに、未《いま》だに誰が放火犯なのかを特定することもなく、抽象的な主張に終始している。すべてが中途半端なのだよ。君と会ったのは、勘違いを指摘するためだ」

無法律が訴訟のサポートを請け負ったのは、今回の依頼が初めてだ。もちろん、いい加減な気持ちで関わってきたわけではない。敗訴した場合の不利益を三船に説明した上で、それでも立ち向かおうと決めた。

僕が最優先に考えているのは、依頼人の利益だ。

相馬弁護士に指摘されたような、被告や裁判所への忖度《そんたく》は一切していない。

「申し訳ありません」

「謝罪する相手は私ではないだろう」

「いえ。さらに先生を失望させてしまうと思うので」

携帯電話を取り出して、端末に保存している音源をスピーカーから流す。

『私、パンフレットの作成を担当してたでしょ――』

そこで停止ボタンをタップして、「これは実行委員会に所属していた、足立千佳さんとの会話を録音したものです」と説明した。

「何のつもりだ?」

「放火の動機を特定できていないことが、我々の主張の最大のネックだと考えていました。足立さんは、その答えを教えてくれた。実行委員会の不正会計の暴露に繋がるパンフレットが倉庫に保管されていて、委員長の清崎さんに相談した直後に火災が起きたと。詳しくは、音源をお渡しするので、ゆっくり聞いてください」

同じデータが保存されたSDカードを相馬弁護士に手渡した。

表情に大きな変化はない。さすがに驚いたはずだが、ポーカーフェイスも弁護士に求められる能力の一つなのか。

「来週の裁判では、清崎さんの尋問も予定されています。それまでは音源の存在を隠して、反対尋問で不意打ちをかけて動揺を誘う。それが訴訟戦術のセオリーでしょう。あえて事前に切り札を開示した理由がわかりますか」

「まだ、その音源も聞いていない。駆け引きに付き合うつもりはないよ」

「わかりました。それでは失礼します」

席を立つと、SDカードを手に持ったまま、相馬弁護士は僕を見上げた。

「用事は済んだのかい？」

「はい。渡すものは渡せましたし、相馬先生の信念もお聞きできたので」

これが最善の方法だと僕は考えた。真意が届かなければ、一年間の準備が水泡に帰する。余計な発言は付け加えず、雑居ビルを出てから大きく息を吐いた。

シャツの下の肌が汗ばんでいたが、不思議と不快には感じなかった。

6

見慣れないスーツ姿の三船が、303号法廷の原告席に座っている。裁判所に向かう道中、スーツを着たのは成人式以来だと、緊張を隠すような笑みを浮かべながら話していた。数学科を卒業した後は、そのまま修士課程に進学するらしい。

被告席に並んで座っているのが、相馬弁護士と代表者の清崎壮。

メタルフレームの眼鏡をかけ、若手教師のような外見の清崎は、退屈そうに携帯を弄っている。相馬弁護士も、傍聴席に座る僕と視線を合わせようとはしない。

腰あたりまでの高さの木の柵が、当事者席と傍聴席を明確に区別している。資格を持たない者が、この柵を越えることは許されない。開廷が告げられれば、僕に発言権は与えられず、やり取りを見守ることしかできなくなる。

やれるだけのことはやった。あとは彼らの判断に任せるしかない。

経済学部のゼミの中間発表と重なっていたらしく、戸賀は日程に文句を言いながら傍聴を諦めた。官公庁の裁判所は平日の日中しか開いていないため、学生が頻繁に傍聴に足を運ぶのは難しい。この裁判は、大学生同士の争いという側面や、昨年の終焉祭が注目されたこともあって、記者らしき人物も傍聴している。

今日の裁判では、三船と清崎の尋問を実施することになっている。その結果次第で、手続が打ち切られるか否かが決まる。放火犯を特定できなければ、実行委員会の管理責任を問えるはずもなく、判決で敗訴を言い渡されるのは目に見えている。

尋問の結果にかかっていると、三船とは話してきた。

定刻通りに男性の裁判官が現れて、事件番号が読み上げられた。

「それでは始めましょう。今日は……、双方の尋問を実施する予定でしたね」

三船が頷いたのとほぼ同時に、相馬弁護士が立ち上がった。

「裁判官。よろしいでしょうか」

「どうぞ」

「被告は、原告の請求を認諾します」

老眼鏡をかけた裁判官は、眼鏡の奥の目を丸くした。

「認諾――、ですか」

「はい。請求の一部ではなく、すべてを認めます」

三船が困惑した表情を浮かべていた。〝認諾〟の意味がわかっていないのだろう。それに気づいた裁判官が、端的に説明を加える。

「請求の認諾というのは、訴状に記載されている原告の請求が正しいことを被告が認めて、裁判を終わらせる訴訟行為です」

「裁判を終わらせる？　じゃあ、請求しているお金はどうなるんですか」

三船が疑問を口にすると、裁判官ではなく相馬弁護士が答えた。

「約六百万円。一括で近日中にお支払いします」

僕が訴状に記載した請求金額全額だ。火傷の後遺障害による逸失利益、慰謝料、その他の実費……。昨日、相馬弁護士に指摘されたとおり、想定される被告の反論を踏まえて金額に修正を加え、約六百万円という請求金額を導いた。

「……なぜですか？」三船が訊いた。

「なぜ、とは」

「このタイミングで認めた理由です」

証言台を挟むように原告席と被告席は設置されており、会話を成立させるには、それなりに大きな声を出す必要がある。

「清崎氏を始めとした、実行委員会の総意です。不慮の事故とはいえ、かつて活動を共にしていた三船さんが巻き込まれ、重い火傷を負ったことに彼らは心を痛めていた。このように法廷で争うことも、本意ではありませんでした。資金の目途がついたので、尋問を実施して対立が激化する前に、請求を認諾することを決断してもらいました」

清崎は、神妙な表情で代理人の説明を聞いている。

「それなら、出火の原因も――」

「請求の認諾によって、裁判は終了します。わからないことがあるのなら、お調べになるか、法律に詳しいご友人に訊いてください」

三船の発言を遮って、相馬弁護士は裁判官の方を向いた。

「事前に書面を提出できず、申し訳ありません」

「いえ。口頭でも構いません。それでは、その旨を記載した認諾調書を作成します。調書ができましたら、双方に連絡します」

十分もかからずに、今日の期日は終了した。いや、一年間続いた裁判が終了したのだ。

先に法廷を出てベンチに座っていると、三船が速足で近づいてきた。エレベーターは反対側なので、清崎や相馬弁護士と鉢合わせる心配はない。

「何なんだ、認諾って」

裁判官と同じ答えを僕は繰り返した。

「請求した金額がすべて支払われる。勝ったのと一緒だよ」

「勝ったって……。誰が放火犯なのか、わからないままじゃないか。最後のチャンスだった清崎の尋問も、やらないってことだよな」

「うん。手続が打ち切られたから」

騒がしい大学のキャンパスとは違って、裁判所は静寂に包まれている。声を潜めないと、通りかかった人に聞こえてしまう。

「一年間も経って……、どうして今さら態度をひっくり返したんだ」

「尋問前に手を打ちたかった、と言っていたね」

「理由になってないだろ」

前髪が乱れて火傷の跡が見えている。複雑な心境なのだろう。

法廷での相馬弁護士の説明は、火災の責任を認めたわけではなく、清崎たちが善意で賠償額を捻出したかのような口ぶりだった。募金や寄付のように。

「請求の認諾は、金銭の支払という結論を受け入れるだけで、その理由を明らかにする必要まではない。だから……、出火の原因を特定することもできない」

「拒否しちゃいけないのか」

「え？」思わず訊き返してしまった。

「裁判を終わらせずに、尋問まで実施してほしい。尋問で清崎を切り崩すことができれば、不正会計の証拠を隠すための放火だったと、裁判官も考えるはずだ」

「それはできないよ。請求の認諾に原告の同意は必要ないんだ。無条件に主張を認めているから、原告に不利益はないと考えられている。裁判は、請求の当否を判断する手続で、その過程で真実が明らかになるとは限らない」

「納得できないんだよ」

三船はまだ状況を正確に把握していない。

「尋問の実施は避けるべきだと、被告は判断した。三船の口から、実行委員会の不正会計について語られるのを恐れたんだ」

「足立が俺らに打ち明けてくれたのを、清崎たちは知らないだろ」

「僕が話した」

三船は、目を見開いた。

「……古城が？」

「相馬弁護士の事務所を訪ねて、ＩＣレコーダーで録音した音声を渡した。足立さんと倉庫跡地で会ったときに、会話の内容を録音していた。それを聴いた上で、清崎壮と話し合ったんだと思う」

「何で、そんなことを」

僕から視線を逸《そ》らすわけにはいかない。

「向こうの出方をうかがいたかった。尋問で揺さぶるために、心理戦に持ち込むつもりだったんだ。こんな展開になるなんて、予想もしていなかった」

「だけど――」

「慎重に動くべきだった。僕の判断ミスだ」

「事前に相談してほしかったよ」

「ごめん」

十秒以上、沈黙が流れた。三船は通路を眺めながら、やがて呟いた。

「喜ぶべき結果なんだよな」

「お金は支払われる」

約六百万円。損害の大部分を補填《ほてん》できる金額だと、僕は思っている。

「わかった。整理できてないから、一人で考えてみる。来週くらいに、またゼミ室に行くよ。続きは、そのときに話そう」

引き止める言葉は思い浮かばない。三船が立ち去った後、高い天井を見上げた。

予想できた反応だ。感傷に浸っている時間はない。

「なぜ、本当のことを話さなかった？」

白いシャツを着た長身の清崎壮が、すぐ近くに立っていた。

「盗み聞きですか」

「労《ねぎら》いの言葉をかけようと思ったら、険悪な雰囲気だったから気になってさ。完全勝利の立役者なのに、報われないな」

「…………」

「請求の認諾が唯一の勝ち筋だった。そう説明すれば、三船も納得しただろうに」

「意味がわかりません」

先ほどまで三船がいた場所に、清崎が座る。レモンとライムが混ざったような香水の匂い。相馬弁護士の姿は見当たらない。

「直接、話がしたかったんだ。相馬先生から事情を聞いて、驚いたよ。足立に接触するところまでは予想していたんだけどさ。まさか、こんな使い方をしてくるとはね」

「ＩＣレコーダーの音声は、裁判では使っていません」

「ぽんこつの訴状を提出したのも、作戦の内だったんだろう？」

沈黙を了承とみなしたのか、機嫌がよさそうに続ける。

「つまり君は、この訴訟には勝ち目がないと見切っていたわけだ。土壇場になってではなく、最初から。放火を裏づける積極的な証拠は存在しない。目撃者が見つかっても、火災直後の事情聴取で名乗り出なかった以上、戦況をひっくり返すジョーカーになり得るかは怪しい。あらゆる展開を予想して、最善の解決策は痛み分けだと結論づけた」

鼓動が速くなる。僕と話すために、三船が立ち去るのを待っていたのか。

「ぺらぺらと、よく喋《しゃべ》りますね」

「ようやく会えて、興奮しているのさ。まあ、もう少し語らせてくれよ。原告の勝利に近い訴訟の終わらせ方は、三つあるらしいね」

わざとらしく、清崎は指を一本ずつ立てる。

「勝訴判決、和解、そして認諾。裁判官が最終的な結論を導くのが判決で、当事者が解決に向けて主体的に動くのが和解と認諾。爽快《そうかい》な勝ち方は判決だろうけど、今回みたいに証拠が貧弱なケースで勝訴判決は期待できない。残った二つのうち、双方が歩み寄って解決の糸口を探るのが和解で、被告が全面降伏するのが認諾。この理解であっているかな？」

「……大筋は」

和解の場合、当事者が合意すれば、柔軟な解決方法を選択できる。

訴訟が提起された事件でも、半数近くは和解によって解決が図られているらしい。それに対して、被告が認諾を選択することはほとんどない。請求を争わないのであれば、そもそも訴訟に至る前に、話し合いで解決できるはずだからだ。

「原告は和解による解決を目論《もくろ》んでいると、相馬先生は読んでいた。百万円くらいを渡せば満足するはずだとね。でも、放火を疑っている三船は、俺たちを強く恨んでいた。あれだけの火傷を負ったんだから当然だ。激情に支配された人間は視野が狭くなる。圧倒的に不利な状況を伝えても、本人が納得しなければ和解は成立しない」

「あなたが責任を認めれば、三船も話し合いに応じたはずです」

「その選択肢は、最初から存在しなかった。それに、和解の話し合いは、公開の法廷ではなく当事者しか入れない密室で進められる。つまり、君が指示を出せないこともネックだった。裁判官が説得を諦めてしまえば、敗訴に向けてまっしぐらだ」

軽薄な口調とは裏腹に、目には鋭い光が宿っている。

「何が言いたいんですか」

「そこまで的確に分析して、本来ならもっとも可能性が低い認諾を本命の解決策に据えた。まともな弁護士が事案を検討すれば、原告に勝ち目がないことはすぐに気づく。それなのに全面降伏の認諾を選択するなんて、無能の極みだからな」

「相馬先生は、優れた弁護士だと思いますよ」

本人訴訟を軽く見て戦況を見誤る弁護士なら、この展開にはならなかっただろう。

「何本も釣り糸を垂らして、大外れの選択肢を浮かび上がらせた。その一つが、相馬先生がぼろくそに批判していた訴状だ。詳しい法律知識は持っていないけど、被告の反論を先読みして落としどころを探る内容だったらしいじゃないか」

「そう言われました」

火傷による労働能力の喪失についての男女差。慰謝料の額。相馬弁護士に指摘された事項以外にも、いくつかの修正要素を盛り込んだ。

「精神的な苦痛や、将来に及ぼす不利益を金に変換する作業には、どうしたってファジーな価値判断が求められる。それくらいは、理系の俺でも理解できるよ。本来は、原告も被告も自身に有利な額を提示して、裁判官がバランサーの役割を果たすんだろ」

「裁判の本質を見抜いていますね」

皮肉をこめて言ったが、半分は本心だ。頭の切れる人物なのは間違いない。

「今回の裁判では、フィクサーの君が関与できる場面が限られていたから、特殊なルールが追加された。被告が許容できる限度額を、初っ端《しょぱな》に提示する必要があったんだ。認諾は原告の請求をすべて呑《の》むわけだから、あとから調整する方法はとれない。全面降伏に見せかけて、実は双方が歩み寄っている——。和解と認諾を同価値の選択肢に落とし込めば、その状況を作り出せる。ただでさえ繊細な調整を、真意を伏せたままやり遂げるための手段が、無能を装った訴状の構成だった」

損害賠償請求は、値下げ前提の商談のようなものだ。

最初に提示する金額で相手が応じるとは期待しておらず、関係者の感触を確かめながら、妥当な落としどころを探っていく。同じようなことを相手も考えていて、一円たりとも払わないと主張しながら、ある程度の支出は覚悟していることも多い。

つまり、双方の思惑が合致する金額で交渉に臨めば、駆け引きを省略して相手に選択を迫ることができる。確かに僕は、認諾による解決を目指していた。

指摘してくるなら、相馬弁護士だと思っていた。清崎に見抜かれるとは。

「ただの無能かもしれません」

「それならそれで面白い。一年前から認諾の釣り糸を垂らしていたのに、魚は食いつかなかった。魅力的な餌がついていなかったからだ。タイムリミットぎりぎりで括《くく》りつけたのが、足立の暴露音声だった。放火犯を特定することも、不正会計を証明することもできない。それでも、脅迫に使うには充分な餌だった」

「交渉のカードに使っただけですよ」

脅迫と交渉。音源を受け取った相馬弁護士は、どちらと理解しただろうか。

「裁判に興味を持っている記者も傍聴に来ていた。逆転の一手にはならなくても、あの音源を法廷で流されたら、嗅《か》ぎ回る連中が出てくるかもしれない」

「そうなったら困るんですか」

「下らない腹の探り合いはやめよう。無意味だ。ああ……。足立が証人になるのを拒否したのも知ってるよ。本当のことを打ち明ける代わりに、裁判には協力できないと言われたんだろう。それを無断で録音するのは、約束違反じゃないのか？」

その交換条件も、三船には伝えていない。足立が証言台に立つと、彼は信じていた。

僕は、いくつの嘘を積み重ねてきたのだろう。

「許される不義理だと考えました」

「あの音源を聞いて初めて、俺たちが考える立場に回った。君の思惑は、すぐに理解した。訴状だけではない。それ以降の書面でも、誰が放火犯か特定することなく、あえて抽象的な主張に留めていた。請求を認諾しても、放火と認めたことにはならない。吹っかけた金額を請求されているわけでもない。背中を押された気がしたよ」

苦笑を浮かべてから、清崎は続けた。

「久しぶりに感激したんだ。あの音源が流出したところで、大きな問題にはならないと考えている。でも、ここまでお膳立《ぜんだ》てされたら敬意を示したくなる。相馬先生は反対していたけど、俺が認諾することを決めた」

約六百万円という金額は、ある程度の収入が見込める社会人でも大きな重荷に感じる額のはずだ。大学生の清崎が、その支払を決断した――。

「ちゃんと支払ってくれるんですよね」

「俺の親が資産家なのも、君なら調べているんだろう。前借りして払うよ。すぐに返せると思うし。最新の再生医療を受けて、三船の火傷の跡が改善するよう祈っている」

相馬弁護士が請求を認諾すると述べたとき、僕は安心した。

それなのに、胸のざわめきが収まらない。

「あなたが火をつけたんですか」

「そう思う理由は？」

「不正会計を裏づけるデータが流出することを恐れて、倉庫ごとパンフレットを燃やした。実行犯ではなくても、委員長だったあなたが関与していた可能性は高い」

「気まぐれで六百万を準備できる俺が、そんなはした金のためにリスクを冒すと思われてるのがショックだよ」

運営総予算が一千万円にのぼるとはいえ、何百万円という規模で不正会計を行っていれば、もっと早い段階で露見していた可能性が高い。

「お金を持っているのは、あなたではなく親です。まとまった金額を工面してもらうには、今回のように理由を説明する必要があった。それを煩わしく感じて、不正会計で自由に使えるお金を手元に留めようとした。いくらでも説明はできます」

「こじつけにしか聞こえないな」

「卒業後は、外資系の証券会社への就職が決まっていると三船から聞きました。ゲーム感覚で関わっていた不正会計のせいで、完璧《かんぺき》な経歴に傷がつくことがあってはならない。だからすべて燃やすことにした。これも、こじつけに聞こえますか？」

「動機を語れるほど、君は俺のことを知っているつもりなのか」

挑発的な言葉を向けても、動揺した気配は一切ない。

「手続が終結したのに、わざわざ僕の前に現れて答え合わせを求めてきた。それが、あなたの本質でしょう。常に主導権を握っていないと気が済まない。僕の狙いを理解した上で請求の認諾に応じたのも、決定権を他者に委《ゆだ》ねるのが我慢できなかったから——」

「他人に分析されるのは新鮮だよ」

「自分に心酔している後輩に不正会計を命じた。自分のあずかり知らないところで起こった暴走を力業で揉《も》み消した。代表の立場を濫用して最大限の利益を享受しようとした。あなたが関わっているなら、どれが真相であっても僕は驚きません」

常識では測れない価値基準に従って動く人間は、一定数存在する。だが、そのほとんどは、社会不適合者の烙印《らくいん》を押されて孤立しているはずだ。

それでも集団に呑み込まれず、むしろ多数派を支配してしまう。

自分の選択の正しさを確信して、敗者側に回ることを一切想定していない。

そういった人生を、清崎は歩んできたのではないか。

「何か一つでも証拠があるのか？」

「物的な証拠はありません。足立さんの供述だけです」

「君は、足立のことも疑っている。だから、躊躇《ちゅうちょ》なく音声を録音した」

すべてを見透かしているように、清崎は薄く笑った。

「俺たちは、考え方が似ていると思うよ。特に、根本的に他人を信用していないところが」

「一緒にしないでください」

「足立の不自然な言い分を鵜呑《うの》みにしたのか？」

「それは――」

作成したパンフレットに見知らぬQRコードが印刷されていることに気づき、実行委員会の会計に関するデータを発見した。不正会計を疑って清崎に相談したところ、その一週間後に倉庫が燃えて、疑心暗鬼に陥り委員会から逃げ出した。

告発者の存在を仄《ほの》めかす足立千佳の説明には、首肯し難い点があった。

内部告発が目的だったなら、大学の教務課や警察に相談すれば足りたはずだ。それなのに、パンフレットという回りくどい方法で告発する意味があったのか。発注直前にデータを差し替えたとしても、配布する前にQRコードの存在を見抜かれる危険性は考慮しなかったのか。そこまでの準備を整えておきながら、火災発生後に改めて告発を試みなかったのはなぜか。

「足立さんは、あなたを脅迫していたのではありませんか？」

告発ではなく脅迫――。

足立の悪意を肯定すれば、多くの疑問が解消する。

「ほら、疑っている」

「不正会計に気づいた彼女は、あなたをゆすった。親が資産家で、OBとの広い人脈も持っているようですから、口止め料から就職先の斡旋《あっせん》まで、交渉の材料は複数思い浮かびます。でも、今回の訴訟と同じように、あなたは尻尾《しっぽ》を見せず交渉は決裂した。諦めきれなかった足立さんは、要求に応じないなら不正の証拠をパンフレットでばら撒くと脅した」

関係者が口を割らない以上、細部は想像で補うしかない。

「それで？」

「パンフレットでの告発は、要求を呑ませるためのブラフだったのかもしれません。不正を公にしても、交渉の切り札を失うだけで、足立さんにとって何のメリットもない。ですが、脅迫という一線を越えていたなら、本来の目的を見失って暴走する可能性もゼロではない。そして、その真偽を確認する術《すべ》がなかった」

「手に取って確かめれば済む話じゃないのか」

疑心暗鬼に陥らせるには、爆弾の場所を曖昧に仄めかすのが効果的だ。

一部のパンフレットにのみ、ダウンロードページへのリンクを仕込んだなどと。

「パンフレットには、企業広告や終焉祭の情報が書かれていた。QRコードやウェブページのURLも多くあったはずです。どこかに、会計のデータが紛れ込んでいるのではないか。疑念が払拭《ふっしょく》できない以上、配布させるわけにはいかなかった」

「だから、燃やしたと？」

「倉庫の一部だけ、燃やすつもりだったのかもしれません。でも、シンナーの引火性が想像以上に強くて全焼に至ってしまった」

いや、万全を期すために、真相を悟らせないために、倉庫ごと燃やし尽くす――。

清崎壮という人間だからこそ、そこまで徹底したのかもしれない。

少し話しただけで、鋭い洞察力と論理的な思考能力を持ち合わせていることがわかった。このやり取りすら、ゲームの一環として楽しんでいるのではないか。

「推理は終わりか？」

「身の危険を感じた足立さんは手を引いた。脅迫行為に及んでいたから、事情聴取で名乗り出ることもできなかったのでしょう。警察が失火と結論づけて解決したと思ったのに、被害者の三船からしつこくメッセージが届いた。これ以上嗅ぎ回られると、火災の真相にたどり着いてしまうかもしれない。そうなる前に、都合の悪い事実は伏せながら、僕たちが納得するような放火のストーリーを語ることにした」

足立が隠さなければならないのは、自分が関わった脅迫の事実だけだった。すべてを偽れば不可解な状況を説明できず、僕たちの追及を煙《けむ》に巻くことも難しくなる。だから、告発者の存在とQRコードの説明以外は真実を話したのではないか。

僕が考えすぎているだけで、三船が負った火傷の後遺症を知った足立は、良心の呵責《かしやく》に耐えられなくなり、自分が把握している事実を包み隠さず打ち明けたのかもしれない。

おそらく、三船は足立が嘘をついているとは考えていない。付き合いが長いのは三船だ。先入観と猜疑心《さいぎしん》。どちらの判断が誤っているのかはわからない。

「証拠がなければ、推理は妄想に格落ちする」

「足立さんの供述に命運は託せない。だから、音源を相馬先生に渡しました」

倉庫跡地で向かい合って話をしても、彼女の告白を信じ切ることはできなかった。

「三船にすべてを打ち明けて、妥協点を一緒に探ることもできたはずだ。足立だけじゃなく、友人の三船のことすら信用しなかった」

言い返せなかった。和解ではなく、認諾による解決を目指したのは事実だ。

「批判したいわけじゃない。むしろ、合理的な考え方だと思っているよ。冷静さを失っている三船は、金より真相の解明を優先すると言いだしたかもしれない。さっき、同じようなことを話していたしな。真相に拘《こだわ》って敗訴すれば、一円も受け取れず、再生治療なんて夢のまた夢だ。そのときは納得した振りをしても、いずれ自己満足だったと後悔する。長期的な視点で考えれば、友人を欺いてでも金を受け取らせた君の判断は正しい」

理解を示されるほど虚《むな》しさが込み上げてくる。

一年間――。何度も悩んで、それでも結論は揺るがなかった。責任を追及できないな
ら、損害だけでも回復させたかった。

「三船に、本当のことを話してもらえませんか」

「何のために？」

「納得して、前を向いてほしいんです」

「下らないな。それに、勘違いをしているんじゃないか？」

清崎は立ち上がり、僕を見下ろして続けた。

「君が、真相を闇に葬ったんだ」

幕間——秋霜激烈

「いつまで、俺の背中を追いかけ回すつもりなんだ」

高校三年生の秋。僕の第一志望校が霞山大法学部だと知った兄は、自主性のなさを責めるように溜息をついてから、それでは気が済まなかったらしく再び口を開いた。

「同じ高校、同じ部活、同じ大学。上辺だけ真似て満足しているから、中途半端な成績しか残すことができないんだ。法律の道に踏み込んでくるつもりなら、ちゃんと覚悟を決めろ。試験も資格も法律も、手段であって目的じゃない」

ちょうどその頃、兄は高順位で司法試験に合格して、法律家への直行チケットを手に入れた。大学在学中の快挙だ。両親も驚きを隠しきれていなかったし、天狗《てんぐ》になって説教を垂れていたのだとしても、聞き流すことは許されなかった。

受験生のモチベーションなどお構いなしに、兄は自分語りを続けた。

「父さんや母さんに認めてもらいたくて、中学生のときに検察官を目指すと決めた。でも、大学で本格的に法律を学んで、やっぱり俺に向いてるのは検察官だと改めて思った。消極的な理由で選んだわけじゃない。すべて自分の意志だ」

自分に言い聞かせているようにも聞こえた。まだ司法修習にも参加していないこの時期に、検察官一筋だと断言できるほどの思い入れはなかったはずだ。

「有罪率九十九・九%。この数字を維持できているのは、刑罰を科すべき事件か否かを検察官が正しく峻別《しゅんべつ》しているからだ。裁判所で判断が下される事件は、ほんの一部にすぎない。起訴権限を有する検察官が、実質的に被疑者を裁いている」

豊富な実務経験と実績を有する両親に比べると、兄の説明はどこか生硬な印象を受けた。それでも信念が揺らぐことはなく、司法修習の後に念願の検察官に着任した。

「限られた時間の中で、被疑者を起訴するか決断する必要がある。狭い部屋で向かい合って話し続けるんだ。嘘をついていないか、言葉だけの反省か、余罪を隠していないか。考えることは山ほどある。毎日、根競《こんくら》べと騙《だま》し合いをしている気分だよ」

兄も、在学中は無法律に所属していた。検察官志望なのに、なぜ法律相談に関わっていたのか――。それとなく訊いたところ、バランス感覚を養うためだと答えた。

「検察官と弁護士は、常に敵対しているわけじゃない。事件に対するアプローチの仕方が違うだけで協力できるときも多い。無法律の活動は、不完全ではあったけど弁護士の考え方の基礎を学べた。それと、母さんの偉大さもわかったよ」

僕は、兄と入れ違いに無法律の扉を開いた。

エリート街道をひた走る秀才の弟として迎え入れられ、一年生の頃から法律相談の対応を任された。比べられるのが嫌なら、別の自主ゼミに入ればよかった。

「迷ってる暇があったら動け。機が熟するのを待っていたら、何も決断できない」

秋霜烈日。その厳しさが、僕には眩《まぶ》しかった。

親子不知

1

「おはようございます。今日は、家族の日ですよ」

日曜日の朝。シャワーを浴びてコーヒーを淹《い》れ、定期購読している法律雑誌を開いたところで、戸賀から電話がかかってきた。朝の挨拶《あいさつ》に続いて告げられたのは、マイナーな日本の記念日。言うまでもなく、僕と戸賀は家族ではない。

「だから？」

「古城さん……。寝起きに難ありですか？」

「休日の朝くらい、ゆっくりしたい」

新しい判例は、全国の裁判所で日々誕生している。定期的に目を通さないと、法律情勢に取り残されてしまう。法学徒に休日はない――。債権各論の老教授が引退間際の授業で言い残した言葉を、僕は卒業を間近に控えても守り続けている。

「気持ちはわかりますが、家族の日は十一月の第三日曜日と決まっているんです。つまり、必然的に休日と重なってしまいます」

「記念日の度に連絡してくるつもり？」

そんな鬱陶《うっとう》しいリマインドを頼んだ覚えはない。

「いえ。今日は特別です」

「家族の日に拘《こだわ》る理由がわからないんだけど」

そもそも、日本の記念日にさしたる興味もない。祝日なら日常に変化をもたらすが、語呂《ごろ》合わせで決められることも多い記念日は、バレンタインやエイプリルフールなどごく一部を除いて、認識すらされていないものが大多数だろう。

「家族の絆《きずな》を大切にするための日だそうです」

「それなら、連絡するべきは僕じゃない」

戸賀の家族構成は不明だが、生活費や学費をアルバイトで稼いでいると聞いたことがある。複雑な家庭環境なのだとしたら、不用意な一言だった。

「この日のために、古城さんに内緒で準備を進めてきました」

「へえ。生き別れの兄を探してくれたわけ？」

「そんな人がいるんですか？」

「冗談だよ」電話だと、どうも口が滑ってしまう。

僕の兄は、検察官として司法の一翼を担っている。日曜日の今日も、休日を返上して被疑者の取調べにあたっているかもしれない。

「話の腰を折らないでください」

「早く本題に入ってくれ」

「無法律に足りないのは、気軽に相談できる敷居の低さだと気づいたわけです。キャンパスの端にある法学部棟の、奥まった場所にあるゼミ室。本だらけで陰鬱な空間。目つきが悪くて不愛想な代表者。守秘義務のせいで口コミも広まらない。三大悪条件が揃っています」

「三つ以上言っただろ」

しかし、分析自体は的確だ。

「現状を打開するために、出張法律相談を企画しました」

「……出張？」

無法律のホームページとSNSアカウントを作り、虚実入り乱れた宣伝を投稿しながら、相談者を新たに募集したらしい。家族の日にちなんで、『家族の問題、何でも解決します』と大風呂敷を広げて――。誇大広告もいいところだ。

「相談も報告も受けてない」

「サプライズなので仕方ありません。人数制限は設けなかったのですが、結果的に先着一名様となりました」

「一人しか、問い合わせてこなかったと」

むしろ、反応があったことに驚くべきか。二カ月前までは、全分野の相談を受け付けても閑古鳥が鳴いているのが平常運転だった。家族関係のトラブルは、これまで片手で数えられるほどしか経験したことがない。

「状況は理解できましたか？」

「理解はしたけど、納得はしてない」

「寝起きだから？」

「そういうことでいいよ」

寝不足なわけではなく、一週間以上も前から同じ状態が続いている。

「適当に答えないでください。安楽椅子弁護をやり遂げてから、何だか元気ないですよね。燃え尽き症候群を疑っていましたが、いつまでも引きずってるし」

何があったのか、戸賀には話していない。時間が解決するだろうと思っていた。けれど、胸の奥の引っかかりが、いつまで経っても消え去らない。

「卒業ブルーなのかも」マリッジブルーになぞらえて。

「サプライズパーティーを開催しても、古城さんがはしゃぐ姿は想像できません。そこで、今回の荒療治企画です。法律マシーンなら、法律相談で立ち直ってください」

「だから――」

「古城さんの都合で、困ってる人を見捨てるんですか？」

痛いところを突いてくる。続けようとした言葉を呑《の》み込み、溜息《ためいき》をつく。

「相談を聞いてから判断する」

「大いに結構です。それでは、第一回出張無料相談の会場をお伝えします」

一時間後。指定された半地下のカフェで、戸賀を待っていた。

ホームページに書いてあった説明によると、美術品の展示ギャラリーとして使用していた場所を改装したらしく、アンティーク調のインテリアがセンス良く並んでいる。ラックに入った本の背表紙にも統一感があり、雑然とした印象はまるで受けない。ショパンという店名からイメージしたとおり、クラシック音楽が会話を邪魔しない音量で流れている。とはいえ、ピアノとバイオリンくらいしか聴き分けられず、ショパンが作った曲なのかも不明だ。もしかしたら、クラシックですらないかもしれない。

「ご注文はお決まりですか？」

同い年くらいに見える女性スタッフが、水が入ったグラスをテーブルに置く。コーヒーを飲んだばかりなので、ノンカフェインのハーブティーを注文した。

「かしこまりました」

家族問題と聞いて、どんな相談と向き合うことになるか考えてみた。

民法には、家族関係を規律する条文が三百以上定められている。代表的な分野は、離婚や相続だろうか。夫婦関係の終了や、親族の死亡に伴う財産の清算。そういった節目の場面では、特に紛争が生じやすい。始めるは易し、終わらせるは難しなのだ。

家族の日は、ファミリーと23の語呂合わせで、十一月二十三日にする案もあったらしい。この案が採用されていたら、いい夫婦の日（十一月二十二日）、いい家族の日（十一月二十三日）と、記念日が連続することになっていた。

『いい』という枕詞《まくらことば》がつくこと自体、『よくない』夫婦や家族の存在を前提にしているのではと勘ぐってしまう。日曜日の今日この日……。日本各地の数千万世帯の家族は、どのような時間を送っているのだろうか。

「お待たせしました」

毛刈り直前のアルパカ。そんな印象を与える白いファージャケットを着た戸賀が現れて、少し考えてから僕の隣に座った。相談者の席を空ける必要があるので仕方がないが、傍《はた》から見たら人目を気にしないカップルのように映るかもしれない。

「それ、真冬の服装じゃないか？」

「偽物のファーなので、風通しは良好です」

「ああ、そう」

戸賀はホットココアを頼み、店内を見回して「素敵なカフェですよね」と言った。

「無法律でも参考にしたい」

「ちぐはぐになるから、やめた方がいいです」

確かに、この雰囲気を損なわずに融合できるとは思えない。胡散臭《うさんくさ》さが増すだけだろう。敷居の低い法律相談所への道は険しそうだ。

「相談者は、いつ来るの？」

「ココアと共に現れます」

あと数分ということか。相変わらず、事前情報をほとんど与えられていない。

「出張相談はいいとして……、他の客とか店員に聞こえるのはまずいんじゃないかな」

「ちゃんと説明しているので安心してください。それに、無法律に足を運ぶリスクもあります。防音性が高くても、ゼミ室に入るところを見られたら、相談しに来たのはバレバレですからね。正直、どっちもどっちかと」

「そういうものか」無法律に関わるのは不名誉だと言われた気がした。

「人目を忍ぶ方法も考えるべきです」

店内には、ホールを担当している女性スタッフ、カウンターに中年の男性、食事をしている客がちらほら。まあ、本人が了承しているなら問題はないだろう。

「相談内容は？」

「何も聞いていません。新鮮な気持ちで相談に臨みましょう」

「嫌な予感しかしない」

法律相談ではなく、恋愛相談や人生相談だったらどうするつもりなのか。休日を犠牲にして、外出に耐えうる程度に身だしなみを整えて――、お茶代までかかっている。

出張相談禁止令を発するかは、今回の相談者が持ち込む問題次第だ。

「やる気が出てきましたか？」

「……平常運転だよ」

数少ない友人が提起した訴訟のサポートを引き受け、そこで僕は独りよがりな解決方法を選択してしまった。どうすればよかったのか、未《いま》だに答えはわからない。

戸賀が追及してこないのは、興味がないからか、彼女なりに気遣ってくれているのか。

「ああ、でも名前は教えてもらいました」

「占いでも、もう少し聞く」

「名前だけで、どんな相談か見当がつきましたよ」

それができたらエスパーだ。ハーブの香りで気持ちを落ち着かせる。

「お待たせしました」

ホットココアが入ったカップを戸賀の前に置いた女性スタッフは、立ち去るのではなく、エプロンを外して僕たちの正面に座った。

「あの……」

そういう接客なのかと一瞬思ったが、普通のカフェのはずだ。

「ほら、ココアと共に現れた」

得意げな戸賀の声が隣から聞こえて、状況を理解する。

「あなたが相談者ですか？」

「はい。看護学科三年の鈴木《すずき》です。よろしくお願いします」

肩にかかるくらいの長さの栗色の髪の毛。すらりと手足が長く、大人びた印象を受ける。先ほどまで着ていたストライプのサロンエプロンもよく似合っていた。

「ここで話していいんですか？」

「はい。もう一人、スタッフが来たので」

数分前まではいなかった男性スタッフが、隣のテーブルでオーダーを取っている。

「相談内容が他の店員に聞こえるかもしれませんが……」

「大丈夫です。私の問題は、みんな知っているので」

問題——、と鈴木は表現した。

「名乗り遅れましたが、法学部四年の古城と、経済学部三年の戸賀です」二人まとめて紹介すると、いつものように戸賀は、助手の肩書を付け足した。

「どういった相談でしょうか？」

答える代わりに、鈴木は霞山大の学生証を僕たちに見せた。顔写真は、彼女自身のもので間違いない。丁寧に、身分を証明してくれたのかと思った。

だが、名前を見て驚いた。『鈴木椰子実』と書かれていたのだ。

「私の名前、読めますか？」

2

数秒の間に思考を巡らした。

〝椰子〟の読み方、意味。〝椰子〟と〝実〟の組み合わせ。名前であるという前提。

——名前だけで、どんな相談か見当がつきましたよ。

先ほどの戸賀の発言。その意図。

「鈴木……、やしみさん？」

沈黙の後に、鈴木は無言で学生証をしまった。

ホットココアの甘い香り。戸賀の視線。不正解を知らせる白けた空気。

「私は、的中させましたよ」

そう言った戸賀に、「久しぶりの一発正解でした」と鈴木は言葉を返す。

「響き優先で決めたのかなと思って、いろんな変換を試しました」

やし、やこ、やこみ？　使い方が限られている漢字だ。ヤシの実。ココヤシ。いや、変換ということは、日本語ではない可能性もあるのか。

「ココナッツ？」

「鈴木ここな、が正解です。まあ、読めませんよね。当て字もいいところですし。深い意味もありません。新婚旅行のハワイで身ごもって、そこで飲んだココナッツジュースの美味《おい》しさに母が感動したから。どう思いますか？」

反応に困った。心菜、心渚。自然にここなと読める名前の候補は、いくつか思い浮かぶ。それらに比べて椰子実が変化球――あるいは魔球――に属することは否定できない。

「個性的な名前だと……」

「誰もが認めるキラキラネームですよ」

冷ややかな口調で鈴木が言った。

家族の問題。難読な名前の相談者。なるほど。戸賀が言ったとおり、二つの情報だけで、今回の相談の方向性がぼんやり浮かび上がる。

「親子関係に関する相談でしょうか」

「母親と縁を切りたいんです」

即答だった。声色や表情に、強い意志が表れている。

「関係を絶ちたいということですか？」

「父と母は、結婚して三年で離婚しました。父がどこで何をしているのかは、まったく知りません。赤の他人になったんです。どうすれば、同じように解放されますか？」

「お母さんと血は繋《つな》がっているんですよね」

「はい。でも、もう限界です」

どこから説明するべきか。夫婦と親子の関係性の違い。法律上の扶養義務。成人したことで生じた変化。迷っていると、戸賀が口を開いた。

「古城さん。普通、二人の間に何があったのかを最初に確認しません？」

「詳しい事情がわからなくても、絶縁できるかは答えられる」

「そういう問題じゃないと思います」

「触れられたくない話題かもしれないだろ」

僕たちが言い合っているうちに、鈴木は口元を綻《ほころ》ばせた。

「話すつもりで来たので、聞いてもらえますか？」

「もちろん」戸賀が頷《うなず》いた。

明るい話題にはならなそうだが、あえて止める理由もない。

「親から受け取る最初のプレゼントが名前だって言うじゃないですか。普通の名前だったら、素敵な贈り物だと思いますよ。変わった名前でも、そこに意味があれば笑い話にできたかもしれません。だけど、私みたいに理由も欠けていたら、呪いでしかない」

「就活とかで苦労するって言いますもんね」

「自己紹介の度に恨んできました。口頭で名乗った時点では、可愛い名前と褒められる。でも、漢字を教えると苦笑いが返ってきて、マイナスの状態から人間関係がスタートする。こういう名前を付ける親に対して、どういうイメージを持っていますか？」

「フィーリング重視、子供とも友達感覚で接する、ブランド物で固めたファッション……、とかですかね」

すらすらと戸賀は答える。おそらく、鈴木の気分を害さない境界線を瞬時に見極めているはずだ。僕には、とても真似できない。

「母親に会わせると……、みんな私に同情するんです。思い浮かべたとおりの毒親だからでしょうね。高校生までは、不満はあったけど我慢してきました。家事を押しつけられても、お金遣いが荒くても、複数の男を連れ込んでも」

「家を出ないと、歪《いびつ》さも見えてきません」

踏み込んだ戸賀の相槌《あいづち》に、鈴木も驚いているように見えた。

「ほんと、そうです。大学生になって一人暮らしを始めたら、価値観が一気に広がりました。普通だと思っていたことが異常で、不自由を押しつけられていたと気づいた。育ててくれた恩は、確かに感じています。だけど……、私の人生から切り離したい」

具体的に何があったのかは語られていない。だが、鈴木が母親との関係性を清算したいと望んでいるのは事実で、その気持ちが間違いだと断じることもできないのだから、考え直すよう説得するのは出すぎた真似だろう。

親子の絆は永久不滅と信じるほど、僕も純粋無垢《むく》ではない。

「学費や生活費は受け取っていないんですか？」

「はい。休日はこのカフェで、平日の夜は病院で看護補助のバイトをしています。夜勤手当のおかげで何とかなっている感じです」

看護学科の三年生だと、鈴木は言っていた。履修分野に関係するバイトを選んでいるとはいえ、実習もあるはずだし、多忙な日々を送っているのではないか。

「親の援助がなくても生きていけるということですね」重ねて僕は訊《き》いた。

「むしろ、寄生されているのは私の方です」

寄生。パラサイト。

「どういう意味ですか？」

「母は生活保護を受給していて、定職にも就いていません。真面目に働いている人をバカにしようと、ケースワーカーに色目を使おうと、好きにすればいいと思っていました。でも、去年の夏頃にいきなり私の部屋に押しかけてきて、毎月五万円払えと求めてきたんです」

どこから出てきた数字かわからず、返答に窮した。

「――私が家を出たせいで生活保護の受給額が減ったから、責任を取れって」

「めちゃくちゃだ」戸賀が呟《つぶや》く。

生活保護は、世帯人数によって受給額が増減する。最低限の生活を送るためのセーフティーネットなのだから、保護すべき人数によって網の大きさが変わるのは当然だ。

繰り返し語ってきたからか、淀《よど》みなく鈴木は説明を続ける。

「もちろん断りました。その場で縁を切ると伝えて、ラインもブロックしたし、着信も拒否しました。しばらく音沙汰《おとさた》がなかったんですけど、半年くらい経った頃に、部屋が荒らされていて……、空き巣だと思って警察を呼んだんです。調べてもらったら、犯人は母親でした。管理会社に問い合わせて、勝手に合鍵《あいかぎ》を作ったそうです。担当者も、まさか娘の部屋に忍び込むとは思わなかったんだと思います」

自嘲《じちょう》気味な笑みを浮かべつつ、鈴木は僕たちの反応をうかがっていた。

椰子実という名前、減額された生活保護費の取り立て、侵入盗――。限られたエピソードを聞いただけで、絶縁を決断したのも無理はないと思ってしまった。

「犯罪ですよね」戸賀の視線を感じたので、

「親族相盗例」と短く答えた。

「ソウトウレイ?」

「親族間の犯罪には、特例が定められているものがある。窃盗はその代表例で、親が子供の財産を持ち去っても処罰することはできない」

学者や実務家からの批判も多い論点だ。厄介な話になってきた。

「険悪な関係性でも？」

「例外は定められていない」

「別居していても？」

「兄弟とかは同居している場合に限られるけど、親子の場合は関係ない」

「どうして、特別扱いなんですか？」

「法は家庭に入らずっていう法諺《ほうげん》で説明されることが多い。つまり、家族内で起きた一定のトラブルは、警察が介入するよりも家族の話し合いで解決すべきって考え方」

明治時代から受け継がれてきた規定であり、当時は家長が強大な権利を有していたため、財産も父親や祖父が管理するという考えが根強かった。

「無責任な丸投げじゃないですか」

「僕も、現代の価値観とは合致しない規定だと思っている。でも、削除されない限りは警察も従わなくちゃいけない。罪を犯した家族をかくまう犯人蔵匿罪なんかは、〝免除できる〟って特例だから、処罰するか選択の余地があるんだ。だけど、〝免除する〟って断言している親族相盗例の場合は、どれだけ酷《ひど》い事案でも、窃盗に留《とど》まる限り見逃すしかない」

「娘のお金は盗み放題ってことですよね」

投げやりな口調で鈴木は言った。

「無断で鍵を複製して部屋に入り込んでいるので、住居侵入罪も成立します。親族相盗例のような規定が、住居侵入罪には存在しません。ただ、罪が免除される窃盗の準備行為としての侵入である以上、警察が動く可能性は低いと思います」

「ほぼ同じことを警察でも言われました」

「暴力を振るって金品を持ち去ったような場合で、強盗罪の成立まで認められれば、親族相盗例は適用されません。窃盗、詐欺、横領。そのあたりが、親族相盗例で刑罰が免除される対象です」

「犯罪は犯罪なのに、不思議です」

鈴木は、本気で母親を告訴しようとしたのだろう。ここまで関係性が拗《こじ》れてしまったら、容易に修復できるとは思えない。

「二度目の被害はありましたか？」

「お金を貯めて引っ越して、新しい住所は誰にも話しませんでした。でも、そのアパートも母親に突き止められて……」

特定方法を予想して、「運転免許証を持っていたら見せてください」と言った。

運転免許証を受け取って裏返す。備考欄に、新住所が記載されていた。

「これが、今の住所ですか？」

「そうです」

引っ越した後に、住所変更の手続をとったことがわかる。

「郵便物の転送届を出したり、住民票を移したりもしましたか？」

「はい」

「転送届を出した住所に簡易書留で郵便を送ると、追跡サービスで最寄りの郵便局がどこかわかります。それ以上に厄介なのが住民票の除票や戸籍の附票で、対策を講じない限り転出先の住所が記載されてしまいます。住民票の除票を取得するには、本人の委任状が必要ですが、同じ苗字《みょうじ》の印鑑を使って偽造するのは難しくないそうです」

『住民票の除票』は住民登録が除かれた事実を、『戸籍の附票』は住所地の変遷を、それぞれ明らかにするために本来は用いられる。どちらも個人情報の塊のような証明書であり、本人以外の取得を制限する措置も準備されているが、そこまでは頭が回らなかったのだろう。

「何で、そんなに詳しいんですか」

ストーカー気質を疑うように、戸賀は目を細める。

「毒親対処法に興味があって、ちょっと前に調べたから」

「へえ。敵の手法も探るとは、古城さんらしい」

鈴木は、頷いてから話を戻した。

「引っ越し先でもドアを叩《たた》いたり、インターフォンを連打されたので、警察に通報しました。警察官が注意してくれて、かなり怯《おび》えていたそうです。家の周りで見かけなくなったし、ようやく懲りたのかなって安心していたんですけど……、最近、視線を感じるようになって」

「お母さんの？」

「接触してこないので、わかりません。でも、気配が男性のような気がして。母親が彼氏を使って私を見張らせているのかもしれません」

「ストーカーという可能性は？」

「私に執着する人なんて、母親くらいです」

身の危険を感じた鈴木は警察に相談したが、現時点では動けないと言われたらしい。直接の危害を加えているわけではないからだろう。二度目の引っ越しを決意しながら、根本的な問題を解決するために、戸賀が募集した出張法律相談に申し込んだのだという。

切実さは、充分すぎるほど伝わってきた。

「事情は概《おおむ》ねわかりました。まず、椰子実という名前を変える方法はあります」

絶縁の本題に入る前に、話しておいた方がいいと思った。

「裁判所で手続をとるんですよね」

「はい。正当な事由があるときは、家庭裁判所の許可を得て名前を変更できると、戸籍法に定められています。鈴木さんの場合は、難読で奇怪な名前だと主張し得るので、認められる可能性はあると思います」

他には、長年にわたって通称を使い続けた場合や、出家して戒名を与えられた場合などでも、名前の変更が認められた事例が存在する。

　十五歳以上であれば、親権者の同意がなくても手続を進めることができる。

「簡単には認めてもらえないと聞きました」

　鈴木も、一通りの知識は事前に得ているようだ。

「今の名前のままだと、どんな不利益があるのか。今後も困ることが想定されるのか。そのあたりを具体的に主張して、裁判官を説得する必要があります」

「本人が変えたいと言っているのに、どうして裁判官がケチをつけるんですか？」

　戸賀が疑問を口にする。

「署名、名簿……。名前は、個人を識別する重要な要素だから。無制限に変更を認めると、身分関係が不安定になる。たとえば、罪を犯して実名報道された人が、人生をやり直すためにすぐ改名しようとするのは、おかしい気がしない？」

「そうですね。ちゃんと十字架を背負って生きろと思います」

「だから、改名手続は許可制で運用されている」

　鈴木の場合は、主張の組み立て方を間違えなければ、改名が認められる余地は充分にあるだろう。裏を返せば、それほど奇怪な名前だと、僕が考えていることになるが。

　改名手続は弁護士に依頼しなくても進められるため、その手伝いを無法律で引き受けることはできる。だが、鈴木が抱えている問題は、名前だけではない。

「名前を変えてから、結婚して相手の姓を選べば……、鈴木椰子実は抹消できる。いずれはそうしたいと考えています。でも、母親が付きまとってくる限り、私は怯え続けなくちゃいけない。だから、先に縁を切りたいんです」

やはり、それが一番の希望か。

「夫婦であれば離婚、養子縁組なら離縁によって、関係性を断ち切ることができます。ですが、血縁関係にある親子の絶縁は、今の日本の法律では認められていません」

「他の親の養子になったら、どうなるんですか？」

「実親と養親が戸籍に併記されるので、お母さんが親でなくなるわけではありません」

「抜け道はないんでしょうか？」

『親　絶縁』とインターネットで調べれば、法的な方法が存在しないことを解説したサイトが数多く見つかる。健全な親子関係を維持できているなら、雑学の域を出ない情報だろう。一方で、毒親という言葉があるように、親の毒牙《どくが》に苦しんでいる子供は少なくない。

法的な観点からは、限られたアドバイスしかできない。

「事実上、親との関係を絶つしかないと思います。鈴木さんが試みたように、居場所を知られないように引っ越した上で、転送届や住民票の痕跡《こんせき》を残さない。母親が連絡を取りそうな人たちにも、事情を説明して協力を仰ぐ……。そういった対策を徹底すれば、突き止めるのは困難になるはずです」

「母親が死ぬまで、こそこそ逃げ続けなくちゃいけないんですか」

「手を尽くして見つからなければ、諦《あきら》めると――」

「そういう人じゃないんです。あっ……、すみません」

気持ちを落ち着かせるように、鈴木は栗色の髪を耳にかけた。

民法上、親子は互いに扶養義務を負っている。ただし、その程度は立場によって異なる。未成年の子供を養育している親は、自分と同程度の水準の生活を子供に送らせなければならない。子供が親に対して負う義務はそれよりも軽く、余力がある範囲で扶養すれば足りる。つまり、自分の生活を犠牲にすることまでは求められていない。

母親が接触してきても、面倒を見る義務はないと拒絶していい。そう助言したところで、鈴木には何の救いにもならないだろう。合鍵で部屋に忍び込まれているのだ。一線を越えた相手に法律論を振りかざしても、素直に引き下がるとは思えない。

「親子関係が続く限り、親族相盗例に守られちゃうわけですもんね」戸賀が言った。

「もう、どうすればいいかわからなくて」

鈴木はテーブルを見つめている。永久不滅の親子関係、親族相盗例。この二つを組み合わせると、ここまで厄介な問題になるとは。

そして、どちらの規定にも、例外は定められていない。

「僕の知識では、これ以上の解決案は出てきません」

曖昧《あいまい》にごまかすくらいなら、力不足を認めるべきだと思った。いつもは突飛なアイデアを出してくる戸賀も、腕を組んだまま動かない。

「わかりました。ありがとうございます」

「お力になれず申し訳ありません」

気まずい空気が流れる。ぬるくなった紅茶を喉《のど》に流し込んだ。

「――オヤコシラズを使えばいいんじゃない？」

通路を挟んだ隣のテーブルから聞こえた声は、僕たちに向けられたものだった。

3

「藪《やぶ》から棒に、ごめんなさいね。口を挟むつもりはなかったんだけど、何だか行き詰まってるように見えたから。少しは役に立てるかもしれないと思って」

タータンチェック柄のニットを着た女性が、座ったまま話しかけてきた。

思い切ったベリーショートなのか、ブラウンのキャスケットで頭髪は見えず、化粧も濃いので年齢は不詳。四十代か、あるいは五十代……。細身のステッキをテーブルに立てかけている。派手な恰好《かっこう》もカフェの雰囲気になじんでいて、謎めいた気品を感じた。

「オヤコシラズ、って言いましたか？」戸賀が女性に訊いた。

「ええ。親子に不知って書くの」

親知らずでも、親の心子知らずでもなく、親子不知。何を指しているのかもわからない。戸賀も鈴木も、聞き覚えがあるような反応は見せなかった。

「そっちで話してもいい？」

鈴木の反応をうかがうと、逡巡《しゅんじゅん》した表情を見せてから「どうぞ」と隣の席を勧めた。他の客に相談内容が聞こえるかもしれない。戸賀に伝えた懸念が現実化してしまったが、当人は素知らぬ顔で乱入者を観察している。

「霞山大の学生さんでしょ？」

学生証が見えたの、と女性は付け足した。鈴木が名前を明かしたときだろう。これまでの話は、すべて聞こえていたと考えた方が良さそうだ。

「私の息子も、霞山大の医学部なの」

「えっ、すごいですね」

戸賀が反応した。医学部は、霞山大の中でも偏差値が突き抜けて高い。学生数が限られているし、キャンパスも文系棟から離れているため、医学部生とは滅多に顔を合わせない。

「それが、どら息子でね」

いわゆる自虐風自慢だと思い、鼻白んだ。そもそも、医学部と特定する必要すらなかったはずだ。途端に興味を失いかけたが、追い返すわけにもいかない。

「またまた」

やり取りは戸賀に任せることにした。

「四年生なんだけど、突然、医者にならずに大学を中退するって言いだしたの。付き合ってる彼女と結婚したいんだって」

「マジですか」

医学部は六年制で、最終学年に実施される国家試験に合格すると、医師免許を取得できたはずだ。法学部も、ロースクールを含めると司法試験の受験資格を得るまでに六年間かかるため、全体の制度設計には共通性がある。

「医者になってから結婚すればいい。もちろん、何度も説得した。でも、相手の子が妊娠しているらしくてね。国家試験、研修医。一人前に稼げるようになるまでに、医者だと時間がかかりすぎる。子供を育てるために、すぐに働きたいって……、本末転倒だと思わない？」

「医者より稼げる仕事って、限られていますよね」

結婚は延期できても、子供の誕生に待ったはかけられない。五年後の一千万円より半年後の百万円……、といったところか。

「入学するまでは大変だけど、国家試験はほとんど落ちないって聞いて、安心していたのに。もう、途方に暮れちゃって」

「彼女の妊娠でいっぱいいっぱいで、冷静な判断ができていないのかもしれません」

戸賀は励ましの言葉を口にしたが、女性は「ううん。意志は固いみたい。話し合っても、すぐ喧嘩《けんか》になっちゃうから」と悲壮感を漂わせた。

いつの間にか、身の上話に聞き入ってしまっている。

「あの、親子不知っていうのは……」

やり取りを静観していた鈴木が、本題に入るよう促す。

「それで、私も愛想を尽かしちゃったわけ。考えを改めないなら縁を切る。そう宣言したのが、二週間くらい前。そのときは、向こうも望むところだって開き直ってた。でも、お金に困って泣きついてくるのは目に見えてる。結局、甘えてるだけなのよ」

突飛な展開にも思えるが、何度も話し合いを重ねた末の決断だったのだろう。

「私、シングルマザーなんだけど、輸入家具の販売業で成功したおかげで、それなりに資産があってね。いざとなったら助けてもらえるって、楽観視しているんだと思う。まっとうな道を進んでくれるなら、協力は惜しまない。だけど、結婚とか中退とか……、身勝手すぎるでしょう？　実の息子とはいえ、成人した後まで面倒を見なくちゃいけないのか。いろいろ調べていたら、絶縁代行サービスを見つけた」

「絶縁代行サービス？」鈴木が訊き返す。

「もともとは、終活のサポートを請け負う社団法人を運営していたらしいの。働く就活じゃなくて、後腐れなく人生を締めくくるための終活。その中で、子供に遺産を残したくない親からの相談とか、逆に、親の介護をしたくない子供からの相談が増え始めたんだって。その需要に応《こた》えるために立ち上げたのが、親子不知」

鈴木は成人直後に母親との絶縁を決断しているが、親子関係がもっとも拗れやすいのは、親の老後だと聞いたことがある。介護、後継ぎ、相続。双方の負担と利益が錯綜《さくそう》するため、本音が漏れて泥沼化しやすいのかもしれない。

「代行って、具体的にどんなことをするんですか」

鈴木が尋ねると、女性は滑らかに語った。

「話し合いの仲介役を担って、親と子供の意向が折り合う落としどころを探る。まあ、基本はお金よね。金の切れ目が縁の切れ目ってやつ。いや、縁を切るためにお金を渡すんだから反対か。金を渡して縁を絶つ。イメージできる？」

「何となく……」鈴木は言葉を濁した。

「まとまった手切れ金を渡す代わりに、介護も葬式も引き受けない了承を親から取りつける。金の無心を拒絶する代わりに、毎月一定額を子供の口座に振り込む」

「介護とかの方はわかりますけど、口座に振り込むんだったら、お金の無心を受け入れているのと一緒じゃないですか？」

「約束させるのが大事ってこと。ねだられる度に渡していたら、お金をばら撒《ま》いているだけ。金額を決めて、正式な書面に残しておく。その一手間を加えれば、向こうも好き勝手に主張することはできない。家族だと、やり取りまでなあなあになっちゃうでしょ。第三者が間に入ることで、感情に流されずに話し合いを進められる」

親子不知は、法律上の絶縁が不可能なことを前提にした上で、それでも関係性を絶ちたいと望む者たちに寄り添うサービスなのだろう。

正式な書面に残すと、女性は言った。

公正証書などを用いて、一方は金銭の支払を、他方は接触禁止や扶養義務からの解放を、それぞれが同意する内容の条項に定める。どこまでの強制力を確保できるかは条項次第だと思うが、口約束に比べれば実効性が認められるはずだ。

「母親には、一円も渡したくありません。さんざん苦しめられてきたのに……」

「お兄さんやお姉さんは？」

　女性は、興味深そうに鈴木を見つめている。

「いませんけど」

「子供も、親に対して扶養義務を負っている。そうよね、法学部の学生さん」

　突然話を振られたので驚いた。「はい。ですが、子供の場合は、余力のある範囲で扶養すれば足ります。自分の生活を切り詰める必要まではありません」

「親が寝たきりになっても、知らぬ存ぜぬでいいの？」

「それは……、扶養義務を負う親族が手を差し伸べるのが原則です。同居して介護するか、施設の費用を援助するか」

「優先順位が高いのは、血縁が近い人よね」

「基本的には」

「原則、基本的。言葉選びが、いかにも法学部生って感じ」

　女性は、微笑を浮かべながら再び鈴木の方を向く。

「あなたのお母さんが何歳かは知らないけど、年を取るのなんてあっという間。母親が死ぬまで逃げ通せるかもしれないし、執念で発見されるかもしれない。どちらにしても、その日を迎えるまで母親の影に縛られ続ける」

「だから、手切れ金を払えと？」鈴木が眉根《まゆね》を寄せる。

「毎月五万円を求められてるって、さっき聞こえてきた」

「とても払える金額じゃありません」

減額された生活保護費の埋め合わせ——。鈴木が支払うべき理由は、法的にも道義的にも皆無だったので、僕からは特に言及しなかった。

「あなたが働き始めたら、もっと高い金額を要求してくると思う。今すぐに決断しなくてもいい。言い値に応じる必要もない。でも、仕事とか家族を背負う前に、決着をつけるべき。大切なものができるほど、足元を見られるから」

「お金以外に解決する方法はないんですか」

「何かを得るには対価が必要で、禍根を残したくないならお金に勝るものはない」

隣に座る戸賀は、携帯で親子不知のホームページを見ているようだ。

どういった流れで話し合いは進んでいくのか、仲介手数料は発生するのか、どれくらいの実績があるのか。そのあたりは念入りに調べる必要がある。

親子の縁を切るためのサービス。社会的な風当たりは強いのかもしれない。ただ、その存在意義も否定できないのではないか。

「利用したんですか？」

鈴木の短い問いに、「私と息子の話？」と女性は答える。

「はい」

「資料を集めて、相談を始めたところ。毎月十万円を振り込む代わりに、息子からの連絡は禁止するし、相続も最低限のお金しか渡さない。このあたりが、落としどころじゃないかな。どう？　親失格だと思う？」

鈴木は、無言で首を左右に振った。

「言い訳みたいに聞こえるかもしれないけど、息子のためにも突き放した方がいいと思っているの。私のすねをかじっているようじゃ、立派な親にはなれっこない。毎月十万円……。生活費の足しにはなるだろうし、あとは本人の頑張り次第」

自分に言い聞かせるように語ってから、女性はゆっくり立ち上がった。

「お邪魔して、ごめんなさい。じゃあ、悔いのない選択を」

「親子不知。調べてみます」鈴木が答える。

「利用者の体験談もホームページに載っていたから、参考になると思う」

女性は、僕たちのテーブルの伝票を取り、代わりに名刺を鈴木の前に置いた。

「あの――」

「親子不知を利用する気になったら、情報交換しましょう」

ステッキを手に持ち、レジに向かっていく小柄な背中を見送る。隣のテーブルから深刻な悩み相談が聞こえてきて、自身の経験を踏まえてアドバイスしようと思い立ったのだろう。

『株式会社ビーファニチャー代表取締役　堀井千恵《ほりいちえ》』

鈴木は、神妙な面持ちでテーブルに置かれた名刺を見つめていた。

4

その週の金曜日。講義を受け終えた夕暮れ時。

民族衣装のような柄が編み込まれたカーディガンを着た戸賀がやって来て、慣れた手つきでゼミ室のコーヒーメーカーをセットしてから、出張法律相談の反省を始めた。

「相談内容は事前に聴き取っておくべきでした」

「調べる時間があっても、アドバイスできる内容は変わらなかったと思う」

「私たちから、親子不知の紹介をできたかもしれません」

乱入した女性に主導権を握られたことを気にしているのだろうか。

「法律相談にはなじまないサービスだよ」

「依頼者が求めているのは、クリーンな法律知識よりも、荒業でも力業でも構わないから、問題の解決に繋がるクリティカルなアイディアです」

まあ、戸賀の言うことにも一理ある。どこまでが法律相談なのかという線引きは難しい。一方で見境なく動き回れば、探偵や何でも屋の仲間入りを果たしてしまう。

「そういうわけで、リベンジを目論《もくろ》んでいます」戸賀は、手帳を取り出した。

「出張法律相談の？」

「はい。候補になりそうな記念日をピックアップしてきました」

僕の指摘を無視して、戸賀は手帳を指でなぞる。

「十二月十三日、双子の日。明治七年から続く歴史ある記念日で、この年の十二月十三日に、『双子は、先に生まれた方を兄や姉とする』という内容の法律が定められたそうです。それまでは、先に生まれた方を弟とか妹にする地方があったらしくて……」

「双子問題の法律相談なんて、絶対に来ない」

どちらが先に生まれたかを争いたい、一方になりすました悪事の責任を問いたい。そんな紛争が多発するとは考え難《にく》く、そもそも前回の〝家族の問題〟に包含される。

「じゃあ、十二月二十一日です。数字で書くと、１２２１。両端の１が一人を、中央の２が二人を表しています。何の日かわかりますか？」

「……糸電話の日？」

なぜか戸賀は笑ってから、「惜しい。遠距離恋愛の日です」と答えを口にした。

離れているときは一人、一緒に過ごせる時間は限られていると。

「面倒な依頼になりそうだから却下」

「うわ、偏見だ」

今さらながら、記念日と相談内容を紐《ひも》づける意味を見出《みいだ》せない。紛争は記念日を狙って勃発《ぼっぱつ》するわけではなく、むしろ間口を狭めてしまっている。

もともと無料なのだから、記念日限定の特別プライスでサービスを提供するわけにもいかない。つまり、このやり取りは無益だ。

「親子不知を調べたんだけど——」話題を誘導する。

「法人登記もされていたし、怪しげなサービスだとは思わなかった。内容はあの女性が話していたとおり。それぞれの言い分を聴取して、絶縁に向けた仲裁案を提示する。解決実績もあるみたいだし、鈴木さんも問い合わせくらいはしているかも」

問題の深刻さを感じさせないデザインのホームページで、説明もわかりやすかった。オプションも多く準備されており、たとえば親の老後の世話を拒絶する場合には、追加料金を支払うことで、介護や葬儀の調整といったアフターケアまで丸投げできる。そのあたりは、もともと運営していた終活サポートのノウハウが活《い》かされているのだろう。

「私、親知らずが生えていないんです」戸賀は、右頬の下あたりを指先で押した。

相変わらず、話題があちこちに飛ぶ。

「僕は四本とも生え揃ってる」

「名前の由来は、いろんな説があるらしいですよ。親元を離れる年齢の頃に生え始めるから、親が認識できない〝親知らず〟っていうのが、個人的には一押しです」

英語では、wisdom tooth（知恵の歯）というらしい。日本語より洒落《しゃれ》た響きだが、抜くと知力が低下するという誤解を招きそうだ。

「親知らずの抜歯みたいに、親子を切り離す方法があってもいいと思う？」

「夫婦は離婚できるのに、家族の絶縁はダメっていうのが、腑《ふ》に落ちないんですよね。法的な手続が準備されていないから、親子不知みたいなサービスが出てきたわけでしょうし」

「離婚も、無制限に認められてるわけじゃないよ」

話し合いがまとまれば、どのような理由でも離婚届は受理される。だが、一方が拒絶した場合は、法定の離婚事由が認められなければ離婚は成立しない。

「この人と生涯を添い遂げようと決めたから、結婚するわけじゃないですか。自分で相手を選んで、責任の重さも理解しているはず。だから、離婚を制限するのは納得できるんです。でも、親子はランダムに割り振られるわけですよね。特に、子供は親を選べないし、産むのを止めることもできない。それなのに縁を切る余地すらないっていうのは、ちょっと」

「いろんな考え方があると思うけど、選べないからこそ……、じゃないかな」

「どういう意味ですか？」

「子供は親を選べないっていうけど、親だって子供を好きに選べるわけじゃない。どんな子供に育つかはわからないわけだから。思っていたより可愛くなかった、頭がよくなかった、身体が弱かった。そんな理由で親に捨てられたら、子供は生きていけない」

扶養義務は、経済的な弱者を守るために課されている。産んだからにはきちんと育てる。それでも、無責任に育児放棄する親は後を絶たないわけだが。

実親との親族関係を消滅させる特別な養子縁組も、一応は存在している。ただし、要件が厳格だし、子供が一定の年齢を越えた場合には、申し立てることが不可能になる。

「じゃあ、子供からの絶縁は？」

「認めた場合に起きそうな弊害はいくつもある。親が子供を脅して、勝手に手続を進めるかもしれない。養育する親も、無償の愛といいつつ、老後の世話を期待しているかもしれない。親子の関係性は断ち切れないとした方が、育てる方も育てられる方も安心できる」

「うーん。わかるような、わからないような……」

「成人後の親子の扶養義務って、余裕がある範囲で手を差し伸べ合いましょう、くらいの話だから。絶縁できなくても、実害はほとんどない。あとは気持ちの問題」

そう言い切ると、戸賀は不服そうに口を尖《とが》らせた。

「空き巣に入った母親を捕まえられないのは、どう考えても実害です」

「鈴木さんは……、確かに災難だよね」

「ほら」

「何千万組の親子を一律に対象にしているんだから、若干の例外が発生するのは仕方ないよ。今回の場合は、民法と刑法の組み合わせで生じたバグみたいなものだし」

「当事者に向かって、バグだから諦めろなんて言えません」

親族相盗例を修正するか、親子の絶縁の余地を認めるか——。どちらも険しい道だ。戸賀と話していると、法律の限界を逃げ道に使う安直さを反省することがある。

「じゃあ、どうすればいいと思う？」

「わからないから、反省会を開いているんです」

「鈴木さんの護衛でもする？」

母親の差し金で誰かに付きまとわれている気がすると、鈴木は言っていた。

「いいですね」戸賀は真顔で答えた。

「護衛はさすがに冗談だけど。僕たちに危害を加えてくれれば、親族相盗例は適用されずに、母親は逮捕される……。まあ、鈴木さんもそこまでは望んでないか」

身内の不祥事は、鈴木自身にも不利益を与えてしまう。

「そもそも、その発想が出てこないと思います」

「そうかな」

親族相盗例によって刑罰が免除される対象については、詳しく説明したつもりだ。

「息子と縁を切ろうとする母親もいるわけだし、親子問題は千差万別です」

親子不知について教えてくれた女性のことだろう。医学部を退学して、恋人と結婚する。説得しても聞く耳を持たない息子と縁を切りたいという話だった。

「鈴木さんが受け取った名刺に、名前と会社名が書いてあったから、気になって親子不知と一緒に調べてみたんだ」

名前と肩書を組み合わせて検索すれば、同姓同名の人物の情報は除外できる。会社を経営していると言っていたので、フェイスブックやインタビュー記事がヒットするのでは……、という軽い気持ちで検索結果を確認した。

「謎多き女性でしたもんね。社長さんなんでしたっけ?」

「うん。闘病ブログが見つかってさ」

戸賀は「とうびょう」と呟いてから、漢字に変換できたようで驚いた表情を浮かべた。

「そういえば、杖《つえ》を使っていましたね。重い病気なんですか?」

「末期癌と書いてあった」

「えっ……」

いくつかの記事に目を通して、おおよその状態は把握できた。

乳癌と診断されたのが、約三年前。全身治療の後に、乳房を切除するに至った。予後は順調と思われたが、経過観察の結果、肝臓に転移していることが発覚。骨転移も認められ、ステージⅣの末期癌と診断された。

「延命治療は受けずに、自宅でのホスピスケアを選んだらしい」

苦痛を緩和する医療や看護に重点を置き、寿命が尽きるまでの生活の質を保つ。余命宣告を受けてからもブログの更新は続き、多くの応援コメントが寄せられていた。どの記事も、文章は淡々と書き連ねられていて、感情の起伏は読み取れなかった。

「そんなふうには見えませんでした」

室内でも帽子を被《かぶ》っていたのは、抗癌剤の副作用かもしれない。ステッキを持ち歩いていたのは、骨転移で歩行に支障が生じているからか――。

自宅療養なので、ある程度は自由に外出できるのだろう。

「死期が迫っているから、息子との関係性の清算を急いでいるのかな」

「ああ。なるほど。相続の問題とかもありますもんね」

大学中退を切り出した息子に対して、母親から絶縁を言い渡す。話し合いが決裂した結果だとしても、感情が先走っている印象は否めない。しかし、余命わずかな状況では、説得を続けるのも困難であり、強引な手法で解決するしかなかったのではないか。

「精神的なケアをするはずの息子が、逆に心労を増大させる問題を持ち込んできた。愛想を尽かして、遺産も最低限しか渡さないと決めた。末期癌っていう事情を知ったら、あの人の気持ちも理解できるような気がする」

それも、先入観で色づけしているだけかもしれないけれど。

「まさにどら息子ですね」

「少し前までは、頻繁に息子がブログに登場していたんだけどね」

「へえ。愚痴ですか？」

「ポジティブな内容だったよ。献身的に身の回りの世話をしてくれるとか、温泉旅行に連れて行ってくれたとか。かなり仲が良かったみたい」

「仲良しから絶縁……。極端ですね」

両親に対して恩を感じていても、その気持ちを素直に伝える機会はほとんどない。長生きするだろうから、親孝行は社会人になって心に余裕を持ててからでいい——。死期が迫っていることを知ったら、そんな悠長な考えは捨ててすぐに会いにいくだろう。

「息子の将来が不安定なままだと、安心して最期を迎えられない」

「やっぱり、親不孝ですよ」

戸賀が毒を吐いたところで、ゼミ室の扉が開いた。ノックの音はせず、無断侵入の常習犯は既に室内にいるため、誰だろうと思い入口に視線を向ける。

「久しぶりだな。行成」

意外な来訪者に驚いて反応が遅れた。

千鳥格子柄のスーツを嫌味なく着こなし、パーマをかけた髪を中央でわけている。何人もの被疑者を睨《にら》みつけてきたのであろう、昔より威圧感を増した眼光。

「えっと、お客さんですか？」戸賀が腰を浮かせる。

少なくとも、依頼者にはなり得ない。正反対の立場にある人間だからだ。

「いや、ＯＢ」

「そこは兄貴と紹介してくれよ」

「お兄さん？　古城さんの？」戸賀が疑問符を並べる。

僕たちが座るソファに近づき、

「初めまして、古城錬《れん》です。もしかして、戸賀夏倫さんかな？」と錬は言った。

「はい。古城さんには、いつもお世話になっています」

「そっか。うん。ちょうどよかった」

戸賀の存在を錬や家族に伝えたことはない。誰から聞いたのだろう。そもそも、スーツを着て僕に会いに来た理由は？

コーヒーを注ぎにいった戸賀に礼を述べてから、錬はゼミ室を見回した。

「ゼミ生がいなくなった以外は、何も変わらないな。狭くて不評だったのに、今はスペースを持て余している。歴代の代表が知ったら、悲しむぞ」

「何しに来たんだよ」

「愚弟の様子を見に来たのさ。ただし、仕事の一環だ」

兄の古城錬は、地検捜査部の検察官だ。昨年、新任明けの検事として地元に戻ってきた。頻繁に連絡を取り合っているわけでもなく、顔を見たのも数ヵ月ぶりである。

そんな現役の検察官が、仕事の一環と口にした。

「大学で事件でもあったわけ？」

捜査部に配属されているとはいえ、検察官が現場に赴く機会は限られているはずだ。警察から送られてきた事件で、補充捜査を行うことにしたのか。あるいは、大事件で捜査本部が設置され、検察官も初動捜査に関わることになったか。

いずれにしても、難解な事件だと予想できる。

「ああ。学生が死んだ」

「……殺人？」

「まだわかっていない。事故か事件か、半々ってところだ」

霞山大の学生が命を落とした。そして、事件の可能性が浮上しているという……。

器用に三つのマグカップを持った戸賀が戻ってきて、テーブルに並べた。コーヒーを一口飲んで、気持ちを落ち着かせた。

「そんなに早い段階から検察官も動くんだ」

「独断行動さ。警察に知られたら、やっかまれるやつだ。渡された捜査資料を見ていたら、愚弟の名前が出てきて、居ても立っても居られなくなった」

持ち上げたマグカップを止めて、錬を見る。

「被害者は、誰？」

「誰だと思う？」

「いいから、答えて」

「鈴木椰子実。椰子の実と書いて、ここな」

言葉が出てこなかった。

先ほどまで話題に出ていた相談者が――、死亡した？

「知らなかったのか。亡くなったのは二日前で、ニュースにもなっていたのに」

裁判の結果は追いかけているが、捜査段階の報道には気を配っていない。この手の情報は、戸賀から教えられることが多い。

「私、携帯が止まっていて。SNSもネットニュースも見られなかったから……」

利用料金を滞納したのか。今は追及している場合ではない。

「死因は？」

「ニュースを見ればわかる。住んでるアパートの外階段で、後頭部を強打して死亡しているのを発見された。これ以上は話せないよ。俺は、情報を与えに来たわけじゃない」

母親から逃げるために引っ越したアパートだ。

外階段で後頭部を強打……。転倒したのか、転落したのか。

「突き落としを疑っているのか」

事件性がないことが明らかなら、検察官は関わらずに事故として処理される。

「だから、まだわからないと言ってるだろ。被害者の生前の行動をまとめた報告書に、このゼミの名前が書いてあった。ショパンというカフェで、一時間近くも被害者と話をしていたとな。ツイッターでのやり取りも押さえてる」

「ツイッター？」

「ここなさん、ツイッターで情報を発信していたんです」錬ではなく戸賀が答えた。

「情報って、何の？」

「毒親との付き合い方、逃げ方みたいな投稿です。実名は出していなかったと思いますけど、出張法律相談に申し込んだこともツイートしていました」

なるほど。無法律の活動とは無関係だと言い張るのは難しそうだ。

「どんな相談内容だったか、詳しく教えてくれ」

鈴木が死亡したのは水曜日だと錬は言った。ショパンで出張法律相談を実施した三日後だ。目撃者は店内に多くいたが、相談内容は断片的にしか聞こえていないだろう。

「守秘義務があるから、話せない」

「あのな、行成」錬は、マグカップを口元に近づける。

「弁護士が捜査協力を拒絶できるのは、弁護士法で厳格な守秘義務を課されているからだ。学生の戯れにすぎない自主ゼミには、責任も権限もないから安心しろ」

錬も、霞山大に通っていた頃は無法律に所属していた。

「お遊びだなんて思ってない」

「ムキになるなよ。依頼者は、もう死んでる。相談内容を伏せようとしてるのは、依頼者の名誉を守るためか？　それとも、個人的な感情？　人が死んでる意味を、もう一度考えろ。兄弟喧嘩なら、また付き合ってやるから」

事件性があると判断された場合、被害者の人間関係は重要な意味を持つ。動機と直結するかもしれないからだ。ネガティブな繋がりなら、なおさら伝えておいた方がいい。

「ショパンのスタッフは知ってるって……、ここなさんも言ってました」

戸賀は、困ったような表情を浮かべながら言った。アルバイト先のショパンには、真っ先に足を運んだだろう。

「――被害者は、母親と縁を切ろうとしていた」

「ほう」

錬はメモも取らず、こめかみを指で小突きながら、僕の話に耳を傾けた。

自分の名前を呪いと表現していたこと。学費も生活費もアルバイトを掛け持ちして稼ぎ、自立しようとしていたこと。生活保護を受給していた母親に難癖をつけられて、金銭の支払を求められていたこと。無断で合鍵を作った母親に、部屋を荒らされたこと。引っ越し後の居場所も突き止められて、警察に助けを求めたこと。最近も、何者かの視線を感じていて、母親と縁を切るために無法律を訪れたこと――。

「だいたい、こんなところだよ」

「母親以外の話は出てこなかったのか」錬は足を組み直した。

「最近付きまとわれていたのは、男性な気がするって言ってた。それも母親の差し金だと、彼女は考えていたみたいだけど」

「その男の特徴は？」

「詳しくは聞いてない」

母親との関係性を追及されると思ったが、錬は思案するように腕を組んだ。

「他に、被害者から聞かれたり、行成から話したことは？」

「改名手続について説明した。あと……、いろいろあって親子不知の話題が出た」

「え？　絶縁サービスの？」

犯罪以外の世情に疎い錬が食いついたことに驚いた。それほど有名なサービスなのか、親子不知が犯罪に用いられたことがあるのか。

そこで錬の携帯が鳴った。通話に応じて事務的な会話をしてから、コーヒーを一気に飲み干す。

「悪い、呼び出された。戸賀さん、美味しいコーヒーありがとう」

「あっ……、いえ」

「行成の聴取は俺が担当するって、警察に伝えておく」

「警察の方がいいんだけど」身内より第三者の方が何倍もやりやすい。

「まあ、変な関わり方をしていなくてよかったよ。逮捕された弟を取り調べるなんて、さすがに心が痛むから。じゃあ、また」

立ち去った後のソファには、ジャスミンの香りが残っている。普段からつけている香水の匂いだ。質問攻めにあうと思ったが、戸賀は無言でマグカップを見つめている。

一度きりとはいえ会話を交わした人間が、死んだのだ。

何が起きたのかを知らなければ、彼女の死を悼むことすらできない。

5

──記憶をたどる。

法律相談を実施した際、住所の変更手続を行ったのかを確認するために、鈴木ここなの運転免許証を見せてもらった。映像記憶のような便利な能力は持ち合わせておらず、何丁目と書いてあったのかすら覚えていない。ただ、建物名は『サンパーク』だった。

不動産サイトにアクセスして、ヒットした物件情報の住所を確認した。おぼろげな記憶と合致したため、鈴木が住んでいたアパートだと目星をつける。

「現場を見てくる」事件現場か事故現場かは、まだ特定できない。

「どうやって調べたんですか」

「運転免許証に建物名が書いてあった」

「私も行きます」戸賀が立ち上がる。

日も暮れているが、いつも以上に真剣な表情で見つめられて頷くしかなかった。二人とも自転車通学なので、マップアプリで経路を調べながら駐輪場に向かう。

二十分ほど自転車をこぐと、目的の建物が見えてきた。くすんだオレンジ色の外壁、雨漏りしそうなトタン屋根。二階建てのアパートは、外置きされた洗濯機が違和感なくなじむほど古びた外観だった。

「ここに住んでいたのか……」

「親を頼れないから、こういうアパートしか借りられなかったんだと思います」

戸賀の答えを聞いて、賃料だけが問題ではないと気づいた。アルバイトを掛け持ちしていても、大学生が保証人を立てずに社会的な信用を得るのは難しい。

部屋数は一階と二階に三部屋ずつ。周囲を一周してみたところ、もっとも階段に近い二階の一部屋を除いて、室内の明かりがついていることがわかった。刑事らしき人物が敷地内で作業している様子もない。鈴木は、消灯している部屋に住んでいたのだろうか。

少し離れた場所から階段を見上げる。

十五段のストレート階段で、寄りかかったらぽきりと折れそうな手摺《てすり》が設置されている。踊り場がないため、途中で踏み外せば階下まで転げ落ちる可能性もある。

踏板と骨組みだけで構成された、鉄骨階段。錆《さ》び付いている箇所が多く、施工時の処理が甘かったせいか、踏板の角が鋭利に尖っている。後ろ向きで倒れて、運悪く踏板に後頭部を強打したら、生死に直結する大怪我を招くのではないか。

一段一段注意深く観察しながら上ったが、スチールらしき鋼材に血痕やへこみなどの痕跡は見当たらない。だが、階段は一箇所にしか設置されていないので、十五個の踏板のどこかに後頭部を打ちつけたはずだ。

二日しか経っていないため、現場が封鎖されているかもしれないと思っていた。考えてみれば、他の住人もいるのだから、一つしかない階段の往来を禁止するのは現実的ではない。事件だという確証がない状況ならば、なおさらだろう。

上りきってから階下を見下ろす。僕の横をすり抜けて、戸賀も通路に立った。

この場所で何が起きたのか。通路には屋根が設置されているが、階段は吹きさらしになっている。雨が降れば、踏板が濡《ぬ》れて滑りやすくなるだろう。

「一昨日《おととい》の天気って覚えてる？」

「しばらく、雨は降っていないと思います」

僕の考えを見透かしているように、戸賀が答える。

老朽化はしているが、階段を上る際に特段の危険は感じなかった。日常的に上り下りしていた鈴木が、濡れていたわけでもない階段で足を滑らせたりするだろうか。

背後に戸賀の気配を感じる。僕が階段の最上段、戸賀が通路。

このような立ち位置で、背中を押されたとしたら……。両手を前に出して、衝撃を和らげようとするはずだ。咄嗟《とっさ》の出来事に身体が固まったとしても、後頭部を踏板に強打する体勢になるのは不自然に思える。

声をかけられて、振り向いたところを押された？　だが、不意を突かずに、あえて正面を向かせた理由がわからない。

上段から突き落とされたと考えるのは、後頭部を打ちつけたという状況と整合しない。では、階段を上っている途中に、背後から引っ張られたのか。

七十センチメートルほどしかない階段の幅を見て、それも難しいと結論づける。すれ違うのも困難な幅であり、被害者の抵抗次第では犯人も一緒に転落しかねない。手摺から身を乗り出せば、被害者だけ転落させることも不可能ではないだろう。けれど、あえてそのような不安定な状況を選んだ理由に疑問が残る。

唯一消灯している部屋の前に立ったが、ドアや郵便受けを眺めても、特に気になる点はない。室内も含めて既に警察が調べ終えているだろう。

あれこれ考えていると、２０３号室と思われる部屋のドアが開いた。

「行こう」

「……はい」

怪しまれないように、階段を下りて敷地を出た。

サンパークというアパート名の由来になっているのかは不明だが、すぐ近くに公園があったので入ると、戸賀はブランコに向かった。ベンチは見当たらず、二人で並んでブランコに腰かけた。硬く窮屈な座面。何年ぶりの感触だろう。

十二月が間近に迫っており、肌寒い季節だ。照明灯を眺めながら戸賀に訊く。

「どう思う？」

「ここなさんのお母さんが怪しいと思います」

戸賀は足を伸ばして、つま先に視線を向けている。

「まあ、そうだよね」

「というより、他に候補がいません。前の部屋でも盗みに入られてる。誰にも教えなかった引っ越し先を突き止められた。全部、ここなさんが教えてくれたことです」

「あのアパートで鉢合わせたとか？」

錬の話を聞いて、真っ先に思い浮かべた光景だった。

「また忍び込んだのかもしれません。ここなさんに見つかって、通路で揉《も》み合いになった。無理やり母親が腕を振り解《ほど》いて……、バランスを崩したここなさんは、階段から転落した。そんなところじゃないでしょうか」

揉み合ってる最中に階段に背を向けて転落したら、後頭部を強打することもあり得る。母親が相手だったから、取り押さえられると思って追いかけた。警察に通報するのではなく、自ら解決する方法を選んだ。親族相盗例によって逮捕されないことも知っていた……。大きな矛盾は見当たらない。

「でも、錬は母親が本命の容疑者とは考えていない」

そう言い切ると、戸賀は首を傾げた。

「どうして、そう思うんですか？」

「一度話を聞いただけの僕たちですら、鈴木さんの母親を疑っている。カフェのスタッフにも相談していたわけだし、錬も無法律に来る前から二人の関係性が拗れていることは知っていたはず。それなのに、母親の話を積極的に引き出そうとはしなかった」

むしろ興味を示していたのは、直近で視線を感じていたという男性の存在や、親子不知についてだった。

「呼び出されて帰ったわけですし、尻切《しりき》れトンボになったのかもしれません」

「目的を果たすまで帰らない性格だよ。それに、本当に知りたいことは最初に訊く」

「好物から先に食べる……、みたいな？　でも、普段と仕事の立ち振る舞いが一緒とは限りませんよ」

経験則にすぎないので、根拠を示すのは難しい。

「さっき話したような流れで突き落としたんだとしたら、口論とか物音を他の住人が聞いてるんじゃないかな。あのボロさで、防音性が高いとは思えないし」

「誰もアパートにいなかった可能性もあります」

「ネットニュースを見たけど、鈴木さんを見つけた人が通報したのは、午後八時頃だった。ちょうど、今くらいの時間帯」

「さっきは、二階の一部屋を除いて電気がついてましたね」

アパートの周囲を確認した際に、戸賀も僕と同じところを見ていたようだ。

「住人が勢揃いだったのは偶然だと思うけど、逆にこの時間帯に誰もいなかったというのも考えづらい。それに、一つしかない階段は入口に近い場所にあって、どの部屋の住人も出入りする際に必ず目に留める。一方で、敷地の外からだと塀が邪魔で階段の下の方は見えない。死亡推定時刻を聞かないと断言はできないけど、コンビニとかに行こうとした住人が、死亡時刻とそれほど離れてないタイミングで発見したんじゃないかな」

自動販売機やコンビニが近くにあることは、ここに来る途中に確認した。

「警察は住人全員から話を聞いたはずで、口論とか物音を耳にした人が名乗り出ていたら、犯人はすぐにわかったと？」

「少なくとも、事件性がある前提で警察は動いてるはず」

「そっか。それはそうですね」

錬は、事故の可能性も否定できないと言っていた。どの住人からも、トラブルをうかがわせる声や物音の供述を引き出せなかったのではないか。閑静な住宅街。住人のセンサーを容易に掻《か》い潜れたとは思えない。

「だから、激しい揉み合いはなかったと思う」

「縁を切りたがっている娘が許せなくて、隙をついて突き落とした可能性は？」

「殺意をもって？」

「そこまではわかりませんけど」

そのパターンは、先ほど一通り検討した。

「下りようとしているときだったら、後頭部じゃなくて顔面を打ちつける」

「上っているときなら？」

「階段の幅が狭くて、すれ違うのも難しそうだった。後ろから引っ張ったとしたら、犯人も一緒に転げ落ちる可能性が高い。隙をついて前から押すのも難しい」

上っている最中に前の人間が振り返ったら、何事かと身構えるだろう。

「うーん……、なるほど」

「仮にこっそり突き落とす方法があったとしても、場所とか状況から考えると、犯人が誰かわからない状態で実行できたとは思えない」

「一撃で仕留めるつもりだったんじゃないですか」

「鈴木さんの命を確実に奪える確信を持っていたなら、死人に口なしと考えて、大胆な犯行に及んだかもしれない。でも、最上段から突き落としても、十五段――二階から一いるんじゃないかって問題が再浮上する」

「犯行の露見を気にしないくらい激昂《げっこう》していたと考えると、今度は住人が口論を聞いて
後頭部を踏板の尖った箇所に直接強打させる方法があれば、話は変わってくるが。

「骨折くらいで済む気がします」

階への転落で死亡する確率って、そんなに高いかな？」


足元の砂利をスニーカーで蹴《け》って、戸賀は呟く。

「八方ふさがりですね」

「事故だったと考えると、一応の説明はつく」

階段を上っている途中で踏板を踏み外し、運悪く後頭部を強打した。鈴木がアルコールを口にしていたといった事情があるなら、その不運も現実味を帯びてくる。

「事故……、なのかなあ」

寒空に吐き出された戸賀の疑問に、僕は答えられなかった。

「今日は、コンビニで夜勤なんです」と言い残して、戸賀は公園を出ていった。いくつかのアルバイトを掛け持ちしているらしい。時間も時間なので近くまで送って行こうとしたが、「こんなの日常茶飯事ですよ」と手を振られた。

一人になった後も、ブランコから立ち上がる気力が湧かなかった。

鈴木の切実な相談を聞いた直後に起きた悲劇であり、事故という結論に納得できないのは僕も一緒だ。顔も見たことがない母親に、どうしても疑いの目を向けてしまう。

しかし、錬とのやり取りやアパートの光景が、先走ろうとする思考に歯止めをかける。

親子不知について話したとき、錬は意外な反応を見せた。

問い合わせた痕跡、あるいは既に絶縁に向けて動き出した痕跡が、鈴木の携帯やパソコンに残っていたのだとしたら……。

サービスの担当者から仲介の連絡を受けた母親は、激昂したかもしれない。娘に裏切られたと考えて、部屋に押しかけた。

口論を聞いた住人はいない。つまり、鈴木は不在だった。

仮定に仮定を重ねた推測なのは理解している。だが、考える意味はある。

母親は、すぐに諦めて帰っただろうか。何かしらの手土産を得ようとしたはずだ。

二人がアパートで鉢合わせることはなかった。それが大前提だ。

帰宅した鈴木。そして、彼女は転落した。

何を見て、何を考えたか。

何が起きたのか。

その空白を埋めなければならない。

ショパンで相談に応じた三日後。僕が話した内容。

法律知識。

携帯を取り出して、錬に電話をかける。

「まだ仕事中だ」

不機嫌そうな声。構わず、僕は訊く。

「被害者の部屋、荒らされていたんじゃないか？」

「……答えられない」

通話が終了する。返答までの数秒。

躊躇《ためら》いとも、曖昧な答えとも、無縁の性格。

否定の否定は、肯定。

母親は、鈴木の部屋に入った。犯人は立ち去り、被害者が戻ってきた。

ショパンでのやり取りが脳裏をよぎって――、
僕のせいで、鈴木は命を失ったのか。

6

翌日の夕方。僕と戸賀は、ショパンのテーブル席で横並びに座っていた。前回と同じ席。正面のソファは、待ち人のために空けている。その相手だけが、前回とは異なる。

「本当に真相がわかったんですか？」戸賀に訊かれる。

「うん。矛盾なく説明できる」

「まだ情報が足りてないと思うんですけど」

「いや、もう充分だよ」

昼の時間帯とは異なり、照度が絞られた店内には、クラシックではなくジャズがBGMとして流れている。アルコールを嗜《たしな》んでいる客もいるが、僕たちの周囲は空席なので、前回のように会話の内容が漏れる心配はない。

一杯目のコーヒーを飲み終えた頃、ネイビーのスーツ姿の錬がやって来た。

「学生が、こんないい店を使うな」

「この席で被害者と話した」

「知ってるよ」錬は、上着を脱いだ。「それで、何の用だ。学生には想像がつかないくらい、時間に追われてるんだよ」

そう言いつつ、錬はビールを頼む。僕と戸賀は追加のコーヒーを。

「どうして被害者が転落したのかがわかった」

検察官が多忙なのは知っているので、呼び出した理由を端的に伝えた。

「弁護士ごっこの次は、探偵ごっこか」

「法律相談を受けた僕にしか解けない問題だった」

錬は、目を細めてネクタイを緩める。

「法律で何でも解決できると信じるのは、法学部生特有の思い上がりだ」

「錬も、そう思っていたってことだろ」

飲み物が届き、錬は一口で半分近く減らした。

「わかった。聞くだけ聞いてやる」

スタッフがテーブルを離れるのを待って、僕は切り出した。

「運転免許証を見せてもらったから、どこに住んでいるかはわかった」

建物名から目星をつけたことは伏せて続ける。

「事件現場はサンパーク。鈴木さんが住んでいたのは角部屋の201号室。部屋のすぐ傍にある外階段から、彼女は転落した。尖った踏板の角に後頭部を打ちつけたのが直接の死因。普通に転落するだけなら、命を落とす可能性は低かった」

いずれもニュースでは触れられていないが、高い確率で捜査情報と合致しているはずだ。これ以降は、錬とのやり取りから推測した事実も交ざる。

「アパートの住人からの聞き込み捜査の結果、帰宅している人が多い時間帯だったのに、口論や物音に関する供述は得られなかった」

「そんな話をした覚えはない」

「事件か事故かは半々だとゼミ室で言っていた。死亡推定時刻と矛盾しない時刻に、被害者が誰かと揉めていたと住人が供述していたら、事件性は一気に跳ね上がる」

「逆説的な考え方だな」

錬は、不正確な情報は口にしない。半々と言ったからには、事件と事故のどちらかに傾く決定的な事実は存在しないと理解するべきだ。

「正解ってことでいい？」

「ノーコメント」

続けて、戸賀と別れた後の錬との通話内容に触れる。

「昨日の夜、被害者の部屋が荒らされていたんじゃないかと、僕は電話で訊いた。もう一度同じ質問をしても、答えられないと繰り返すんだろ？」

「当たり前だ」

「検察官の口を割れるとは僕も考えてない。でも、あの回答拒否は肯定を意味している。そう決めつけて、話を進めさせてもらう」

「そうやって冤罪《えんざい》が生まれるんじゃないのか」

「どの口が言うんだよ」

「誠実に取調べにあたってる検察官が大多数だ」

ここは取調室ですらなく、錬を納得させられるかが問われている。

「あの。どうして、部屋が荒らされていたと思うんですか？」戸賀に訊かれる。

鈴木の転落に母親が関わっている可能性は低いと、公園のブランコに腰かけながら戸賀に話した。あの日も侵入盗が行われていたとすれば、犯人として鈴木の母親を思い浮かべる。矛盾した連想だと、戸賀は考えているのかもしれない。

「鈴木さんは、前の部屋でも窃盗の被害に遭っている。合鍵を作った母親に忍び込まれて、それが引っ越しの原因になった」

「その話なら、ゼミ室で聞いたばかりだよ」錬が言った。

「重要なのは結果だ。警察沙汰になったのに、母親は逮捕されなかった」

「親族相盗例だろ」

刑法を武器として扱う検察官が相手なので、ゼミ室では説明を省略した。

「刑が免除されるから仕方ない。刑法を学んだ人間が事件に直面すれば、親族相盗例を前提に考える。そういう思考ができあがっているからだ。でも、窃盗被害に遭った後に小難しい法論理を説明されても、あっさり受け入れるとは限らない」

「何が言いたいんだ？」

「法律相談を受けたときも、鈴木さんは親族相盗例の正当性に疑問を持っていた。だから、僕は制度趣旨に遡《さかのぼ》って説明したし、刑が免除されない犯罪にも言及した」

実際は戸賀に補足を求められた気もするが、鈴木が聞いていた事実に変わりはない。

「それで？」

いつの間にか、錬は二杯目のビールを飲んでいた。

「窃盗に留まる限り、どれだけ酷い事案でも見逃される。住居侵入を併せて犯している場合でも、窃盗の準備行為だけを取り出して警察が動く可能性が低い。暴力を振るって強盗罪に至れば、親族相盗例は適用されない――」

「誤った説明はしていないと思うが」

「親子関係を法的に断ち切る方法は存在しないし、親子間の窃盗が処罰されることもない。あのとき僕が鈴木さんに告げたのは、打つ手なしという結論だった」

「見通しの厳しさを教えるのも、法律相談の役割だよ」

僕も、そう思っていた。だが鈴木は、違う受け止め方をしたのではないか。

「その三日後、鈴木さんは階段から転落した」

「話が見えない。母親の存在に絶望して、命を絶ったとでも考えているのか？」

「いや、自殺するほど追い詰められているようには見えなかった」

一度会って話をしただけだが、絶縁の難しさは事前に調べていたようだし、偶然居合わせた女性に教えられた親子不知に興味を示していた。

「長々と話しておいて、法律相談と転落は無関係だと？」

「部屋が荒らされていたなら、話が繋がるんだ」

引っ越し後の住所も突き止められたと鈴木が認めていた。あの老朽化したアパートなら、容易に合鍵を複製できたとしても不思議ではない。

考える素振りを見せてから、錬は頷いた。

「ああ、そういうことか」

「鈴木さんが帰宅したとき、部屋には誰もいなかったけど、荒らされた形跡が残っていた。前例があるから、犯人は母親に違いないと考えたはず」

「空き巣、窃盗、親族相盗例……。結論も、前回と一緒だな」

警察を呼んでも、窃盗罪で母親が逮捕されることはない。対策を講じなければ、三度目以降も被害は続く。一方的に追われ続けるだけの鬼ごっこのように。

「打開策を教えたのは僕だった」

「親族相盗例の抜け穴か」

そんなつもりはなかった。だが、受け手の解釈次第でメッセージは変わる。

「親族相盗例に例外はないんじゃないんですか？」戸賀に訊かれる。

「窃盗罪に留まれば、処罰を逃れられる。でも、強盗罪に親族相盗例は適用されない」

詐欺や横領とは異なり、窃盗と強盗はある種の包含関係にある。他人の財物を奪取するという点で両者は共通しており、異なるのはその手段だ。

「えっと……」

「窃盗に及んだ際に、一定程度を越える暴行を加えた場合には、強盗罪が成立する」

「暴行？　鈴木さんが帰宅したとき、部屋には誰もいなかったんですよね」

僕が答える前に、錬が口を開いた。

「被害者が、強盗を捏造《ねつぞう》したと考えているんだろ？」

ゼロから作り上げたのではなく、眼前の状況を利用して、窃盗を強盗に格上げさせた。

母親の窃盗が、娘の背中を押してしまった。

「僕が話した内容を調べ直したんだと思う。どうすれば、母親を罪に問うことができるか。強盗にもいくつかの種類があって、当初は窃盗のつもりで金品を懐に収めた後に、発見された持ち主に暴行を加えるパターンを、事後強盗と呼んでいる」

財物の取り返しを防ぐため、あるいは逃走を図るために事後的な暴行を加えた場合、窃盗ではなく強盗として処罰される……。困惑した表情の戸賀の方を見て続けた。

「僕たちが最初に考えていたように、忍び込んだ母親と部屋で鉢合わせて、逃がさないように通路で揉み合っていたら、体勢を崩して階段から転落した……。そう見せかけるために、わざと飛び降りたんだ。負傷してから救急車を呼んで、母親に突き落とされたと話すつもりだった。でも、打ち所が悪くて命を落としてしまった」

自殺志願者でもない限り、望んで命を危険に晒《さら》すはずがない。

だから、突き落としか事故の二択で考えていた。

法律相談で垣間《かいま》見えた、絶縁に対する執念。二度目の窃盗被害に直面した、絶望と怒り。それらが複雑に組み合わさり、飛び降りを決断するに至ったのではないか。

「母親を陥れるための強盗捏造か。面白い考え方だとは思う」錬が言った。「発見時の部屋の状況と、住人からの聴き取り結果とも整合するな」

「ノーコメントじゃなかったの？」

「ああ、口が滑った」

悪びれる様子もなく、錬は両手を胸の前で組み合わせる。

「親族相盗例の例外まで話したのは軽率だった」

追い詰められた人間に自殺サイトのＵＲＬを送りつけるように、絶縁を望んでいる鈴木に母親を排除する方法を教えてしまった。

「法律相談の在り方を見直すのは、兄として大賛成だ」

「窃盗犯はいるけど、鈴木さんの転落を導いた犯人はいない」

「豊かな想像力に敬意を表して、捜査情報を一つ開示しよう。母親を容疑者から外したのは、アリバイがあったからだ。死亡推定時刻の一時間以上前から翌朝まで、ホテルで男と一夜を共にしていた。監視カメラで出入りの映像は記録されていて、切り崩すのは不可能だと考えている」

酒に酔って口が軽くなるような職業意識の持ち主ではない。野次馬根性で首を突っ込んでいるわけではないと、僕の口ぶりから伝わったのか。

「盗みに入った時間がホテルに行く前なら、部屋が荒らされていたことと矛盾しない。それに鈴木さんも、まさか母親がホテルに逃げたとは考えなかっただろうし」

「そうだな。ただ――」

言葉を続けようとした錬を、「以上が絶縁パターンでした」と戸賀が遮った。

「どういう意味？」錬が訊き返す。

「今の推理に不自然な点があることは、もちろん承知の上です」

「戸賀さんも、行成の考えを聞いていたの？」

事前の打合せは何もしていない。だが、戸賀は頷いた。

「はい。スムーズに話を進めるために、私が質問役を担いました。お兄さんが指摘しようとしたのは、飛び降りの危険性……。つまり、強盗と見せかける演技にしては、必要以上に危険な方法を選んでいるという点ではありませんか？」

「ああ、うん」

「殺害を意図した突き落としと考えるには高さが足りない。一方で、ちょっとした怪我を負うことが目的なら、むしろ危険すぎる。実際、ここなさんは命を落としているわけですから。殺人にしても強盗の捏造にしても、中途半端な高さなんです」

「そうだね」相槌を打った錬が補足する。

「室内のどこかに身体をぶつけるとか、何なら母親に襲われたと言い張るとか……、強盗と見せかける安全な方法は、他にもあったはずだ。わざわざ外に出て階段から落下するのは、正常な判断とは思えない。法律を学んだ人間ならまだしも、行成のアドバイスを聞いただけの被害者が、あえて事後強盗の偽装を選択したのも妙な話だ」

「後ろ向きで倒れているのも不自然ですよね。受け身を取るのも難しいし、落下地点が見えないから恐怖度も跳ね上がるはずです」

いつの間にか、正面からも隣からも批判の矢が飛んできている。

「目を瞑《つぶ》ってバンジージャンプをする人だっているし、落下地点が見える方が怖いと考えてもおかしくないよ」戸賀に対して反論を試みる。

「後ろ向きと目を瞑るのは、一緒くたにできない気がしますけど」

「階段からの落下を選んだのだって、確実に負傷することを優先したのかもしれない」

どちらも、致命的な論理の欠陥とはいえないはずだ。

「冷静な判断能力を失っていたと言われれば、それまでです」戸賀はすぐに引き下がる。

「ただ、突っ込みどころがあることも否定できません。母親を強盗犯に仕立て上げようとして命を失ったというのも、あまりに救いがない結論ですし」

「それが真相なら仕方ないじゃないか」

「別の可能性があるとしたら、どうです？」

返答を待たず、戸賀は仕切り直すように咳払《せきばら》いをした。

「続いて、親子の絆パターンを披露します。質問役は古城さんに任せましょう」

僕の推理を、戸賀は絶縁パターンと表現した。それに対して、親子の絆パターン……。

錬は、「面白そうだ。聞かせてもらおう」と先を促した。

「古城さんのおかげで、欠けていたピースを埋めることができました。ここなさんが亡くなった日に、関係者がアパートに集結した理由が、ずっとわからなかったんです」

「関係者？」

鈴木ここなと母親以外に、関わった人物がいるというのか。

「順を追って話していきたいところですが、途中までは古城さんの絶縁パターンと一緒なので思い切って割愛します。どこまで一緒かというと、荒らされた部屋にここなさんが帰ってきたところまで」

「犯人は母親で、部屋にいなかったことも？」

「はい。その光景を目の当たりにしたここなさんは、どんな行動に出たか。そこが決定的に異なる点です。古城さんは強盗を捏造したと言いましたね。ですが、怒りに支配された状態で、ややこしい法律知識を都合よく思い出せるものでしょうか」

「じゃあ、どうして転落したと考えてるわけ？」

飛び降り以外の結論を、戸賀は思い浮かべているのだろう。

「説得力を持たせるために、ここからは私がたどった道筋に沿って話します」

そう前置きをして、戸賀は滑らかに語りだした。

「まず、携帯料金を支払ってネット環境を復活させてから、フェイスブックでここなさんのアカウントを探しました。実名登録が推奨されていますし、珍しい名前なので、すぐに見つけることができました。下の名前は、漢字ではなく、ひらがなで登録されていましたが」

「生前の行動を調べたってこと？」僕は訊いた。

「確認したかったのは一点だけ。ここなさんに恋人がいたのかです」

「……どういうこと？」

「引っ越した後の住所は誰にも教えていないと、彼女は私たちに言いました。でも、恋人は除外した可能性があると思ったんです」

「嘘をついていたと？」

「いえいえ。そんなに大層な話ではなく。想像してみてください。新しい住所は、彼氏にしか教えていません――。そう答えたら、恋人の存在を自慢しているようにも聞こえませんか？　警察とは違って、私たちは初対面の学生同士だったわけですし、あえて話さなかったことも理解できます。古城さんには伝わらない感覚かもしれませんが」

友人と恋人が別のカテゴリーに属することくらいは、僕でもわかる。

「あの答えから、そこまで深読みしたわけ？」

「今のはつじつま合わせで、本当の理由は別にあります。それは、もう少し経ったら解禁するので、しばしお待ちを。ここなさんはフェイスブックを積極的に使っていて、多くの投稿が残っていました。私が投稿を見られたのは、共通の友達がフェイスブックにいて、ここなさんが友達の友達まで閲覧範囲を許可していたからです」

フェイスブックの詳しい仕組みはわからないが、とりあえず曖昧に頷いた。

「彼氏らしき人物とのツーショットも、すぐに見つかりました。タグ付けといって、写ってるユーザーを識別する機能なんですけど、それも登録されていたので、すんなり彼氏の名前が判明したわけです。堀井彰《あきら》さん。知っていますか？」

「いや、知らない」

「お兄さんは御存じですよね。被害者の人間関係は、真っ先に調べるでしょうから」

「うん。医学部生だろう？」錬は素直に認めた。

「四年生です」

「それが、どうかしたのかい？」

「私と古城さんは、医学部の四年生に心当たりがあるんです」

戸賀が学年に言及した意図に、遅れて気づく。

「確か、あの女性の息子も……」

「名刺に堀井千恵と書いてあったので、苗字も一緒です」

「何の話をしているんだい？」錬が戸賀に訊いた。

「このカフェで法律相談をしたとき、親子不知について教えてくれたお客さんがいました。その人の息子も、医学部の四年生だったんです。容疑者に浮上しているわけでもない恋人の母親は優先順位が低いでしょうから、警察が見落としていても不思議じゃありません」

親子不知、と呟いてから、錬は足を組み直した。

「詳しく教えてくれないかな」

「わかりました。その代わり、私の質問にも答えてくれると嬉《うれ》しいです」

「まあ、内容次第ってことで」

戸賀は微笑んで、堀井千恵との会話内容を錬に話した。

医学部生の息子が、大学を中退して恋人と結婚すると言いだした。恋人が妊娠しているため、すぐに働いてお金を稼ぐ必要があるという話だった。輸入家具の販売業で成功したので資力はあるが、息子に愛想を尽かして親子不知で絶縁の手続を進めている――。

「どら息子とここなさんの彼氏は、苗字、学部、学年、すべてが嚙《か》み合っています。学生数が少ないことで有名な医学部だし、同一人物と考えるのが自然でしょう」

違和感を覚えたので指摘した。

「恋人の母親と気づいている様子はなかった気がするけど」

堀井千恵が息子の愚痴をこぼしている間も、鈴木ここなは他人事《ひとごと》のように聞いているだけだった。自身の妊娠や結婚が関係していたなら、謝罪や弁解を試みたのではないか。

「千恵さんが名刺をテーブルに置いたのは、立ち去る直前でした。それまでは、ここなさんも自分とは無関係の話だと思っていたはずです」

「大学中退、結婚、妊娠。どれか一つでも心当たりがあったら、名前を聞かなくてもわかるだろ」

その特徴が合致する人物が他にいる確率は限りなく低い。

「つまり、心当たりがなかったんでしょうね」

「は？」

同一人物だという推測を翻す発言に聞こえた。

「たくさんの人の思惑が交錯しているので、頭の中を整理しながら聞いてくださいね。千恵さんの息子と、ここなさんの彼氏は同一人物です。でも、二人が思い浮かべている堀井彰という人物の中身は異なっていました」

「いや……、どうしたら、そんなことになるんだよ」

「千恵さんが誤解していたからです」

「理解できるように説明してくれ」

「千恵さんがショパンに居合わせたのは偶然でしょうか？」

堀井千恵は、隣のテーブルに座っていた。空いている席は多くあったのに。

「本当に堀井彰の母親なら……、偶然を装ったんだと思う」

「ここなさんは、家族問題限定の出張法律相談に申し込んでくれました。毒親について情報を発信しているツイッターで、自身の近況も報告していた。カフェのスタッフにも、お母さんとの確執は話していると言っていましたね。これだけ情報をオープンにしていれば、あの日の法律相談が千恵さんに伝わっていても不思議じゃありません」

「そうかな。息子の恋人の情報が、そんなに簡単に手に入るとは思わないけど」

ツイッターでも実名までは出していないと、以前に戸賀が言っていた。

「探偵を雇っていたとしたら、納得してもらえますか？」

「あっ、誰かの気配を感じるって……」

「その正体は、千恵さんの依頼を受けた探偵だったと考えています」

探偵を使って、鈴木ここなの周囲を調べたというのか。

「何のために、そこまで？」

「結婚相手の素性調査というと、耳なじみがありますよね」

会社を経営している堀井千恵なら、探偵に支払う費用は容易に準備できただろう。

「カフェでの法律相談を盗み聞きしたのは？」

「どんな問題を抱えているか把握するためでしょう。息子が大学を中退までして結婚しようとしている相手が、法律相談に駆け込むほどのトラブルを抱えているらしい。母親としては、居ても立ってもいられない状況といえるのではないでしょうか」

戸賀は、錬の方を見て人差し指を立てる。

「さて、一つ目の質問です。ここなさんが妊娠していたり、結婚間近だったという情報を、お兄さんは把握していますか？」

しばらく逡巡した後、錬は「把握していない」と短く答えた。妊娠の有無は、遺体を調べればすぐに判明するはずだ。

「ありがとうございます。では、どうして千恵さんは勘違いしたのでしょう。結婚や妊娠はまだしも、大学の中退は本人の口から聞かなければ信じないはずです」

「……堀井彰が母親に嘘をついた？」

「私は、そう考えています。でも、親子の関係性を拗らせるだけで、一銭の得にもならない嘘です。二人の間に何があったのかを想像して、一つの前提を付加すれば状況が理解できることに気がつきました」

マグカップを口元に運んでから、戸賀は続けた。

「古城さんが教えてくれました。千恵さんは末期癌を患っていると」

錬の視線を感じたので補足する。「彼女の闘病ブログを見つけて……、確かにそう書いてあった。でも、それが何か関係あるのか？」

「自宅でホスピスケアを受けているんですよね」

「そうだけど――」

「ホスピスケアというのは、延命治療ではなく、苦痛の緩和に重点を置いて、寿命が尽きるまでの生活の質を保つ医療のことです。最期の迎え方は、本人が決めるべきことだと、私は思います。でも、その選択に関われる人がいるとしたら……、ありきたりですが、家族という単語が最初に浮かんできました」

堀井千恵は、延命よりも残された時間の過ごし方を優先した。

それに対して、戸賀が考えているのは――、

「堀井彰は、母親が延命治療を受けることを望んでいた？」

「一つの価値観として成り立ちますよね。彰さんが嘘をついた理由を、考えてみたんです。結婚、妊娠、中退。どういう順番で伝えたのかは、わかりません。でも、意味があったのは妊娠だけで、他はつじつま合わせだったとしたら？　出産の選択に説得力を持たせるには、結婚までセットにする必要があった。六年制の医学部がネックになると思って、大学を中退して育てる覚悟があると言った」

困惑しながら考える。そのような嘘をつく動機。

鈴木が妊娠していた事実は存在しない。実現しない出産に拘ったのは――、

「延命する意味を作るため？」

「孫の顔を見るまでは死ねない。古い考えかもしれませんが、そこに彰さんはすがったのではないでしょうか。嘘を嘘で塗り固めて、どら息子と勘違いされても」

少しでも多くの時間を母親と過ごすために？

ブログでは、息子が献身的に身の回りの世話をし、親子で旅行を楽しんだ様子も書か

れていた。良好な親子関係を築けていた時期は、間違いなく存在していた。

ボタンのかけ違いは、どこで生じたのか。

「まもなく孫が生まれると伝えれば、延命治療を受けてくれると考えた。でも、すべての嘘を真に受けた堀井千恵は、愛想を尽かした息子との絶縁を決断した……」

「あのときの千恵さんが、本気で彰さんとの絶縁を考えていたとは限りませんよ」

「でも、はっきり言ってたじゃないか」

「ここなさんが、息子と結婚するに相応《ふさわ》しい女性か見極めようとした。それに、鈴木親子の問題も気がかりだったはずです」

戸賀は、堀井千恵が探偵を雇って鈴木の身辺調査を行ったと考えている。

思考を整理しているうちに、戸賀の説明が続いた。

「ここなさんは、お金目当てで息子と結婚しようとしている。もうすぐ自分が死ねば、相続で大金が転がり込むことを知っているから……。千恵さんの立場を考えると、そんな疑念を抱いたとしてもおかしくありません」

「そうか。だから、親子不知の話を持ち出した――」

「わずかな金額を毎月渡す代わりに、死後は最低限のお金しか残さない。お金目当てなら、彰さんと結婚する意味が一気になくなる。そう思わせて、化けの皮を剝《は》がそうとしたのではないでしょうか」

鈴木ここなの絶縁の手助けをするためではなく、息子と添い遂げる資格があるかを見極めるために親子不知の存在を仄《ほの》めかした。堀井千恵は、息子を見放す決断をしていたわけではない。むしろ、息子の将来を危惧《きぐ》して守ろうとしていた。

その審査の場に、僕たちは居合わせた。

「何も聞かされていない鈴木さんは、女性の息子と恋人が結びつかなかった」

恋人の妊娠を信じさせようとした嘘によって、二人が思い浮かべている〝堀井彰〟の人物像に大きなズレが生じてしまった。

「手応えのなさは千恵さんも感じたはずですが、しらばっくれている可能性もあったので、伝えるべきことは伝えてから、名刺を置いて帰ったわけです」

鈴木ここなは、何を考えたか。名刺には、堀井千恵の名前が書いてあった。医学部四年生という情報や苗字から、恋人の顔を思い浮かべたのではないか。母親が会社を経営していることも、堀井彰から聞いていたかもしれない。

心当たりがない結婚や妊娠は、どう解釈したのか。二股《ふたまた》をかけられていて、浮気相手との間にそのような関係が存在していた……。そこまで疑ったとしても不思議ではない。

「鈴木さんは、堀井彰に事情を問い詰めたんじゃないかな」

「そうでしょうね。ショパンでの出来事を聞かされた彰さんは、自分の嘘が意図していない結果を招いたことに気づいた。おそらく、このタイミングで、千恵さんの誤解も解けたんだと思います。延命治療を受けてほしかったから、子供ができたと嘘をついた。その説明で、ここなさんも千恵さんも納得したはずです」

自らの利益を図るためについた嘘ではない。母親を騙《だま》そうとした事実は否定できないが、時間をかけて話せば想いは伝わったのではないか。

「ここまでは筋が通っていると思う。でも、その後に何が起こったんだ？」

「ここなさんの母親の問題は、残ったままですよね」

「でも、堀井千恵には関係ないじゃないか」

「私は、ショパンでここなさんの話を聞いて、母親との絶縁を望むのは仕方がないことだし、力になりたいと思いました。千恵さんも、同じことを考えたのかもしれません」

相談を受けただけの僕や戸賀とは違い、堀井千恵は息子の将来を心配する必要もあった。交際が長く続けば、結婚に踏み切るか否かを問わず、鈴木ここなの母親とも関わらざるを得ない。多額の遺産と相まって、看過できない障害となり得る存在だ。

「……それで？」

「古城さんが繰り返し説明してくれたとおり、親子関係を法的に断ち切る方法は存在しないわけですよね。そうだとすれば、提案できる解決策は限られてきます」

「親子不知か」

戸賀も錬も、このサービスに拘っていることは確かだ。

「ここなさんは、母親から毎月五万円の支払を求められていました。子供を束縛したり過干渉する毒親というより、お金を搾り取る寄生虫のイメージを持っています」

「でも、手切れ金を支払うつもりはないと言ってたよ」

「そうですね。気持ちの問題もあったでしょうし、学生が簡単に準備できる金額ではないと思います。でも、協力者がいれば話は変わってきます」

　そこで戸賀は言葉を切って錬を見る。

「二つ目の質問です」ピースサインのように指を二本立てて、「ここなさんは、親子不知を利用する準備を進めていたのではありませんか？　資料を取り寄せるといった段階に留まらず、具体的な条件まで煮詰まっていたのでは？」戸賀は口早に訊いた。

「まいったね」錬は頭を掻いた。

「そこまで特定されると、無視できないじゃないか。答えは、イエスだよ。詳しい条件までは話せないけど、一定額を支払う代わりに接触を禁止する内容の草稿だった」

　法的に義務がないことを要求するには、相応の対価を提示する必要がある。良心に訴えることが困難な人物が相手なら、譲歩は期待できない。

　母親との絶縁を望む鈴木ここなに、資金の融通を約束した人物がいる。

　それが誰なのかは、既に明示されているようなものだ。

「その作成日までわかっていたりは？」

「日付を特定したら、イエスかノーで答えるよ」

「今週の水曜日」

　鈴木が死亡した日だ。口で答える代わりに、錬は小さく頷いた。

「これで情報は揃ったと思います。前置きが長くなりましたが、話を絶縁パターンとの分岐点まで戻しましょう。あの日、ここなさんは荒らされた部屋に帰ってきて、何が起きたのかをすぐに悟ったはずです。そして、千恵さんに連絡を取った」

水を口に含んでから、戸賀は続けた。

「手切れ金を払ってでも、関係性を絶つ必要がある。そう決断させるに足りる出来事だったのでしょう。事情を聞いた千恵さんは、ここなさんが住むアパートに向かった。人前で堂々と話す内容ではありませんし、どういう状況か見ておきたかったのかもしれません」

「堀井千恵もアパートに来ていたのか」

その時点では、既に堀井彰がついた嘘の誤解は解けていた。息子が真剣に交際していると知った堀井千恵は、母親との関係に困ったら頼ってほしいと、鈴木ここなに伝えていたのかもしれない。もちろん、息子の将来を案じての提案でもあっただろう。

「話し合いの結果、千恵さんは絶縁の手助けをすることを決めた。手切れ金を準備すると申し出たんだと思います。その場で草稿を作って、親子不知に申し込んだ」

冷静さを保ったまま話し合いは進み、他の住人に声が漏れることはなかった。

親子不知の仲介者を通じて、鈴木ここなの母親が納得する手切れ金を提示できれば、交渉がまとまる見込みは高かったのではないか。それなのに――、

「どうして、階段から転落したんだ？」

「これ以降は、さらに想像を膨らませる必要があります。いくつかの痕跡は残っていま

すが、明確な証拠は存在しません。それでもいいですか？」

錬の反応をうかがってから、頷いて先を促した。

喉が渇いたので水を飲もうとしたが、数滴しかグラスに残っていなかった。緊迫した空気を感じ取ったのか、店員が近寄って来る気配はない。

「殺害するための突き落としにしては高さが足りない。強盗に見せかける飛び降りにしては危険すぎる。不意を突いて背中を押したとすると負傷箇所が、揉み合いの末だとすると住人からの聴取結果が、それぞれ整合しない。そうやって、消去法で可能性を排除していくと、不合理が許容される事故が残ります」

「だけど、使い慣れた階段で足を滑らせるなんて――」

「用件を済ませた千恵さんは、どうやって帰ったと思いますか？」

「え？」

「古い二階建てのアパートなので、当然エレベーターはありません。階段を下りるしかないわけですが、おそらく癌が骨転移した影響で、千恵さんは歩行に杖を使っていました。足が不自由そうな、恋人の母親……。鈴木さんは看護学科の三年生でしたね」

看護補助のアルバイトもしていると、鈴木は言っていた。

「肩を貸して、一緒に下りた？」

「階段を下りるときの介助方法は、下に立った介助者が脇や腰を支えるそうです。そのまま少しずつ下りていった。普段に比べれば不安定な体勢だったと思いますが、実習やバイトで経験しているはずなので、危険は感じなかったかもしれません」

「でも、鈴木ここなは転落した」

「わずかな情報から想像することしかできません。第一発見者が見つけるまで、ここなさんは階下で放置されていた。それまでは、警察や救急への通報もなかったと考えるのが自然でしょう。事故なら、どうして助けようとしなかったのか」

　ここで結論を突き落としに変えてしまえば、これまでの検討の土台が崩れる。介助を申し出た鈴木ここなが転落したのに、堀井千恵は現場を立ち去ったことになる。その理由がわからず押し黙っているうちに、戸賀が言葉を継いだ。

「息子の恋人にお金を渡して、絶縁の手助けをする。それが正しい行動なのか、私には判断できません。ただ、人によっては嫌悪感を抱くのではないでしょうか。臭い物に蓋《ふた》をしたと思われるのが怖くて、千恵さんが誰にも相談せずにアパートを訪ねたとしたら？　そして、階段を下りているときに、息子と鉢合わせてしまったとしたら？」

「――堀井彰と？」

「問題の解決に向けて前進して、敷地を出る直前だった。気が緩んでいたからこそ、千恵さんは動転した。ここなさんは、介助のために身体を千恵さんの方に向けていた」

「堀井千恵が先に気づいた……」

「一つの可能性にすぎません。でも、他に説明がつくストーリーに行き着きませんでした。階段を見上げている彰さん。その存在に気づいて声を漏らす千恵さん。驚いて顔を上げて、バランスを崩すここなさん」

戸賀が語った光景が、脳裏に浮かんだ。鈴木ここなの身体が踏板を転げ落ちてくる。後頭部から流れ出た血が、コンクリートに染み込んでいく。

投げ捨てられたマネキンのように、ぐたりと倒れた身体はぴくりとも動かない。

堀井彰の足元で、ぐたりと倒れた身体はぴくりとも動かない。

「消去法で死因を導いて、その過程も想像で補いました。ですが、推論を補強できる証拠はいくつか思い浮かびます」

錬を見て、戸賀は続けた。

「発見時、ここなさんは荷物を持っていましたか？　玄関の鍵は、閉まっていましたか？　どちらの答えもノーだとすると、その状況が重なる場面は限られます。コンビニに行くだけでも普通は鍵を閉めます。郵便受けは各部屋に設置されていて、共用スペースはありませんでした。来訪者を見送って、すぐに戻るつもりだった。有力な候補ではありませんか？」

「他には？」錬が真剣な表情で訊いた。

「ここなさんの携帯に、千恵さんと連絡を取り合った形跡が残っていれば、捜査は進んでいたはずです。さっき話した、臭い物に蓋をしたと思われる恐怖で、千恵さんが履歴の削除を求めたのかもしれません。恋人なら、スマホの盗み見は日常茶飯事ですから。そのデータを復元できれば、当日の動きが浮かび上がると思います」

いずれについても、錬は否定の言葉を口にしなかった。少なくとも戸賀の推理と矛盾する証拠は存在していないということだろう。

「堀井親子は、鈴木ここなを見捨てて逃げたと考えているんだよね」

僕が確認すると、戸賀は頷いた。

「事故なら、通報すればよかったじゃないか」

「通報しても助からないとわかるくらいの出血量だったのかもしれません。医学部生なら、ある程度の知識はあったでしょうし」

階段の途中でしゃがみ込む堀井千恵。母親のもとに駆け寄る息子。

聞きたいことは山ほどあっただろう。だが、落下音に気づいた住人が様子を見に来るかもしれない。目立つ場所なので、発見されるのは時間の問題だった。

「逃げたら余計に怪しまれる」

「通報していたら、何が起きたのかを明らかにするために、繰り返し事情を聴かれることは避けられません。突き落としを疑われたら、逮捕されて取調べが続いたかもしれない。それでも、真相が明らかになったときの印象を考えれば、最初から包み隠さずに話すのが普通の対応だと思います。だけどそれは、今後の人生を天秤にかけられる人の発想です」

「堀井千恵には、時間がなかった……」

「冷静に判断した結果なのかはわかりませんが」

末期癌を患っている堀井千恵にとっては、残された時間がすべてだった。延命治療ではなく、生活の質を保つホスピスケアを優先したい。母親の希望を知っていた堀井彰は、心の安寧を保ったまま最期の瞬間を迎えてほしいと願った。

母親に疑いの目を向けさせないために、恋人を放置したまま現場から逃走した。

「そんなの――、間違ってる」

「私も千恵さんのブログを見ましたが、彰さんの嘘が発覚した後も、延命治療は受けていないみたいです。それと、これを見てください」

戸賀は、携帯をテーブルに置いた。

「フェイスブック？」

「はい。彰さんが全体に公開しているアルバムがあるんですが、千恵さんの写真がたくさん投稿されています。本当に、仲が良かったんだと思います」

サムネイル表示された写真からは、多くの親子の笑顔が見て取れた。自宅、桜の木の下、旅館、大学のキャンパス――。写真に切り取られた場面は、ごく一部だろう。

「……鈴木さんとの写真は？」

「私は、見つけられませんでした。友達だけに公開しているのかもしれないし、これだけで何かを決めつけるべきじゃないことはわかっています」

携帯のディスプレイが消灯する。反論の言葉は浮かんでこない。

「真相を知っているのは、本人だけか」

目撃者が現れることはなく、刻々と時間が過ぎている。堀井彰は、警察が真相にたどり着く前に、母親に安らかな死が訪れるのを待っているのか。

恋人の最期を偽った堀井彰の覚悟、病と向き合っている堀井千恵の心情。

わからないことは山ほどある。

「最後の質問です」戸賀はコーヒーを飲み干した。

「堀井千恵さんからも、きちんと話を聴いていますか？」

錬は携帯を持って立ち上がり、店を出ていった。堀井千恵の容態次第では、手遅れになる可能性もある。一分一秒が惜しい状況だろう。速やかに堀井親子の事情聴取が実施されるはずだ。残されたわずかな時間が、捜査に費やされることになる。

戸賀は、神妙な表情でカップを見つめている。

「親子の絆パターンの意味が、ようやくわかったよ」

「答え合わせの結果は、すぐに出ると思います」

真相が明らかになったとき、鈴木ここなが最期に見た光景も浮かび上がるはずだ。

親子の絆が、彼女を孤独な死に追いやったのだろうか。

幕間——陽炎天秤

父さんは、心配性で優柔不断だ。

家族で旅行に出かけても、家の鍵をかけたのかを心配して心ここにあらずだったりするし、定食のメニューを選ぶのに二十分以上かけたりもする。

そんな性格なのに、有罪か無罪か、原告と被告のどちらの主張を認めるべきか——、そういった判断を裁判官として日々下し続けている。

「判決を考えているときはいつも不安だし、胃に穴があいたこともあるよ。でも、迷わない人よりは、ちゃんと迷える人が判断するべきだと思うんだ。裁判になっている時点で、双方が納得する結末を迎えられるとは限らないわけだし」

北海道に行くか沖縄に行くか、猫を飼うか犬を飼うか。家族で意見が割れたとき、母さんと兄は自分の希望を前面に押し出して相手を納得させようとするが、父さんは二人の考えに耳を傾けて僕にも話を振ってから、長い時間をかけて悩み続けるのだった。

熱が冷めて、もうどっちでもいいよと思い始めた頃に、ようやく父さんは結論を出す。

それが作戦なのかは不明だが、家族の進む道はいつも父さんが決めてきた。

「結論と理由。先に決めるべきなのは、どっちだと思う？」

そう訊かれて、結論ありきという言葉が思い浮かんだので、僕は理由と答えた。

「どっちが先に浮かんでも疑わなくちゃいけない。都合のいい理由だけつまみ食いしていないか、収まりが良い結論に飛びついていないか……。全員に納得してもらう結論を出すのは難しいけど、少なくとも自分に嘘をつくことは許されない」

どれだけ考えても結論を出せなかったら、裁判官はどうするのか。

父さんの答えは、「案外、何とかなるものだよ」と珍しく楽観的だった。

「考える材料が足りていないなら、当事者に頼んで追加の主張や証拠を出してもらう。調理の仕方を間違えているなら、手順を変えて何度もやり直す。やっちゃいけないのは、直感に従って突き進むこと。石橋を叩いて叩いて、それでも叩き続けるんだ」

――道なき道だろうと、走りきれば勝ちなの。

――迷ってる暇があったら動け。

母さんや兄とは、まったく異なる考え方だった。そんな父さんも、進路については自分で決断しなくてはいけないと僕に言った。

「焦らなくていい。私も、裁判官になるか弁護士になるか、最後まで迷っていた。そういう優柔不断さは、自分の短所だと思っていたんだ。でも研修所の教官に、二十年後も迷い続けられる自信があるなら、裁判官になった方がいいと言われた」

決断する難しさを知っているからこそ、父は僕を導こうとしない。

「思う存分、迷えばいいんだよ」

ようやく道が見えてきた。でも、この先はどこに通じているのだろうか。

卒業事変

1

問題用紙をめくり、万年筆やボールペンを走らせる。

講義室の至るところから、筆圧によって強弱がついた筆記音が聞こえてくる。その発生源に僕も加わっていれば、些細《ささい》な音の違いなど無視して、解答を書き連ねていただろう。しかし、机上の解答用紙は白紙のまま。

前方の黒板に試験科目が貼り出されている。怒声や弓矢が飛び交う戦場の猛々《たけだけ》しさを表現しているかのような、勢いのある書体。

『戦国法制史』

試験時刻も小さく書かれているが、終了の指示が出されるまで一時間以上残っている。

分国法に関する自由記述問題。教授が講義で熱弁を振るっていたので、期末試験での出題を予期していた。分国法とは、群雄割拠の時代に、各地の戦国大名が領国を統治するために制定した法令――、つまり、大がかりなローカルルールである。

「喧嘩《けんか》に及んだ輩《やから》は問答無用で死罪」という大胆な喧嘩両成敗を定めた〝今川仮名目録《いまがわかなもくろく》〟。夫婦喧嘩や落とし物に関するルールまで事細かに定めた〝塵芥集《じんかいしゅう》〟。

書こうと思えば、十枚でも二十枚でも解答用紙を関連知識で埋められるはずだ。解答用紙は追加で受領できる。時間の配分だけが問題だと思っていた。

それなのに、こんな落とし穴が待ち構えているとは。

一月最終週の木曜日。一限の戦国法制史の期末試験をもって、僕の法学部生生活は卒業に向けたロスタイムに突入する。余裕を持って家を出て、ゼミ室でレジュメを見返してから、定刻直前に講義室に入った。席に座ると、試験監督官の声が聞こえてきた。

これ以降は、体調不良やトイレに行く場合を除いて、試験室からの退室を認めない。試験監督官の許可を得て一時退室する場合は、答案を裏返して何も持ち出さないこと。不正行為を行った場合は、懲戒処分の対象になる云々《うんぬん》……。

おなじみの注意事項を聞き流しながら鞄《かばん》を探ったが、どこにもペンケースが入っていなかった。試験においては、筆記用具は六法より重要な役割を果たす。記憶をたどり、ゼミ室に置いてきたのかもしれないと気づいた。取りに戻る間もなく、草稿用紙と解答用紙が最前列から配られ始めた。

ペンを貸してほしいと頼める友人は近くにいない。というより、五十人以上座れる講義室を探し回っても、見つかるかどうか怪しい。そのあたりで、ようやく焦りを感じた。

問題文の重要な箇所を強調するためのマーカー、答案構成用のシャープペンシル、複数のボールペンと替え芯《しん》。入念な準備も、ペンケースが見つからなければ水泡に帰してしまう。冬なのに、冷や汗が背中を伝った。

どこかに紛れ込んでいることを願って鞄の中の捜索を再開し、普段は開けないポケットの奥底からボールペンを発掘した。ペン先が使い慣れたものより太かったり、グリップの謎のべたつきは致し方ない。最後の希望にすがるように、照明にかざしてインクの残量を確認すると、わずか数百字の余命だと判明した。

そして、試験の開始が無慈悲に告げられた。

予想通りの問題文、レジュメの内容を正確に思い出し、答案構成が頭の中で組み上がる。あとは、一気に書き上げるだけ。しかし、手元には瀕死《ひんし》のボールペンが一本。

試験監督官に事情を話せば、ペンケースを取りに行かせてもらえるだろうか。そこまでは許されなくても、温情で筆記用具の貸与を受けられるかもしれない。

あるいは、重要な要素だけ箇条書きにして、理解度をアピールする作戦はどうか。出席率や中間レポートの内容が考慮されれば、落単は回避できる可能性が高い。

だが、いずれの案も却下した。

きわどい単位数なら、配慮を求めて試験監督官に泣きついたり、インクが尽きるまで謝罪の言葉を書き連ねることも厭《いと》わなかっただろう。けれど、卒業に必要な単位は三年生の時点で取得し終えている。記録を伸ばすための追加試合。単位の取得の可否は問題ではなく、外聞も気にせず泥仕合に持ち込む意味もない。

卒業に必要な単位数は百二十四単位。四年前期までに百九十六単位を取得した。二百単位越えは既に確定している。何より、これまでの成績表に『C』の一文字は記されていない。

結論が出たところで、ようやく瀕死のボールペンを手に持つ。

すべてのインクを出し切る気持ちで――、渾身《こんしん》の二文字。

試験開始から三十分しか経っていないが、右手を挙げて試験監督官を呼ぶ。研究室の助手が業務を割り振られているらしく、見覚えのある女性が近づいてくる。

「お手洗いなら、答案を裏返して……」

「いえ、もう提出します」

四本分の罫線《けいせん》を使って書いた〝棄権〟答案を提出して、僕は講義室を後にした。

評価が『不可』ならば、成績証明書に印字されない。

最終試合、不戦敗。


ゼミ室に戻ると、ウォールナット材のデスクにペンケースが置かれていた。

部屋を出る前に振り返っていたら気づいただろう。見落としても、もう少し早く試験室に向かっていれば取りに戻ることができた。最終日で浮足立っていたのかもしれない。

一言でまとめれば……、急《せ》いては事を仕損じる。

脳内反省会を瞬時に終えて、ソファに並んで座っている男女に視線を向ける。

くたびれたスーツ姿の中年准教授と、茶髪ボブカットの女子大生。

「珍しい組み合わせですね」

「よかった。今日は会えないかと思ったよ」無法律の顧問、崎島陽介《さきしまようすけ》はひじ掛けに手を置いて顎鬚《あごひげ》を触った。「学食にでも行っていたのかい？」

大学にいる間は、ゼミ室を施錠していない。財産的な価値があるのは専門書くらいだが、重くてかさばる本を好んで狙う窃盗犯は少ないだろう。

「戦国法制史の試験を受けていました」

「四年の後期に？」と驚いた崎島に、隣に座っていた矢野綾芽《やのあやめ》が、「この人、単位マニアなんですよ」と蔑《さげす》むような目で僕を見ながら言った。

「久しぶり、綾芽」

「気安く名前で呼ばないでください」

「苗字《みょうじ》で呼んでも怒るだろ」

「崎島先生と私しかいないんだから、誰に話しかけてるかくらいわかります」

嫌悪感を露《あら》わにした綾芽に、「呼び方くらいでいがみあわない」と崎島が仲裁に入る。

「古城くんに話があるというから一緒に来たんだよ」

法学部三年生の綾芽は、昨年度まで無法律に所属していた。お目付け役として顧問を連れてくるほど、僕のことを警戒しているのだろうか。

「一人で来ても、後輩を襲ったりしないのに」

「証人が必要だと思っただけです」

「結婚報告でもしてくれるわけ？」

「ふざけないでください」

綾芽は僕の顔から視線を外した。友好的な話ではなさそうだ。

「聞いてくれないから自分で答えるけど、この時間に戻ってきたのは、試験を棄権したから。筆記用具を忘れちゃってさ——」

「興味ないです」冷たく遮られる。

「三十分で答案を書き上げたって期待させたかと思って」

「ユーチューブに出たり、出張法律相談を始めたり、活発に動いてるみたいですね」

棘《とげ》のある口調で、綾芽は言った。

「よく調べてるじゃん」

「知りたくないのに、ツイッターで流れてくるんです」

戸賀が独断で行っている広報活動が功を奏してきたらしく、最近は新規の法律相談が頻繁に持ち込まれるようになった。

「無法律をミュートすればいいだろ」

「どうして私が配慮しなくちゃいけないんですか」

不条理な言い草だが、反論すれば火に油を注ぐことになる。

「戻ってきたいなら歓迎するよ。人手不足だし」

「他学部の学生まで巻き込んで……、何のつもりですか」

「いや、無理やり首を突っ込まれてるだけ」

戸賀が持ち込んだ事故物件に関する法律相談を引き受けた結果、解決した後もゼミ室に出入りするようになった。彼女のおかげで解決に至った相談も多くある。ただ、相談への同席も、SNSを使った広報活動も、僕から助力を求めたことはない。

「じゃあ、無法律の一員とは考えていないんですね」

「そもそも法学部生じゃないし」

「わかりました」

不揃いな前髪の合間から、意志の強そうな目が覗《のぞ》いている。無法律を去るまでは親しみが込められていたはずなのに、今は負の感情が読み取れてしまう。

「心配してくれてるわけ？」

「この人が卒業したら、無法律は消えてなくなる。そうですよね、崎島先生」

綾芽に話を振られた崎島は、気まずそうに頷《うなず》いた。

「課外活動を行う団体は、各年度ごとに登録更新手続を済ませる必要がある。更新の要件の一つが、霞山大の学生が三人以上所属していること。その人数に満たない場合は、団体としての存続が認められない」

「今年の更新のときも、僕一人しか所属していませんでしたが」

登録更新の手続については、学則に目を通したことがあるので把握している。

「昨年度のいざこざがあって、多くのメンバーが無法律を去ったわけだけど、幽霊ゼミ生扱いになっている学生もそれなりの数がいるんだ。要するに、正式にやめる手続をとっていないってこと。今年度の更新では、彼らも構成員とみなされた」

昨年度のいざこざというのは、無法律の内部分裂を指している。火事に巻き込まれた友人に手を差し伸べ、弁護士業務の領域に踏み込み、他の団体や警察を敵に回した結果、無法律でも信用を失い孤立するに至った。

ただ、綾芽が僕を恨んでいるのは、その事件とは関係ない。内部分裂が起きる前に、一足早く無法律をやめているからだ。その原因を作ったのも僕だった。

崎島の説明を綾芽が引き取った。

「三年生以下で名前が残っている人たちに会って、話を聞いてきました。みんな、とっくにやめてるつもりでしたよ。書面にサインしてもらったので、四年生が卒業すればメンバーはゼロになります。正真正銘の消滅です」

無法律の解散予告をするために、わざわざ会いに来たのか。幽霊ゼミ生を特定するのも、事情を話して書面を渡すのも、それなりに手間がかかる作業だっただろう。

「手を回さなくても、そのうち自然消滅したんじゃないかな」

「だらだら残られると困るんです。四月から、このゼミ室で新しい団体を立ち上げるつもりなので。すぐに引き払えるように準備しておいてください」

初耳だった。法学部棟のゼミ室は、今のところすべて埋まっている。

「へえ。何をするわけ？」

「法律相談以外なら何でも構いません。学生が弁護士の真似事をする自主ゼミなんて、不幸を生み出す害悪集団です」

綾芽に強く睨《にら》まれる。新団体を創立することより、無法律の抹消が主たる目的。ゼミ室の痕跡《こんせき》すら残さないと……。崎島は、苦笑してやり取りを静観している。

「自分が所属していた団体を害悪なんて言うなよ」

「あなたは、姉を不幸にした」

視線を逸《そ》らさず、僕に贖罪《しょくざい》を求めるように。

「矢野くん。その辺で――」

崎島が割って入ろうとしたが、綾芽は立ち上がる。

「言いたいことは、それだけです。卒業おめでとうございます」

「どんな自主ゼミを作るのか、楽しみにしてる」

返答はなく、小柄な身体を翻して綾芽はゼミ室を出ていった。

残された顧問は、ソファに座ったまま溜息《ためいき》をついた。准教授としての忙しさはわからないが、前に会ったときより白髪が増えた。あれは何ヵ月前のことだったか。

「顧問って、定期的に様子を見に来るものじゃないですか？」

「自主性を重んじているのさ。今回みたいに、重大な事態だと判断したら駆けつける」

「綾芽に催促されたからでしょう。前回の無法律の更新を通したのも、僕のためというより、他の顧問を押しつけられるのを嫌がったからですよね」

模擬裁判劇団、倶楽部《クラブ》労働法……。他の法学部の自主ゼミは、所属者が多く、活動内容も多岐にわたる。顧問が有名無実化している無法律を存続させれば、崎島は自分の研究に専念することができる。

些事に追われることを嫌い、幽霊ゼミ生を利用したのではないか。

「私の本心はさておき、今回ばかりは矢野くんの言い分が正しい。彼女がどんな自主ゼミを作るのか、それ次第で私も立ち回りを決めようかな」

目尻《めじり》を下げて、たぬきのように崎島は微笑む。

「揉《も》める気はないので、解散に必要な書面を準備してくれればサインします」

五十年以上の歴史がある無法律が、僕たちの代で解散する。人数不足という、何の面白みもない理由で。OBが知ったら呆《あき》れ返るだろう。

「相変わらず、執着しない性格だね。昨年度のクーデターのときも、仕方ないと諦観《ていかん》して追いかけようとしなかったし」

クーデターと呼ぶほど物騒な出来事ではなく、無血開城に近い状態だった。孤立した側が城に居座ったという特異性はあるが。

「先生も、今日と同じように苦笑するだけでした」

「特定の学生に肩入れするのはまずいから。今回は、意外な展開だったから少し驚いたよ。私はてっきり、古城くんが卒業したら戻ってくるつもりなんだと思ってた」

酷《ひど》い言われようだが、僕もその展開を予想していた。ゼミ室を去ったメンバーの多くは、無法律の活動ではなく、僕個人に悪感情を抱いているからだ。

ただ、綾芽が発起人となると話は変わってくる。

「綾芽は無法律自体を恨んでいます」

「お姉さんの件か……」

「僕の判断ミスが原因です。綾芽には、何と言われても反論できません」

「何が起きたのか、私も詳しくは知らないけど」

綾芽は、僕を信じて姉の矢野真弓《まゆみ》を無法律に連れてきた。

矢野真弓は、上司のセクハラ行為に苦しんでいた。事情を聞いて、思いついた対策を伝えた。その結果、彼女は心にも身体にも深い傷を負った。

あなたは、姉を不幸にした――。僕は、綾芽の信頼も裏切ってしまった。

「なるべく早く、ここを明け渡せるようにします。引き継いできた専門書は、図書館に寄贈すればいいですか？」

「捨てるわけにはいかないし、処分方法を調べておくよ。でも、本当にいいのかい？」

「持ち帰ってもいいなら、何冊かいただきます」

絶版になっているものや、定価が一万円を超えるものも多くある。

「そうじゃなくて、無法律の解散について」

「綾芽の言い分が正しいって言ったばかりじゃないですか」

「現時点では、という条件付きだよ」

崎島は、鞄から取り出した数枚の紙をテーブルの上に置いた。一枚目のタイトルには、『霞山大学課外活動団体に関する規則』と書かれている。

どのような内容か、確認しなくても思い浮かべることができる。

「この学則なら目を通しました」

「もう一度読めば、新しい発見があるかもしれない」

それ以上の補足はせず、崎島は鞄を持って立ち上がった。

「肩入れはしないんじゃなかったんですか？」

「なくすには惜しい団体だからね」

思わぬ方向から手を差し伸べられ、言葉に詰まった。

2

崎島と綾芽がゼミ室にやって来た翌週の水曜日。

専門書の目録を作り、雑多な備品を整理しながら、ときおり思い出に浸っていた。

テーブルの上には、崎島から受け取った課外活動に関する学則が置かれている。無法律の解散を本当に受け入れるのか。関係する学則の条文を読み返して、崎島が僕に何を伝えようとしているのかはおおよそ理解した。

条文の解釈、事例への当てはめ。多くを語らずとも、法的な思考結果は共有できる。

確かに、足掻《あが》く余地は残されていた。

だが、解散を回避するためには、乗り越えなければならない壁がいくつもある。卒業までに残された時間、綾芽に対する負い目、他者を頼ることの躊躇《ためら》い。週末にじっくりと考えて、抗《あらが》わずに運命を受け入れようと決めた。

執着していないわけではない。だが、抵抗することがわがままのように思えてしまう。

ドアをノックする音が聞こえて、赤茶色の髪の女子大生が顔を覗かせた。

「あっ、お久しぶりです」

「——暮葉さん」

本名は小暮葉菜。暮葉という名前で、読者モデルやユーチューバーとしても活動している。三ヵ月ほど前に、戸賀の紹介でリベンジポルノに関する法律相談を受けた。事件は思わぬ形で決着を迎えたが、それ以降に彼女がゼミ室に顔を見せたことはない。

「その節はありがとうございました。大掃除中ですか？」

暮葉は、積み上がった本や段ボール箱を不思議そうに眺めている。

「そんなところです。戸賀なら、今日は来てないけど」

「夏倫のこと知ってますか？」

「……何の話ですか？」

口ぶりからして、戸賀ではなく僕に会いにきたらしい。何らの心当たりもないが、不穏な空気を感じる。戸賀も暮葉も経済学部の三年生で、二人は友人関係にある。

「ここだけの話にしてほしいんですけど」

「言いふらす相手もいません」

逡巡《しゅんじゅん》した表情を暮葉は見せたが、話す決断をしたからゼミ室に来たのだろう。

本人が不在の中での密談。やはり、いい予感はしない。

「夏倫、カンニング疑惑をかけられているんです」

「カンニングって、試験の？」

「はい。それで留年させられるかもしれなくて」

不正行為を行った場合は、懲戒処分の対象になる――。

試験の度に無機質な声で読み上げられる注意事項。実際に処分を受けた学生を見たことはないが、〝不正行為〟と聞いて真っ先に思い浮かぶのはカンニングだ。レジュメの内容を書き写した紙片を持ち込む。近くの席の答案を盗み見る。携帯で答えを調べる。

そういった不正を戸賀が働いたというのか。

「詳しく教えてもらえますか」

「法律相談かどうか、確認しないんですね」

暮葉は、少しだけ表情を緩めた。

「懲戒処分は学則に基づいて行われるので、間違いなく法律相談です」

「なるほど。夏倫は特別扱いなのかと思いました」

戸賀と知り合ってから、まだ四カ月ほどしか経っていない。厄介なトラブルを持ち込んでくることも多いし、無法律の活動外で連絡を取り合ったこともない。定期的にゼミ室に顔を見せる理由も、自分の手で事件を解決したがる動機も、未《いま》だに大部分が謎に包まれている。

だが、事情くらいは把握したいと思ってしまう。

「座って話しましょう」

「経済学史の試験が終わったあとに、騒ぎになったんです」

ソファに腰かけた暮葉は、ユーチューブの撮影で長文の台詞《せりふ》に慣れているからか、戸賀が巻き込まれているトラブルについて、わかりやすく整理しながら語っていった。

「私も夏倫も経済学史を受講していて、月曜日の三限が期末試験でした。経済学史は、その名称のとおり、経済学の歴史を学ぶ選択科目です。アダム・スミスとか、カール・マルクスは、他学部でも知っているくらい有名な経済学者ですよね。経済学史を受講している学生の多くは、歴史に興味があるわけではなく、単位が取りやすいって噂を信じたからだと思います。講義の出席状況を確認しないで、試験の結果だけを見て成績をつける。その試験も、過去問を使い回していると先輩から聞いていました」

「法学部でも、そういう教授はいます。仏と呼ばれていますよね」

逆に、不合格者を大量発生させる教授は鬼と呼ばれ、それらの情報をまとめた〝鬼仏表〟なる小冊子やデータが出回っている。

「過去問を入手できたから、解答を暗記して試験を乗り切るつもりでした。でも、試験直前の講義で、今年は新しく問題を作ったと教授が明言して大騒ぎになりました」

毎年問題を作り変えるのは当たり前のことだが、それまで手を抜いていたことによって、今年も過去問が使い回されるだろうと、あらぬ期待を学生に抱かせた。過去問頼みで講義に出席しなかった者も多かったのではないか。

その発言を聞いた受講者は、教授が仏から鬼に変貌《へんぼう》したように見えただろう。

「実際、問題は変わったんですか？」

「一問一答形式は維持されましたが、試験問題はがらりと変わりました。講義で軽く触れた内容も含めて、満遍なく出題されたみたいです。過去問しか対策しなかった人は、棄権するしかありませんでした」

〝棄権〟と書いた答案を試験監督官に提出すれば、無為な時間を過ごすことなく途中退室が認められる。先週の苦い記憶が蘇《よみがえ》ったが、話を先に進めた。

「それで、カンニング疑惑というのは？」

「少し前に、無法律のツイッターアカウントを夏倫が作りましたよね」

思わぬ方向に話が転がった。

「えっと、宣伝用のやつなら知ってます」

出張法律相談を企画した際に、ホームページと合わせてSNSのアカウントも作ったと、戸賀から事後報告を受けている。その後も、守秘義務に反しない範囲で活動内容を紹介するツイートが定期的に投稿されている。

「そのアカウントから、試験の解答を添付したツイートが投稿されたんです」

大量のクエスチョンマークが頭に浮かぶ。なぜ無法律のアカウントから？　試験の解答を添付したツイートとは？　戸賀にカンニング疑惑がかけられた理由は？

自分の目で確かめるために、ゼミ室のパソコンを立ち上げてツイッターにアクセスした。以前に戸賀が操作しているのを見たことがあったのだが、やはり件《くだん》の無法律のアカウントでログインした状態になっていた。

問題のツイートは、先頭に表示されていたのですぐに見つかった。

『霞山大経済学部。経済学史期末試験解答』

漢字と句点だけの短い文章。

添付された画像には、小さな手書きの文字が書き連ねられたルーズリーフのようなものが写っている。拡大して表示すると、『①、③、②……』といった数字、『穀物法論争、投下労働価値説……』といった見覚えのない単語、『マルサス、ジェヴォンズ、リスト……』といった人名らしき単語が読み取れる。

「これが、期末試験の解答なんですか？」暮葉に同じ画像を見せる。

「はい。全問の正答が書かれています」

無法律のアカウント。経済学部の試験。確かに、戸賀が投稿したと考えるのが素直だ。だからといって、直ちにカンニングと結びつくわけではない。

「無法律のアカウントを使った理由はわかりませんが、戸賀が再現答案を投稿しただけなんじゃないですか？　ああ……、ほら。アカウントを切り替え忘れたとか」

自分の解答があっているかを友人の反応で確かめようとした。全問の正答と暮葉が言ったことは引っかかるが、猛勉強したならあり得ない話ではない。

だが、暮葉は首を左右に振った。

「試験時間中に投稿されているんです」

「えっ」驚いて、ツイートの投稿時間を確認した。「——一時三十五分。三限って一時からですよね」

「はい。試験終了の一時間前に投稿されています。知識問題が多かったので、三十分で全問解くのも不可能ではなかったと思います」

どういうことなのだろう。戸賀は、試験が始まって約三十分ですべての問題を解いてメモを作成し、試験監督官の目を盗んでツイートを投稿したのか。

どうやって？　いや、何のために？

「私の前の席が、夏倫だったんです」暮葉は眉根《まゆね》を寄せる。「棄権答案を提出しようとしたとき、夏倫が手を挙げてトイレに行きました」

「何分くらいのことかわかりますか？」

「一時三十分頃です」

暮葉が何を考えているのか、すぐにわかった。

解答を書いたメモと携帯を服に忍ばせてトイレに行く。試験開始前に携帯の電源を切って鞄に入れるよう指示が出されるが、一人一人確認して回ることはない。トイレで行う作業は、メモの撮影とツイートの投稿。五分もかからずに試験室に戻れただろう。

「同じようにトイレに行ったり、机の下でこっそり携帯を見れば、無法律のアカウントから投稿された解答を書き写せる。集団カンニングが疑われているんですね？」

「試験時間中に解答を共有する理由が、他にありますか？」

与えられた情報だけでは、すぐに思いつかない。

「ツイッターを使ったというのが、何というか大胆ですよね」

「ラインとかDMで送ると、カンニングが発覚したときに、誰が受け取ったのかも芋づる式でバレかねません。でも今回のやり方なら、投稿者以外は闇に紛れさせることができます」

ツイートは全世界に公開されている。誰が閲覧したかを特定するのは不可能だろう。

「投稿者は、捨て駒に使われた」

釈然としないものを感じながら言うと、暮葉も頷いた。

「いろいろ不自然なんです。解答を見せる人が決まっているなら、捨て垢《あか》を作って共有すればよかったし、経済学史の試験だと特定する必要もなかった。これだけ騒ぎになったのは、試験が終わってもツイートを削除しなかったせいです」

「戸賀の言い分は？」

「連絡がつかないんです。試験が終わってから大学にも来ないし、ラインを送っても返信がなくて……。迷ったんですけど、古城さんに相談することにしました」

利用料金の支払を忘れて、携帯の使用が制限されているのかもしれない。少し前にも同じようなことがあった。そうではなく、自らの意思で連絡を絶っているのだとしたら、何らかの形で騒動に関わっている可能性は高くなる。

「投稿者が別にいるとすると――」

「夏倫は、嵌《は》められたのかもしれません」

「それなら、無法律のアカウントを使ったのが、なおさら不自然な気がします。代表の僕を陥れようとしたならわかりますが」

法学部生の僕に、経済学部の試験のカンニング嫌疑をかけるのは不可能だろう。

「そうですよね……」

「ちなみに、戸賀を恨んでる人とかは？」

初めて会ったとき、恨みを買う性格ではないと自負していた。

「友達も多いですけど、あの性格なので、合わない人とはとことん合いません」

おそらく、暮葉の分析の方が正しい。

「わかりました。少し調べてみます」

「ありがとうございます」

「解決したら、動画を投稿するつもりですか？」

「真相次第ですね」

微笑んだ暮葉に、質問を重ねた。

「試験中、不審な動きをした人を見かけませんでしたか？」

「特に思い当たりません。夏倫がトイレに行っている間に退室してしまったので……」

戸賀の一時退室、暮葉の棄権答案の提出、ツイートの投稿――。それらのタイミングは、おおよそ一致している。

「戸賀がトイレに行ったときの流れを、もう一度教えてください」

「手を挙げて監督官を呼んで、すぐに立ち上がったと思います。試験室を出ていったあと、監督官が夏倫の答案を裏返しました。それくらいしか覚えていません」

退室するときは、答案の覗き見を防止するために裏返さなければならない。戸賀が紙片や携帯を隠し持っていたとしても、後ろの席から視認するのは難しいだろう。

与えられた情報を頭の中で整理する。

受講者の期待を裏切った試験問題。試験開始後わずか三十分で投稿されたツイート。添付された全問の正答、符牒《ふちょう》も用いずに試験科目を特定した文言。不正行為に利用された無法律のアカウント。戸賀が一時退室したタイミング、その際のやり取り。

「経済学部の期末試験……」

一つの可能性に、いや、繋《つな》がりに気づく。

その糸が幻か否かは、次の質問で明らかになる。

3

「古城さん？　どうしたんですか、こんな時間に」

インターフォンを鳴らすと、ボーダー柄のスウェットを着た戸賀が姿を現した。袖《そで》で顔を隠すように立っている。「すっぴんなんですけど」

普段から薄化粧なので、服装を除けば目立った変化はない。

「突然ごめん。電話が繋がらなかったから」

「いろいろありまして」

「野垂れ死んでないか確認しにきた」

「見てのとおり元気いっぱいです」

四ヵ月前。この部屋で続いていた嫌がらせの解決を求めて、戸賀はゼミ室を訪ねて来た。その調査の過程で、管理人が女子大生と肉体関係を結んでいた疑惑が浮上した。身の危険を感じて引っ越した可能性も高いと思っていたが、今も住み続けているらしい。

「えっと、それは？」

僕が持っているコンビニの袋を戸賀は指さした。

「お酒の差し入れ」

「距離感の詰め方、絶対に間違ってます」呆れたように溜息が漏れる。

「そうかな」

「夜にお酒を持って押しかける。下心の塊みたいな行動ですよ」

「その発想はなかった」

「大声で叫んであげましょうか」

「やめてほしい」

再び溜息。「とりあえず入ってください」

渡されたスリッパを履いて部屋に入る。六畳ほどのワンルーム。決して広いとは言えない空間を最大限に活用して、生活に必要な家具や家電が配置されている。唯一の収納スペースのクローゼットに、僕と戸賀は肩を寄せ合って潜んだことがある。

「管理人の斎藤さん、いなくなっちゃいました」

そう言いながら、戸賀はクッションを抱えてベッドに腰かけた。

「例の関係で？」

「そうでしょうね。ちょうど、DNA鑑定の結果が出た頃に失踪《しっそう》したので」

「ああ。責任を追及されると思ったのかな」

「これまでどおり斎藤さんの口座に家賃を振り込んでるんですけど、このまま帰ってこなかったらどうなるんでしょう」

賃貸借契約の期間中で、部屋の利用も継続しているため、賃料の支払義務は消滅していないはずだ。ただ、所有者が管理業務を放棄したわけだから……。

「ちゃんと調べてからじゃないと答えられない」

「困ってるわけじゃないし、別にいいんですけど。じゃあ、乾杯しましょう」

コンビニの袋から缶酎ハイを取り出して、戸賀が準備したグラスに注いだ。身体に悪そうな紫色の液体の中で、細かい気泡が踊っている。

「プルーン味……。どういうチョイスですか」缶に書かれた成分表を指でなぞった戸賀に、「おつまみは？」と訊《き》かれる。

「飲み物しか買ってない」

「嫌がらせのような差し入れだ」

苦笑交じりに悪態をついた戸賀は、冷蔵庫から巨大なタッパーを取り出した。蓋《ふた》を開けると、きゅうり、パプリカ、ミニトマトなどが詰め込まれている。

「野菜の詰め合わせ？」

「自家製ピクルスです」

そんなものを常備しているとは……。ちらりと見えた冷蔵庫の中には、さまざまな食材が所狭しと並んでいた。節約のために自炊を徹底しているのかもしれない。

「あっ、美味《お》しい」きゅうりをかじる。

「お勧めはミニトマトです」

「トマト苦手なんだ」

「ご用件をお伺いしてもよろしいでしょうか」

改まった口調で訊かれる。箸《はし》を置いて、戸賀と向き合った。

「無法律は、僕が卒業したら解散する」

「なるほど」

「予想してた反応と違うんだけど」

「だって、古城さんしか所属してないって知っていましたから。後継者不足で伝統が断たれるのは、サークル活動でも企業活動でも一緒……。盛者必衰の理《ことわり》です」

新歓に失敗した部活。劣悪な労働環境で社員が逃げた会社。確かに、競争に負けた団体が消滅するのは、珍しい話ではない。

「ゼミ室を明け渡すために整理していたら、いろいろ思い出しちゃってさ」

「そういう感情もあるんですね」

「顔に出ないだけで、人並みの喜怒哀楽はある」

「だから、やけ酒に付き合えと？」

ミニトマトを口に放り込んでから、戸賀は僕のグラスに缶酎ハイを注いだ。普段はほとんどお酒を飲まないので、許容量は把握していない。

「思い出話に付き合ってくれないかな」

「他に聞き役がいないなら、かわいそうなので引き受けます」

不気味な後味の缶酎ハイを喉《のど》に流し込んで、慣れない身の上話を始める。

古城家と法律の関係性。霞山大法学部に進学して、無法律の扉を叩《たた》いた経緯。法律相談にのめり込んでいった心境の変化。

大学二年生までは、すらすらと語ることができた。

「裁判官のお父さん、弁護士のお母さん、検察官のお兄さん……。超エリート家族ですね。羨《うらや》ましい限りです」

「恵まれてると思うよ。プレッシャーとかって嘆くのは、甘えだとわかってる。でも、三人の生き方を間近で眺めていても、自分が何になりたいのかは見えてこなかった」

法律相談をこなしていけば将来が切り開けると信じて、どんな依頼でも引き受けた。

「法律の世界に身を置くことは決定事項なんですか？」

「身近にありすぎて、他の世界を意識しないで生きてきた」

「なるほど。法律の中の蛙《かわず》くんですね」

ピクルスの酸味が、喉を刺激する。こみあげてきた胃液を呑《の》み込む感覚に似ていると思ったが、そんなことは口が裂けても言えない。

「一年半前の夏に、一つ下の後輩が姉を無法律に連れてきたんだ。上司からのセクハラに困っているという相談だった」

蒸し暑いゼミ室で、扇風機が送り出した生温い風が姉妹の髪を揺らしていた。

「相談内容をバラしちゃっていいんですか？」

「個人は特定できないように話すから」

「お酒で口を滑らせないように気をつけてください」

労働契約法。男女雇用機会均等法。あのときの僕は、セクハラに関する法規制を思い浮かべながら、俯《うつむ》きがちに語る矢野真弓の声に耳を傾けていた。

「セクハラは、受け手の主観が重要な意味を持つ。本人がセクハラだと訴えていても、首を傾げたくなるケースもある。だけど、その相談者が語った被害の内容は、解釈の余地がないくらい酷いものだった。性的な嗜好《しこう》を繰り返し訊かれる。日常的なボディタッチ。ホテルに誘われたこともあるらしい」

「もう充分です」戸賀は、摘《つま》んだパプリカを左右に振った。

「加害者は職場の上司だったんだけど、どう解決すべきかで相談者は悩んでいた。弁護士に相談して大ごとにすると、逆恨みで危害を加えられるかもしれない。当事者同士の話し合いで穏便に解決する方法を教えてほしい。かなりの難題だったよ」

配置換えによって接触を断つなどの配慮が期待できる職場であればよかったが、矢野真弓と上司は、ある種の師弟関係にあった。上司を告発すれば、これまで積み上げたものを逆に失いかねない。少なくとも、当時の彼女はそう考えていた。

「どんなアドバイスをしたんですか?」

「ICレコーダーで録音して、セクハラの証拠を押さえるように指示した。言い逃れのできない状況を作って交渉に持ち込むべきだと思ったんだ」

「盗み録りってことですよね」

告発しない代わりに、金輪際セクハラを行わない旨の誓約書を書かせる。次に不快な行為に及んだら音源を公開すると告げる——。

証拠を手に入れて、加害者を説得しようと考えていた。

「次に相談者と会ったのは一ヵ月後だった。他の相談も立て込んでいて、状況を確認するのを怠っていた。やつれた相談者を、妹がゼミ室に連れてきた」

泣き腫《は》らした顔を見て、最悪の事態を想像した。

「何があったんですか？」

「僕のアドバイス通りICレコーダーを鞄に忍ばせて、セクハラ発言を録音しようとした。でも、そういうときに限って上司は尻尾《しっぽ》を見せない。痺《しび》れを切らした相談者の不自然な行動を怪しまれて、ICレコーダーが見つかってしまった」

「それで？」

「咄嗟《とっさ》にごまかすこともできず、上司の怒りを買った。暴言を吐かれて、ICレコーダーを壊されて、職場から追い出すと詰め寄られた。自分がしてきたことは棚に上げてね。取り乱した相談者は、逃げようとして上司を突き飛ばした」

それまでの言動から、詰問では済まないと考えたのかもしれない。

「机の角に頭をぶつけて死んじゃった――、とかじゃないですよね」

「そこまでの不運は起きてない。でも、転んで怪我をしたと言いだしたらしい。誇張して、追い詰めようとしたのかもしれないけど。盗聴と暴行……。その上司の気分次第で、どんな処分も下せる状況になった」

「クビにされたんですか？　それとも、何か要求されたんですか？」

「後者」

「セクハラの延長線上ですか？」

「うん」

「……最低だ」

上下関係を盾に取った脅迫であり、卑劣な犯罪に他ならなかった。だが、密室で行われる性犯罪を立証するには、被害者の供述に頼らざるを得ない。どうして拒絶しなかったのか、ICレコーダーで盗聴したのはなぜか、どんなセクハラ被害を受けていたのか。

矢野真弓は、セクハラ被害すら大ごとにしたくないと望んでいた。

性被害の告訴を勧めても、首を縦に振ることはなかった。

「何が起きたのかは言わないでおく。でも、最悪の事態を招いたのは僕の責任だ。加害者の危険性も確認しないで、安易に盗聴を指示した」

「まあ、他の方法があったかもしれませんね」

「見つかるとは思っていなかったし、見つかった後のことも想定していなかった。リスクを背負わせている自覚すらなかったんだ。相談者の希望や性格を考えれば、もっと慎重に動くべき事案だった」

綾芽は、僕を信じて姉を無法律に連れてきた。先輩に任せたいと、指名までしてくれた。僕と綾芽は一緒に法律相談に入ることが多く、共に事件を処理してきた。自惚《うぬぼ》れかもしれないが、先輩として慕ってくれていたはずだ。

矢野真弓の嗚咽《おえつ》、姉の背中をさする綾芽の視線。初めて胃液の苦さを知った。

「どうして、その話をしようと思ったんですか？」

真意を探るように、戸賀は僕に訊いた。

「姉を連れてきた後輩っていうのが、僕を見限って無法律を去った第一号。その数ヵ月後に内部分裂が起きて、あっという間に焼け野原になった」

「哀しい栄枯盛衰の物語ですね」

グラスに残っていた紫色の液体を、一気に飲み干す。無法律の解散を戸賀に伝えたのは、同情や労《ねぎら》いの言葉を欲したからではない。

「このセクハラ騒動は、霞山大で起きたことなんだ」

4

さすがに驚いたのか、戸賀はグラスを手に持ったまま数秒間フリーズした。

「うちの大学で？」

「相談者は助手。加害者は教授。経済学部の研究室で師事していた」

研究室という閉じた空間で、昨年度の悲劇は起きた。

「個人情報は話さないって言ってませんでした？」

それでも伝えなくてはならない。戸賀には知る権利がある。

「教授の名前は山根《やまね》航大《こうだい》――。今は、経済学史を担当しているらしいね。カンニング疑惑で盛り上がってるって聞いたよ」

「知ってたんですか」

担当教授の名前を暮葉から聞いて、すぐに戸賀に会わなければならないと思った。

「ごめん。僕が戸賀を巻き込んだのかもしれない」

「心当たりがありません」

「経済学史の試験で起きたことを教えてもらった。ツイートの内容も、投稿したアカウントも、不自然な点が多くあった」

「もしかして、暮葉から聞いたんですか？」

その質問には答えず、ここに来るまでに整理した考えを伝える。

「戸賀本人が投稿したとすると、あまりにお粗末すぎる。経済学部生で無法律のアカウントにアクセスできるのは一人だけだろうし、ツイートを隠す工夫もされていない。むしろ、戸賀夏倫を陥れようとしたと考える方が、すっきりする」

「それはそれで、いろんな問題が浮上しますよ」

どこか他人事《ひとごと》のように戸賀は指摘する。

「ツイートに添付する画像は、戸賀の解答と一致させる必要がある。そうしないと発覚した後に言い訳の余地を残すことになるから。ツイートが投稿されたのは、試験開始から三十五分後。問題を解くのに必要な時間を考えると、近くの席から盗み見て書き写すのは現実的じゃない。可能性があるとすれば、解答用紙を丸ごと手に入れる方法だと思った」

「解答用紙が机から消えたら、さすがに気づくと思いますけど」

「カ、ー、ボ、ン、紙を使ったとしたら？」

戸賀は、瞬《まばた》きを繰り返してから首を傾げた。

「複写に使うやつですよね」

「二枚の解答用紙の間にカーボン紙を挟んで、一枚の解答用紙に見えるように細工する。試験時間中にカーボン紙を回収すれば、目的を達成できる」

「いや、どうやって配って、どうやって回収するんですか」

法学部の試験だと、注意事項が読み上げられた後に、草稿用紙、解答用紙、問題用紙の順番で前列から配布される。他学部の試験でも大きな違いはないだろう。

「解答用紙は列ごとに配られるから、座る位置がわかっていれば事前に仕込める。回収したのは、戸賀がトイレに行ったタイミング」

「もしかして、監督官を疑っているんですか？」

頷いてから説明を続けた。

「席を離れるときは、解答用紙を裏返す決まりになっている。離席者の解答用紙を監督官が触っていても、裏返すのを忘れたんだろうと思うくらいで怪しまれにくい」

後ろの二枚を剝《は》がすだけなので、多くの時間はかからなかったはずだ。

「ツイートを投稿した方法は？」

「どうすれば、無法律のアカウントにログインできるか……。いろいろ考えたけど、ゼミ室のパソコンを使ったんじゃないかな。確認したら、ログイン状態が維持されていた」

「試験室を抜け出して、法学部棟のゼミ室に行ったと考えてるんですか？」

試験監督官は二人しかいないので、そのような不審な動きをすれば、一方が記憶している可能性が高いだろう。

「事前にゼミ室に忍び込んで、ログインパスワードを変更したんだと思う。僕は、朝に鍵《かぎ》を開けたら、講義とかで一時間以上離れるときも、いちいち鍵を閉めたりはしない。僕の行動さえ把握していれば、不在のときを見計らって入るのは難しくないってこと」

パスワードを変更するには、現在のパスワードも改めて入力する必要がある。ただ、ゼミ室のパソコンで試してみたところ、オートコンプリートという機能でパスワードが記憶されていて、アカウントを選択するだけで自動入力された。

戸賀は、グラスを見つめたまま口を開かない。

「パスワードを変更すれば、好きな端末からアカウントにアクセスできる。自由に動き回れる監督官なら、死角を見つけて携帯を操作することもできたと思う。これは調べてわかったことだけど、パスワードを変更すると、他の端末は強制的にログアウトさせられるらしい。だから、乗っ取りに気づいた後も、問題のツイートを削除できなかったんじゃない？」

「古城さんの説明だと、ゼミ室のパソコンを使えば消せたわけですよね」

「どの端末を使ってパスワードを変えたのか、わかっていればね」

僕は偶然ゼミ室のパソコンを確認したから気づいたが、多くの端末からログインしていたとすれば、戸賀が見落としても不思議ではない。

「あえて先送りにしましたが、動機は何ですか。監督官が、そんな七面倒な方法でツイートを投稿する動機です」

「監督官の業務は、研究室の助手に割り振られている」

「それが？」

「さっき話したセクハラの被害者は、今も助手として山根教授に師事している」

矢野真弓が、試験監督官の立場を利用して戸賀を陥れたのではないか――。

そこが発想の出発点だった。試験時間中に戸賀の解答用紙を手に入れることが可能な立場にあったのは、本人を除けば試験監督官しかいない。

「私とセクハラ騒動は、関係ないですよ」

「無法律を去った後輩の妹も、助手の姉も、僕のことを恨んでいる。それに先週、ゼミ室に妹が来て、無法律の存続は許さないと宣言していった。……不幸を生み出す害悪集団とまで言われてさ。それくらい嫌悪しているんだ」

「気の強そうな妹さんですね」

「ユーチューブとかツイッターを見て、戸賀が無法律の活動に関わっていることを知ったらしい。正式なメンバーじゃないと説明したけど、納得したようには見えなかった」

「納得してもらう必要がありますか？」

「僕が卒業した後は、戸賀に引き継がせると邪推したのかもしれない」

「法学部生ですらない私が？」

まさか、と主張するように戸賀は眉を上げる。

「他学部でも自主ゼミに入れる。前にそう言ってたよね」

「言いましたけど……」

課外活動に関する規則を精読したが、構成員の要件は『本学の学生』と特定されているに留《とど》まり、自主ゼミとサークルで規律が異なるわけではなかった。

「無法律を解散に追い込むために、戸賀に濡《ぬ》れ衣《ぎぬ》を着せた」

「発想が飛躍してますよ」

「そう考えれば、無法律のアカウントを使った理由も説明がつく。批判の矛先を向けるために、あえて騒動に巻き込んだ。そして、多くの人に認識させるために、経済学史の解答と特定して今もツイートを削除しないで残している」

戸賀に心当たりがないのは当然で、無法律に対する恨みが動機の根底にあった。

動機と実行可能性。どちらの条件も満たす人物が他にいるとは思えない。

「じゃあ、その姉妹による共犯を疑ってるわけですか」

「法学部生の妹なら、僕の時間割を把握してゼミ室に忍び込めた」

綾芽が顧問の崎島を連れて訪ねてきたのも、様子を探りに来たのではないか。

「相変わらず、面白い着眼点だと思います」

「いつもみたいに、結論は的外れだって言いたいわけ？」

「被害者が、セクハラ教授を殺したいくらい憎むのはわかります。古城さんに幻滅したのも、まあ理解できなくはないです。無法律なんて消えてなくなれと考えるのも、その延長線上で受け入れましょう。だけど、風前の灯火《ともしび》の無法律にとどめを刺すために、まったく関係ない他学部の学生を巻き込んだっていう推理は、さすがに首を傾げざるを得ません。推理というより、被害妄想ですよ」

反論しようとしたが、クッションを撫《な》でながら戸賀は続けた。

「無法律での修業の賜物《たまもの》だと思いますけど、情報を整理しながら論理的に可能性を絞り込む能力は、私なんかより古城さんの方がずっと優れています。でも、最後の最後に結論を導く勝負どころで、あらぬ方向に暴走しちゃうときがある。法律知識に縛られて都合が悪い事実を見落としたり、必要以上に気負って思考を停止したり。今回は、後者のパターンです」

「気負ってるつもりはないけど」

「負い目を感じた途端に、すべての責任を背負おうとするじゃないですか。自分のせいって考えた方が楽なのはわかりますよ。でも、それで真実を捻《ね》じ曲げたら、元も子もありません。そういうときこそ、冷静に周りを見てください。古城さんが思っているほど、世界は悪意に満ちていません」

戸賀に論理の矛盾を指摘されて、結論を修正したことが何度もある。今回は、これまで以上に僕の個人的な事情が関係しているので、強く言い返せなかった。

「戸賀の考えは？」

「明日の夕方、教務課で事情聴取があるんです。それが終わったら……、またゼミ室で話しましょう」

「今じゃダメなのか？」

「できれば、古城さん自身に気づいてほしいなって」

残された時間は、ほんのわずかだ。戸賀の表情や口調に悲愴感は漂っていない。

「わかった。考えてみる」

「これまでの活動を振り返ってみてください。古城さんなら、解けるはずです」

5

盗聴を指示しなければ、露見したときの対処法まで伝えておけば……。

矢野真弓の一件が起きたことで、他者を巻き込む恐怖を知った。あのときの後悔と無力感が忘れられず、依頼者に協力を求めることすら躊躇い、自分一人で解決しようとしてきた。

僕のあずかり知らないところで、誰かが傷つくのは耐えられない。

それも、身勝手な自己保身に他ならなかった。

旧友の三船昇は、火事に巻き込まれて顔に火傷《やけど》を負った。彼の依頼を受けたときも、本人の意向を尊重せずに独断で解決の方向性を決めた。真相の解明ではなく、金銭による解決が三船の利益になると一方的に決めつけて。

結果的に多額の解決金は支払われたが、依頼者である三船の納得は得られなかった。

金銭の支払を求めた実行委員会の代表者は、僕の真意を見抜いていた。

──友人の三船のことすら信用しなかった。

──君が、真相を闇に葬ったんだ。

昨夜の戸賀とのやり取りでも、同じ過ちを指摘された。

──負い目を感じた途端に、すべての責任を背負おうとするじゃないですか。

──古城さんが思っているほど、世界は悪意に満ちていません。

結局僕は、何一つ成長していない。

「考えすぎなんだよ」

三船に電話をかけると、明るい声が返ってきた。

「ちゃんと状況を伝えていたら、真相を知るために裁判を続けたんじゃないか?」

「そうかもしれない」

「その選択肢を奪ったのは僕だ」

「古城が冷静に判断してくれたおかげで、諦《あきら》めかけていた治療を受けられた」

右目から頬にかけて残った重度の火傷の跡は、通常の治療では消すことができなかった。裁判で相手から支払われた大金で、三船は自由診療の再生医療を開始した。少しずつ火傷の跡が目立たなくなり、前髪で隠す必要もなくなったらしい。

スピーカーから、再び三船の声が聞こえる。

「裁判を打ち切られたときは俺も冷静じゃなかった。時間が経って、いろいろわかったよ。古城が汚れ役を引き受けたから、引け目を感じずに金を受け取れたんだって。こんなのは、俺が望んだ決着じゃない。そうやって、自分を納得させてさ」

「でも、火災の真相はわからずじまいだ」

「意地を張っても、迷宮入りだった可能性の方が高い。依頼者の意向に沿って動いた方が、古城も楽だったはずだ。不満が残る結末を迎えても、言われたとおり動いたと責任を転嫁できる。それでも、俺が後悔しないように手を尽くしてくれたんだろ」

頬が熱く火照る。直接会いに行かなくてよかった。

「そう言ってもらえるのは嬉《うれ》しいよ。だけど、本当に僕がすべきだったのは、ありのままの事実を伝えて、意見が食い違っても話し合うことだった。それを怠ったのは、僕のエゴだ。だから、ちゃんと謝らせてほしい。三船を信じ切れなくて、ごめん」

携帯を耳にあてたまま、ゼミ室で頭を下げる。

「わかった。俺は感謝してる。古城は反省してる。責任を押しつけ合ってるわけじゃないし、むしろその逆だ。円満解決ってことにしよう」

「うん。話せてよかった」

通話を終える直前、三船がぽつりと言った。

「戸賀って子が無法律に出入りするようになって、何か変わったよな」

「そうかな」

「柔らかくなったよ。あの子が壁を壊してくれたんじゃないか」

綾芽が無法律を去ってから、相談者以外と深く関わることを避けてきた。

戸賀との出会いも法律相談だったが、事件が解決してからも繰り返し顔を合わせている。引っ掻き回されてばかりなのに、拒絶せずに受け入れたのはなぜだろう。

「そうかもしれない」

「今日は素直だな」

僕自身が、変わるきっかけを求めていたからではないか。

見失ったものや、切り捨ててきたものを、戸賀はいくつも持っている。

「じゃあ、また連絡する」

赤いボタンをタップして通話を終える。通知を確認すると、鍊からメッセージが届いていた。家族で集まる日を調整しようという内容だった。文章でのやり取りも面倒だと思って、すぐに電話をかけた。

「異動でも決まったわけ？」

「残念ながら残留だよ」鍊は、韻を踏むように否定してから、「深読みするな。弟の卒業を祝おうとしてるだけだって」と続けた。

「別にいいよ。ちゃんと卒業できる人が大多数だし」

在学中に司法試験に合格した錬とは違い、僕は何の実績も残していない。

「誕生日だって、すくすく成長する子供が大多数なのに祝う。父さんや母さんとも、しばらく会ってないだろ？」

「わかった。来週の土曜とかでいい？」

「ああ。時間と店が決まったら連絡する」

押し切られるように、卒業祝いの実施が決まってしまった。両親は、僕の選択を尊重してくれる。法学部への進学も自分で決めたし、法律家の道を勧められたこともない。

「無法律が解散したら、どう思う？」

事後報告で済ませるつもりだったが、思わず訊いてしまった。

「別にどうとも。現役の世代が好きに決めればいい」

「呆れられると思ってた」

「資格がないのに、弁護士の真似事をしている。いろんな問題があるのは事実だよ。まあ……、俺が代表だったら解散させないけど」

携帯を握る手に力がこもる。

「必要な団体だから？」

「四年間の活動を振り返ってみればいい。無法律にできて、弁護士にできないことはない。その逆は掃いて捨てるほどある。じゃあ、無法律の存在意義はないのか？」

戸賀だけではなく、錬からも活動の振り返りを勧められた。おそらく、二人が意図していることは異なるはずだが。

「……あると思って活動してきた」

「その理由を言語化してみろよ。思い出作りとか実務経験みたいな、ゼミの内部で完結するものなら解散を躊躇う必要はない。もし対外的な理由があるなら、慎重に決断するべきだ。以上が、ＯＢからの鬱陶《うっとう》しいアドバイス」

それ以上の補足はなく、錬は仕事に戻ると言って電話を切った。

無法律の存在意義。厄介な宿題を課されてしまった。時間をかけて思考を整理しないと、納得のいく答えは導けそうにない。

携帯をテーブルに置いて掛け時計を見る。そろそろ指定した時刻だ。

昨夜、戸賀の部屋で話をしてから、もう一度カンニング騒動について考え直した。月曜日の三限――、経済学史の期末試験で何が起きたのか。ツイートを投稿した人物、その目的。ほとんど眠れずに朝を迎え、シャワーを浴びてから大学に向かった。

戸賀に披露した推理の瑕疵《かし》は、動機の不合理さだけに留まらなかった。

カーボン紙を貼り付けた特製の解答用紙を配布して、戸賀が離席したときに回収する。確かに、この方法でツイートを投稿できる。だが、戸賀がトイレに行っていなかったら？　それだけで、計画が成り立たなくなってしまう。そして、試験中に一時退室する学生の方が圧倒的に少ないはずで、そのような運任せの要素に頼るのは不自然だ。

一時退室を強制する方法がなければ、試験終了後にカーボン紙を回収せざるを得ない。

けれど、そのタイミングで戸賀の解答を手に入れたところで何の意味もない。

試験時間中に解答を回収できる確実な方法があったのか、それとも、試験監督官は無関係なのか……。検討は振り出しに戻ってしまった。

取っかかりとなり得るのは、暮葉から聞いた情報しかない。投稿されたツイートを改めて確認するために、ゼミ室のパソコンを立ち上げた。

アカウント作成時までツイートを遡《さかのぼ》ったが、やけに高いテンションで無法律が宣伝されているだけで、気になる投稿はなかった。続けて戸賀が開設したホームページも確認すると、問い合わせフォームが目に留まった。ここからも、新規の相談予約を受け付けている。

問い合わせの対応は戸賀が行っていて、僕はたまにしか目を通していない。この数日間でメッセージが届いているかもしれないと思い、管理画面から受信箱を確認した。

そして、カンニング騒動の真相に直結する痕跡を見つけた。

――それが二時間ほど前のこと。

「何ですか話って」

午後一時。約束の時間ぴったりに、綾芽が一人でゼミ室にやって来た。

「来てくれないかと思った」

「暴走されても困るので」

綾芽は後ろ手でドアを閉めて、先週と同じようにソファに座った。牽制《けんせい》するような視線を向けられる。

リクライニングチェアに腰かけたまま、綾芽に尋ねた。

「経済学部のカンニング騒動は知ってる？」

「ええ。無法律のアカウントから投稿されたそうですね」

このまま本題に入っても問題ないようだ。綾芽を呼び出すために送信したメッセージには、矢野真弓のことで話がある、とだけ記載した。

「真弓さんって、今も山根教授の助手を続けているんだよね」

「バカだって言いたいんですか」

「そうじゃなくて――」

「文系で研究職に就くのは、ポストも予算も限られてるから、理系よりずっと難しい。博士課程を修了しても、すんなり助教になれる人はほとんどいない。バイト以下の給料で研究を続けてる人も山ほどいる。お姉ちゃんも苦労して、ようやくあいつの研究室に配属された。別の研究室なんて簡単には見つからないし、目立つ行動をとったらすぐに噂が広まる。だから、あのときも泣き寝入りするしかなかった」

綾芽は、興奮気味にまくしたてた。そのあたりの事情は当時も聞いている。

深く傷つけられた加害者のもとで研究を続ける。綾芽が言ったとおり、研究職特有の事情も関係しているはずだ。だが、その先のことまで見据えていたとしたら。

「山根教授が調査委員会のメンバーなのは知ってる？」

「何ですか、それ」

「学生とか職員が非違行為に及んだと疑われるときに、事実の調査を行う委員会。教員も、そのメンバーに含まれているんだ。山根教授は、三年前から任命されているらしい」

公開されている情報ではないので、調べるのに苦労した。調査委員会は、学長が指示する理事や教員、その他の職員で構成される。

「だから？」

「調査委員の肩書を利用すれば、懲戒処分を仄《ほの》めかして相手を脅迫できる」

「お姉ちゃんが何をされたのかは、本人から聞いています。あいつの肩書なんか……、何の興味もない」

あのときは、本人の口から過程が語られたので、そこまで調べる必要がなかった。しかし、今回の件では、山根教授の肩書が重大な意味を持つ可能性がある。

「もう少しで、助教になれそうなんです」綾芽が言った。

「山根教授の研究室で？」

現在の大学教員のポストに〝助手〟という肩書はなく、〝助教〟が階段の一段目とされている。そこから、講師、准教授、教授——、と踏板を上っていくことになるが、死《し》屍《し》累々《るいるい》を乗り越えなければ一段目に立つことすらできない。

「違います。お姉ちゃんの論文を読んだ教授が声をかけてくれて、四月から別の研究室で助教になることが決まりました。あなたにも、一応報告しておきます」

「そうなんだ。よかった」

安心すると同時に納得してしまった。だから、耐え忍ぶ必要がなくなったのか。

「お姉ちゃんのことは放っておいてください」

「先週のカンニング騒動は、試験時間中に、無法律のアカウントから全問の正答がツイートされた。今日、関係者の事情聴取が行われる」

試験の担当教授、あるいは調査委員会のメンバーとして、山根教授も同席するはずだ。

「それが？　戸賀って子が、やらかしただけじゃないですか」

吐き捨てるように綾芽は言った。

「捨て垢を使わなかったのも、犯行を隠すつもりがないツイートの内容も、戸賀が投稿したとすると不自然な点ばかりだった」

「まともじゃないから、カンニングなんかするんですよ」

一方で、第三者が投稿したという方向性も、昨夜から行き詰まっている。

他に可能性は残されていないと思っていた。

「試験問題の正答が投稿されただけで、カンニングかどうかは確定事項じゃなかった」

「何が言いたいんですか」

「不正行為の告発だったんだ」

悪行ではなく善行――。発想の転換が必要だった。

「意味がわかりません」

「まだ完結していないから、全容が見えてこない。僕も半信半疑だった。だけど、経済学史の担当は山根教授。綾芽から真弓さんの近況を聞いて、何が起きたのかがわかった」

「お姉ちゃんは関係ない」

鋭い声を出した綾芽を見て、検討結果を一部修正する。姉妹での関与を予想していたが、綾芽は何も知らないのかもしれない。

「試験の二週間前に、真弓さんからメッセージが届いていた」

「え？」

「普段は戸賀に管理を任せていたから、今日まで気づかなかった」

「見せてください」

「真弓さん以外の個人情報も書いてあるから、直接は見せられない。研究室で不正が行われている。山根教授を告発するために、その証拠を送る。そういう内容だった」

　言葉を失ったように、綾芽は僕の目を見つめる。

「……不正って？」

「山根教授は、特定の学生に対して、期末試験の問題と解答をメールで教えていた。試験問題の漏洩《ろうえい》――。紛れもなく不正行為だ」

　矢野真弓は、漏洩の証拠となるメールを無法律に転送していた。そこには、相手の学生のメールアドレスや氏名も書かれていた。

　山根教授のパソコンを盗み見て、メールのデータを抜き取ったのではないか。同じ研究室で師事する矢野真弓には、その機会があったはずだ。

「何のために、そんなことを」

「真弓さんは、山根教授から消えない傷を負わされた。許せるはずがないし、ずっと恨んでいたはずだ。新しい研究室が決まったことで、耐え忍ぶ必要がなくなった」

「それで、弱みを探ったと？」

「当時の性犯罪の証拠は、もう残っていない。そんなときに、教授にとって致命傷になり得る不正の痕跡を見つけたんだと思う」

「でも……、どうしてそれを無法律に？」

もっともな疑問だ。今回のメッセージを受信するまで、矢野真弓と連絡を取り合ったことは一度もない。

「素直に告発しても揉み消されるかもしれない。山根教授も、調査委員の一人なわけだから。それに、僕は一年半前の事情を知っている。もう一度、チャンスをくれたんじゃないかな」

メッセージでは、昨年度の事件については何も触れられていなかった。

転送したメールの文面と、経済学史の試験問題が漏洩している旨の告発――。どのように動くのかは、僕に任せる。そんな意図が読み取れた。

「メッセージに気づいたのは、今日って言いましたよね」

「いつもは、戸賀から報告を受けていた。今回は、メッセージを見た戸賀が、僕に話さずに直接動いたんだと思う」

「その子、法学部でもないんでしょ。そんな勝手なこと……」

突拍子もない行動をとったり、強引な方法で首を突っ込んでくることはあったが、法律相談に関して、僕に無断で動き回るようなことはなかった。

「経済学部の三年生――、情報を受け取った子と、同じ学年なんだ。真弓さんの意向通りに山根教授を告発したら、その学生の存在も明らかになる」

「不正の共犯者なんだから、そうするべきです」

「共犯者になるかは事情次第だよ。山根教授が、対価もなく試験問題を教えると思う？」

「それは……」

おそらく、何らかの取引が教授と学生の間で行われた。学生は、対価として何を差し出したのか。告発の態様によっては、その事実すら露見しかねない。

「だからって、不正を揉み消していいはずがない」

「葛藤《かっとう》した結果が、中途半端なツイートだったんじゃないかな」

「どういう意味ですか」

「あのツイートは、やっぱり戸賀が投稿したんだと思う。真弓さんから受け取ったメッセージに、全問の正答が書かれていた。それを書き写せば、添付されていた紙片は準備できる。あとは、試験時間中にトイレに行って投稿ボタンを押すだけ」

ツイートが投稿されたのは、試験が開始した三十五分後。問題を解き切るには、ぎりぎりの時間だった。しかも、添付されていたのは満点の解答。

事前に正答を把握していたとすれば、すべての疑問が氷解する。

「何で、そんなことをしたんですか」

「試験開始前に投稿しなかった理由を訊いてるなら、試験問題と合致していることの確信を得たかったからだと思う。漏洩が事実でも、山根教授が事前に問題を差し替えるかもしれない。実際の問題と照らし合わせてから、戸賀はツイートを投稿した」

「そもそも、公開する必要がないじゃないですか」

告発だけが目的なら、試験が終わってからメッセージを教務課に見せれば充分だった。

なぜ、自らを窮地に追いやったのか。

「ネット上の目撃者を大量に作ることで、山根教授が言い逃れられないようにした。実際、他学部にまで騒動が知れ渡っている」

「でも、このままじゃ学生の不正にしかならない」

「真弓さんから受け取った証拠を公開すると、事前に答えを聞いた学生の責任も問われる。もちろん、そこに偽りはないわけだから、揉み消す理由にはならない。だけど……、戸賀は事情を確認した上で、学生を守りながら告発する決断をしたんだと思う」

普通に考えれば、両立し得ない行動だ。

教授を告発すれば、学生の関与も露見する。

だが——、最後の一手が残っているとしたら。不合理なツイートを投稿して注目を集め、今日の事情聴取で戦況をひっくり返そうとしている。

「その子は、何をしようとしているんですか」

「本人から話を聞かないとわからない」

矢野真弓は、妹の綾芽に相談した上で、無法律にメッセージを送ってきたのだと考えていた。しかし、綾芽が白を切っているようには見えない。詳しい事情を訊き出せるはずだという目算は外れてしまった。

「安心してるんじゃないですか」綾芽が言った。

「どういう意味？」

「無法律への相談だったのに、関わらずに済んで」

「静観するつもりはないよ。戸賀が暴走しているなら、僕が止める」

「別に期待していません」

夕方の事情聴取まで、ほとんど時間は残っていない。今後の展開について大まかな予想はついているが、問題はどうやって割って入るかだ。

戸賀を除けば、会うべき人間は一人しか思い浮かばない。

「じゃあ、またゆっくり話そう」

もの言いたげに見上げている綾芽を残して、僕はゼミ室を後にした。

6

戸賀の携帯に電話をかけると、コール音は鳴ったが通話には応じなかった。

昨夜の別れ際、今回の騒動の見解を戸賀に訊いたが、僕自身に気づいてほしいから話さないとはぐらかされた。修正を加えた僕の推理が正しければ、戸賀はすべての事情を把握している可能性が高い。

教える気がないなら思いついていないと答えればよかったのに、次の展開を仄めかした。自分の決断に自信が持てず、葛藤していたのではないか。

そして、無法律のアカウントからツイートを投稿したのも、矢野真弓からのメッセージを削除しなかったのも、僕がたどれるように痕跡を残しておいたのではないか。

都合のいい解釈だと、鼻で笑われるかもしれない。それならそれで構わない。

本心に従って動いた結果の批判や後悔なら、甘んじて受け入れよう。

コートのポケットに手を入れ、風が顔に当たるのを防ぎながら早歩きで進む。

北キャンパスの端にあるサークル棟は、試験の重圧から解放されたと思われる学生でごった返していた。大道芸の練習をする者、ジャズを演奏する者、缶ビール片手に笑い転げる者……、冬の屋外とは思えない光景に困惑した。

上空まで吹き抜けの広間から見上げると、四角く切り取られた空を鳥が横切った。

記憶に従って階段を上り、通路に出る。ひな鳥のイラストが描かれた看板、ぽつんと置かれたバーベキューコンロ。戸賀と共に足を運んだ〝野鳥の会〟の部室で間違いない。バードウォッチングの他に、このサークルにはもう一つの活動内容がある。撮影用の小部屋に入ると、四人の男女の姿があった。見覚えのある顔ぶれ。エコノミストというグループ名で活動しているユーチューバーだ。

「あっ、古城さん」紅一点の暮葉が手を挙げる。

「打合せ中でしたか？」

「ちょっと企画会議を。どうしたんです？」

男性陣をちらりと見てから、可能な限り簡潔に答える。

「戸賀の件で、話したいことがあって」

「ああ。むさ苦しいので……、外に行きましょう」

えんじ色のコートを手に持って、暮葉は立ち上がった。大勢の前で披露する話題ではないので助かった。通路に出て、一階の広間を見下ろせる手摺《てすり》に寄りかかる。

「ここで夏倫と見張っていたんですよね」

暮葉が因縁の相手と対峙《たいじ》したときの話だろう。深夜、静まり返ったサークル棟で、戸賀と他愛《たわい》のない話をしながら、ターゲットが現れるのを待っていた。

「そのコンロでバナナを焼いていました」

思い出したように暮葉は笑い、「そこに突っ込んで火傷したバカがいたなあ」とコートに腕を通しながら目を細めた。

「結局、焼きバナナは食べられませんでしたけど」

無残にも潰《つぶ》されてしまったからだ。

「あはは。懐かしい」

先ほどまでパントマイムの練習をしていた学生が、今度は複数のボックスを上空に投げてジャグリングを披露している。ジャズの音色に合わせて踊っているみたいだ。

「彼らも、普段は真面目に講義を受けているんですよね」

「このカオスな感じ、好きなんです」

大学を卒業して社会人になったら、大道芸を披露する機会は会社の忘年会や結婚式くらいしかないだろう。その遠いようで近い未来は、モラトリアム期間の終了が間近に迫らないと現実味を帯びない。贅沢《ぜいたく》に時間を浪費できることこそ、大学生の特権だ。

「ユーチューブは順調ですか？」

「この前の件で、私とキヨが他の二人に相談しないで動いたから、一時期は険悪な雰囲気だったんです。でも、ちゃんと向き合うきっかけになりました。癖が強いメンバーが集まっていますが、チャンネルを大きくしたいって目標は一緒なので、今は一致団結しています」

「そういう仲間がいて羨ましいです」

「仲間って言われると、恥ずかしいですね。四年生の二人は就職が決まってるんですけど、ユーチューブ活動も続けると言ってくれています」

大学を卒業しても、のめり込めるものがある。頑張ってほしいと素直に思った。

近況も聞けたので本題に入ることにした。

「――カンニング騒動の全体像が見えてきました」

「夏倫に会えたんですか？」

「はい。山根教授が試験問題を漏洩した相手は、暮葉さんだったんですね」

「そうです。黙っていてごめんなさい」

広場を見下ろしたまま、暮葉はあっさり認めた。

矢野真弓から無法律に転送されたメールには、転送元の送信者として山根教授の名前が、受信者として小暮葉菜の名前が、それぞれ書かれていた。

「戸賀から聞いたわけではなく、教授とのメールのやり取りを見てしまいました。『先日の動画のお礼です』そう書いてあって、試験問題と解答が添付されていた。暮葉さんは、何を対価として送ったんですか？」

限られた接点しかないが、〝動画〟という単語から連想できるものが一つあった。

「私が拡散した動画って、古城さんも見ましたか？」

やはり、それが答えなのか。暮葉は、デジタルタトゥーを刻んだ男を見つけ出すために、自身のリベンジポルノ動画をツイッターで拡散した。

「いや、見ていません」

僕の方を見て、暮葉は哀しそうに微笑む。「紳士ですね。あの動画、途中までしか写っていないんです。自分の醜態を晒《さら》すことが目的ではなかったので……」

「その編集前のデータを？」

暮葉は頷いた。つまり、完全版のデータを山根教授に送信した。インターネットを通じて動画が拡散していく恐怖を一度味わっているのに、どうして――、

「対価として釣り合わないって思いましたよね」

返答を待たず、暮葉は言葉を継いだ。

「経済学史は必修単位じゃない。まだ三年生だし、一つくらい落としても、来年度がんばればいいだけです。あんなデータ……、いらなかった」

「他の事情があったんですか？」

転送されたメールには、最終的な取引の場面しか記されていなかった。

「私がバカだって結論は変わらないんですけど」

そう前置きしてから、暮葉は何が起きたのかを話し出した。

「リベンジポルノの一件で、チャンネルの登録者も再生回数も増えました。でも、視聴者を騙《だま》すような内容だったから、アンチも目立つようになったんです。低評価が一気に増えて、コメント欄も荒れた。炎上商法ってやつですかね」

「さっきの話だと、メンバーで前向きに話し合ったんですよね」

「はい。どうせ燃えるなら、最大限に利用しよう。流れに乗って、過激な内容の企画動

画を投稿し始めたんですけど、すぐにネタがなくなりました」

すべての動画に目を通したわけではないが、炎上前は検証企画やドッキリ企画を和気あいあいと行っていて、内容が過激だと感じたことはなかった。

「夜のキャンパスを探索する企画を捻《ひね》りだして、全員で撮影を行いました。サークル棟からスタートして、文系の学部棟がある南キャンパスに向かう。心霊現象を仄めかしながら歩いていたら、経済学部棟の一階の窓が開いていることに気づいたんです。まずいとは思ったけど、勢いで中に入っちゃって」

非常灯のみが点灯している通路を思い浮かべる。

「もしかして……、山根教授に見つかったんですか？」

「はい。ちょうど帰るところだったみたいで。後日、私だけが呼び出されて、ねちねち説教されました。建造物侵入罪とか、懲戒処分もあり得るとか、さんざん脅されて」

一年半前と状況が似ている。助手と学部生、盗聴や暴行と建造物侵入。その程度の違いだ。山根教授にとっては、前回の経験を活かすこともできた。

「調査委員会のメンバーなので、懲戒処分を仄めかしたんだと思います」

「無断侵入くらいで重い処分は科されない。そう思って、聞き流していました」

暮葉の感覚は、おそらく正しい。損害を生じさせたわけではなく、懲戒処分が科されるとしても、厳重注意の訓告に留まる事案だったはずだ。

「何と言われたんですか？」

「リベンジポルノの拡散についても、併せて処分を検討すると」

暮葉が拡散した動画には、男女の裸体が映し出されている。それが自身の身体であっても、わいせつ電磁的記録媒体陳列罪が成立し得る。多くのアダルトビデオが黙認されているように実際に検挙される可能性は低いが、懲戒処分を逃れられるかは別問題だ。学生の本分に反する行為によって、大学の信用を傷つけた——。

調査委員会の判断次第では、停学以上の処分もあり得るかもしれない。

「暮葉さんのことを調べて、あの動画に行き着いたんでしょうね」

「私なりに、事情を説明しようとしました。注目を集めたりとか、チャンネルの登録者数を増やすために拡散したわけじゃない。盗撮された動画を編集して、大部分をカットしたものを投稿した。ちゃんと話せば理解してもらえると思ったんですけど……、オリジナルの動画を確認してから判断すると言われました」

「それって——」

「口実にすぎないことは、私でもわかりました。こういう活動をしていると、そういう目には敏感になります。にやにやした顔とか、舐《な》め回すような視線とか」

読者モデルとしてもユーチューバーとしても、暮葉は不特定多数の視線に晒されてきた。僕なんかよりも、危険を敏感に察知できたはずだ。

「それでも断れなかったんですか？」

「建前は、懲戒処分の判断材料にするため。でも、断ったらどうなるかも親切に教えてくれました。私の停学くらいで済むなら拒否したと思います。あの人は、他のメンバーも処分を受ける可能性があると言いました。リベンジポルノの拡散も、今回の無断侵入も、グループの活動として行っているから連帯責任だと」

「相談してくれれば……」

暮葉が責任を問われることは避けられなかったかもしれない。だが、グループのメンバーにまで飛び火させるのは、明らかに裁量の範囲を逸脱している。

「古城さんにも夏倫にも迷惑をかけたばかりだったので、自分で何とかしないといけないと思ったんです。二人を利用して、私は復讐《ふくしゅう》を果たそうとしたから」

「利用されたなんて思っていませんよ」

戸賀も同じ気持ちだろう。だが、蒸し返したところで時間は巻き戻せない。

「メンバーにだけは、迷惑をかけたくなかった。それに、懲戒処分を受けたらエコノミストの活動は休止するしかない。四年生の二人は、ユーチューブ活動を許してくれる会社に就職してくれたんです。私も、みんなの想いに応《こた》えたかった。言うとおりにしないと、すべて台無しになると思いました」

「それで……、データを渡してしまったんですね」

「既に一度、ネットにばら撒《ま》かれた動画です。どれくらいの人数が見たのか、今となってはもうわかりません。追加で一人に渡したところで、私が汚れてる事実は変わらない。そんなふうに考えるくらい、感覚が麻痺《まひ》していました」

「他のメンバーは知っているんですか？」

「何も話していません。こんなこと……、話せませんよ。データを山根に渡したら、別人みたいに優しくなって、無断侵入の件もお咎《とが》めなしだと言われました」

動画データを受け取った後に懲戒処分を下すのは、リスキーだと判断したのではないか。当然、事実調査というのは建前にすぎない。矢野真弓のときと同じように、教授や調査委員の立場を私利私欲のために利用した。

年齢も知らない。顔も見たことがない。それなのに、山根教授の脂ぎった醜悪な顔が想像できてしまい、激しい嫌悪感を覚える。

「経済学史の試験問題は、その後に受け取ったんですよね」

「二週間くらい経ってから、いきなりデータが送られてきました。私ともっと仲良くなりたかったみたいです。経済学史の講義くらいしか接点がなくて、過去問の使い回しまでやめて貢ぎ物を差し出してきた。ぞんざいに扱うと、何をしでかすかわからなかったので、のらりくらりとやり過ごしてきました」

暮葉から試験問題の漏洩を求めたわけではなかった。そのやり取りを矢野真弓が見つけて無法律にメッセージを送り、友人が関わっていることに戸賀が気づいた。

「戸賀とは、どんな話をしたんですか？」

「試験の一週間前に、夏倫から電話がかかってきました。試験問題の漏洩は第三者に見抜かれてる。絶対に、本番で書き写しちゃいけない。そう言われて、夏倫はすべて気づいてるんだってわかりました」

「研究室の助手から、山根教授の告発を求めるメッセージが無法律に届いたんです」

その時点で、戸賀は解決の方向性を思い描いていたのだろう。

「編集前の動画を送ったと話したら、山根からまた拡散するかもしれないんだよ、どうして自分を大切にしないのって……。正論で、何も言い返せませんでした」

動画データを人質に使って要求が過激化していく展開も、充分考えられただろう。

「戸賀から何か指示はありましたか？」

「私が何とかするから、暮葉は心配しないで。それ以上は教えてもらえなくて、試験当日を迎えました。あとは、古城さんも知っているとおりです。結局、私は棄権答案を提出して、無法律のアカウントから投稿されたツイートを見つけました」

「どうして、僕に相談したんですか？」

「目的はわからなかったけど、夏倫は私のために無茶をしているような気がしました。連絡が取れなくて、古城さんなら何か知っているかもしれないと思ったんです。でも、心当たりがなさそうだったから、本当のことは話せませんでした」

山根教授とのやり取りを訊き出せていたら、昨日の時点で戸賀に真相を提示できたかもしれない。しかし、内容が内容なので、彼女を責めることは躊躇われた。

「あのツイートを見て一番驚いたのは、山根教授でしょう。暮葉さんに送ったデータが関係していると、すぐに思い至ったはずです。もちろん、それが戸賀の狙いでした。ツイートを投稿してから山根教授に接触して、交渉を持ちかけた」

「交渉って……」

「これは予想ですが、試験問題の漏洩を公にしない代わりに、暮葉さんから受け取った動画データの削除を求めた。無法律のアカウントから投稿されたツイートは、交渉のテーブルにつかせるための脅迫状だったと思います」

戸賀は昨夜、これまでの活動を振り返れば解けるはずだと僕に言った。

暮葉のリベンジポルノ騒動を、戸賀は思い描いていたのだろう。主要人物が合致しているだけではなく、ツイッターを隠れ蓑《みの》に用いた脅迫という点でも共通していた。前回は、自身のリベンジポルノを拡散するはずがないという先入観を、今回は、試験時間中に投稿された解答はカンニングを意味しているという先入観を、それぞれ逆手にとっている。

そしていずれも、世界中の人間が閲覧できるインターネットを通じて、ただ一人に脅迫状を送り届けることを目的にしていた。

暮葉の事件に関わっていたからこそ、戸賀はこの方法を思いついたのかもしれない。

「自分のカンニング疑惑は、どう晴らすんですか」

「山根教授さえ言いくるめられれば、理由はでっちあげられるはずですが」

問題は、戸賀が山根教授の告発を諦めているのか否かだ。告発を断念すれば、相談者の意思を踏みにじることになる。矢野真弓に非があるわけではないのに、友人の名誉という個人的な事情を優先するだろうか。

それに、僕は昨夜、矢野真弓が抱えている事情を戸賀に打ち明けた。山根教授の告発は、使命感だけに基づく行為ではなく、過去に受けた被害の清算も兼ねていた。

そこまで知った戸賀が、痛み分けで引き下がるはずがない。

「試験後に、山根教授から連絡は？」

「夏倫に怒られた後、メールアドレスを変えて連絡を絶つように言われて……」

情報を漏洩した相手は音信不通。疑心暗鬼に陥っている山根教授に、戸賀は接触した。

何を伝え、何を決断したのか。

「あと数時間後に、事情聴取があるそうです」

「私、何も知らなくて」

戸賀の思惑は、本人に訊かなければわからない。

だが、それ以前に――、

「このままでいいと思っていますか？」

「……………」

「すべて戸賀が独断で行ったことです。暮葉さんが頼んだわけじゃない。それは僕もわかっています。でも、自分の知らないところで決着がついたら、後悔しませんか。試験問題の漏洩なんて望んでいなかったんですよね。一方的に送りつけられただけなのに、口を噤《つぐ》んでなかったことにしたら、悪事に加担したみたいじゃないですか」

手摺を見つめる暮葉の横顔に、言葉を向ける。

「目を背けていたら、戻るべき道も見つかりません」

「……わかっています」

「自作自演を打ち明けて、批判が増えた。過激な企画動画を撮影するために、深夜の学部棟に侵入した。一部の事実を隠蔽《いんぺい》しようとして、今回のカンニング騒動が起きた……。すべて繋がっているんです。大学側に知られたら、責任を問われるかもしれません。でも、ここで断ち切らないと、嘘を嘘で塗り固めることになりませんか」

酷な選択を迫っているのかもしれない。こんな説得は、戸賀も望んでいないだろう。だが、それでも決断の機会を与えるべきだと僕は判断した。

「今さら、私にできることがありますか？」暮葉の声は震えていた。

「暮葉さんだからこそ、できることがあると思います」

戸賀は連絡を絶っており、現在の居場所もわからない。事情聴取が始まるまでに、何らかの方法で接触しなければならない。

暮葉は、手摺から身体を離して振り返った。その視線の先には、野鳥の会の部室がある。彼女が信頼を寄せているメンバーが、小部屋で企画会議を行っている。

「炎上したら、また相談に乗ってもらえますか」

「もちろんです」

暮葉は俯き、息を吐く。

顔を上げた彼女の瞳《ひとみ》は、もう潤んでいなかった。

部室に戻る暮葉の背中を追う。談笑していた男性陣に事情を明かすと、一転して緊迫した空気が立ち込めた。これから暮葉がしようとしていることに対して、当然のように猛反発が巻き起こった。実行すれば何が起きるか、容易に想像できたからだろう。

暮葉は引き下がらず、最終的には男性陣が折れた。

作業を分担して、手際よく撮影の準備を整えていく。彼らの邪魔にならないよう、部屋の隅に立って合成用のグリーンバックを眺めた。

えんじ色のコートを脱ぎ、髪を首の後ろで結《ゆ》った暮葉がカメラの前に座った。

そして、台本が手元にあるように、暮葉は淀《よど》みなく語りだす。

「皆さんに報告があります――」

7

後日談。

動画のアップロードにかかる時間すら惜しんだ暮葉は、生放送を開始して、一連の経緯を視聴者に説明していった。

フェイスサーチというアプリを用いた復讐劇から始まり、過激な動画を撮影するために経済学部棟に侵入して、教授の要求に応じるに至るまで――。

流暢《りゅうちょう》な語り口で、徐々に視聴者が増えていった。

本題に入る頃には、批判コメントと擁護コメントが入り交じり、視聴者同士でも罵《のの》り合いが始まって、いわゆる炎上状態になっていた。一連の非違行為の口止め料として、リベンジポルノの動画データを渡したと打ち明けたのだから無理もない。

〈こいつ、まったく反省してないのな〉

〈動画だけで済むはずがない。やることやられたんだろ〉

〈悪いのは教授で、暮葉は被害者だって〉

〈無断侵入しといて被害者面とか。自業自得じゃん〉

〈批判してる奴らも、教授が羨ましくて歯ぎしりしてる癖に〉

〈は？　論点ずらすなよ〉

暮葉を焚《た》きつけたのは僕だ。撮影用の小部屋で音声をミュートにして、すべてのコメントに目を通した。暮葉も状況は理解していたはずだが、生放送を中断することも、曖昧《あいまい》な言葉でごまかすこともしなかった。

「送られてきた試験問題のデータを見て、急に怖くなりました。私から求めたわけじゃないけど、受け取った以上は不正行為になるのかなって。友達に相談したら、私が動画のデータを取り返すし、試験問題のことは気にしなくていいと言われました」

あたかも、暮葉から積極的に依頼したかのような口ぶりだった。生放送中に嘘が含まれていたとすれば、ここだけだろう。戸賀を庇《かば》うために、自身への批判を過熱させた。

「どうすればよかったのか、今でも整理できていません。でも、後悔していることが二つあります。一つは、ちゃんとメンバーに相談しなかったこと。もう一つは、親友を巻き込んでしまったことです――」

生放送を終えてから、暮葉はエコノミストの男性陣に頭を下げた。

視聴者一万人超えてたな、大学の公式アカウントに生放送のアーカイブのURL送っとくわ。暮葉の肩を叩き、明るい声で話すメンバーの姿を見て、僕は部室を後にした。

その翌日。予想通り、戸賀が乱暴にゼミ室の扉を開いた。

「――やってくれましたね。古城さん」

「こっちの台詞《せりふ》だよ」

抹茶色のニット帽を被《かぶ》った戸賀は、僕の前に立ってテーブルに手をついた。

「勝手に動いたことは反省しています」

「僕を信用できなかった？」

「それは……」

「真弓さんは、無法律に相談したんだ。それなのに、個人的な事情を優先して、山根教授の告発を揉み消そうとした」

もちろん、戸賀の真意が別にあったことは理解しているが。

「責任は取らせるって決めてました」

「どうやって？」

「今回の情報漏洩を口外しない代わりに、受け取った動画の削除と暮葉に接触しないことを約束させました。その上で、真弓さんから転送されたメールの文面を書き換えて、私宛てに試験問題を送りつけてきたと、事情聴取のときに話すつもりでした」

　行間が省略されていて、わからない点が多くある。

「自分に届いた理由は、何て説明しようとしていたわけ？」

「誤送信とか」

「無理があるだろ」

「言い張れば、意外と押し通せるものです」

　何かを偽っているようには見えない。今さら真意を隠す意味もないだろう。

「口外しないって約束を守る気はなかったわけだ」

「約束したのは、暮葉に対する情報漏洩の揉み消しです。私への誤送信は範囲外かと」

「屁理屈《へりくつ》だし、捏造《ねつぞう》しているから、さらに悪質だよ」

　戸賀は反論せず、「あの生放送で、すべて無駄になりました。事情聴取に行ったときには、教務課の職員も把握していて、私は注意を受けただけで帰されました。ああ……、もちろん本番の試験では、棄権答案を提出しましたよ」と言って苦笑した。

「相談してから動くべきだったと思わない？」

「はい。気負いすぎだとか、冷静になれって、偉そうに言いましたけど、私にも当てはまることばかりでした。視野が狭くなっていたんだと思います」

同じような失敗を繰り返してきたため、これ以上の詰問は自分の首を絞めかねない。

「非違行為と認定され得るのは、自作自演の動画拡散と、学部棟への無断侵入。後者は軽微だし、前者には汲《く》むべき事情がある。もしも停学以上の処分が下されたら、暮葉さんを説得してすぐに異議を申し立てる」

「頼もしい限りです」

エコノミストへの批判が収まるかは、今後の暮葉たちの対応次第だろう。過去の動画を再生して高評価ボタンを押しながら、こっそり見守っていきたい。

一方、生放送によって、暮葉から動画データを受け取り、試験問題を漏洩した教授の存在が明らかになった。それが山根航大であることまでは、既に特定されているはずだ。あとは矢野真弓が証拠を示せば、言い逃れの余地はなくなる。

関係者の思惑が複雑に錯綜《さくそう》して、決着までに時間がかかってしまった。

これで負の連鎖は断ち切れたのだろうか。

「お互い、空回りしてばかりだ」

「学生なんだから、仕方ありません。むしろ、今のうちに失敗しておくべきなんです。自分の力を過信せずに相談する。それが今回の教訓です」

この切り替えの早さは、僕も見習うべきだ。抱えている問題は山積みなのだから。

「戸賀は、どうして無法律に相談しようと思ったの？」

「お金がなかったからです」

「それだけ？」

「大きな理由ですよ。あとは、友達に勧められたんです。親身に相談に乗ってくれるゼミがあるらしいよって。悪い評判の方が目立つのは世の常ですが、ちゃんと活動していればポジティブな口コミも広まっていきます」

モラトリアム期間の大学生の中にも、法的なトラブルに巻き込まれる者が大勢いる。さまざまな事情から専門家を頼れず、泣き寝入りを強いられたケースを多く見てきた。

「問題が解決した後も、いろいろ手伝ってくれているのは？」

「好意的な表現ですね」戸賀はニット帽を外して笑った。静電気で髪が跳ねている。

「誰かのために動ける人で在り続けなさい。それが、お母さんの口癖でした。無法律は、その教えを体現している団体じゃないですか」

「そうかな」

「ボランティアサークルに入ったこともありますが、善意は無限に溢《あふ》れ出てくるものじゃないから、だんだん心が擦り減っていきます。無法律は知識で相談者の手助けができるので、善意の奪い合いにならない。法律知識がない私でも、古城さんのサポート役としてなら関われると思って首を突っ込んでいます」

進路を浮かび上がらせるために、兄の背中を追って無法律の扉を開いた。その目的はまだ達成できていない。けれど、四年間の活動を通じて多くのことを学んだ。法律知識や経験が身についただけではない。トラブルに巻き込まれた背景、そこから抜け出して再び前を向くまでの過程。直面してきた法律相談の中に、無味乾燥なものは一つとしてなかった。

「無法律にも、存在意義はあるってことかな」

「そんなの当たり前じゃないですか」

「不幸にしたり、余計に問題を拗《こじ》らせた相談者がいるって、うじうじ悩んでいたんだ」

「私が近くにいれば、そうはなりません」

「はは。心強い」

ゼミ室を見回してから、戸賀は口を開いた。

「消滅させるのが惜しくなりましたか？」

「うん」顧問の崎島から受け取った学則を開いて、該当する条文を指さす。「前にも話したとおり、構成員の要件は『本学の学生』としか特定されていない」

「他学部でも入れるって話でしたね」

「それに、学部生に限定されているわけでもない」

「え？」

「修士課程の大学院生も、『本学の学生』に含まれる」

崎島が僕に伝えようとしていたのは、こちらの解釈だったのだろう。

「訊きそびれていましたけど、古城さんの卒業後の進路は？」

「霞山大学法科大学院——」いわゆるロースクールだ。「構成員の最低人数は、三人なんだ。つまりさ、正式に助手になってくれないかな」

目を見て頼むと、口元に手を当てて戸賀は笑った。

「院生と他学部しか所属してない自主ゼミって、めちゃくちゃですね」

「返答は？」

「かわいそうなので引き受けましょう」

両親や錬のように、法律家として人生を送る決断はまだできていない。ロースクールへの進学を決めたのも、もう少し考える時間がほしかったからだ。二年間のロスタイム。その中で、無法律の活動を続けながら、法律と向き合っていきたい。

「問題は、あと一人なんだけど」

「他学部でもいいなら、見つかると思いますよ。暮葉とか……、あと、三船さんも、大学院に進学するんですよね」

事情を話せば、引き受けてくれるかもしれない。だが、戸賀とは違って、彼らは相談者として無法律に関わったに留まる。

「さすがに、巻き込むわけにはいかない」

「相談してから決めましょうよ」

そこで、ゼミ室の扉が開いた。

茶髪のボブカット。ノックがなかったことも気にせず、戸賀が綾芽に話しかける。

「こんにちは。新しい法律相談ですか？」

「いや、違いますけど」

二人は初対面だと気づく。矢野真弓からの相談の顚末《てんまつ》を話してしまったため、綾芽は戸賀に対して良い印象を持っていないはずだ。

「真弓さんの件？」

僕の質問には答えず、綾芽はゼミ室を見回した。

「整理していた本とか備品、元に戻してるじゃないですか」

「そのことなんだけど――」

「続けたくなったんでしょう？」本棚の近くに立って、背表紙を指でなぞる。「やっぱり、崎島先生が言ったとおりになった」

「綾芽が無法律を許せないのはわかってる」

納得のいく成果を出せなかったのは、矢野真弓の相談だけではない。

「このままロースクールに進学するそうですね。大学院生と経済学部生……。あと一人見つかれば、更新の要件も満たすと」

先ほどまでの話を聞いていたように、綾芽は状況を整理した。

「古城さん。この人は？」戸賀に訊かれたので、

「真弓さんの妹」と小声で答える。

「あれから、お姉ちゃんと話しました。どうしても山根が許せなくて、無法律にメッセージを送ったそうです」

「あの。すみませんでした。私が勝手に動いちゃって」

戸賀が頭を下げると、綾芽は「いいんです」と意外な答えを返した。

「私じゃなくて、古城先輩を頼った。それがショックだったけど、あの一件があってから、私は何もしていなかった。他人のせいにして、お姉ちゃんとも距離をとった。今回の事件が起きて、逃げていただけだと、ようやく気づきました」

「綾芽……」

僕と同じくらいの後悔を綾芽も抱えていた。失敗を繰り返すのも学生の特権なら、許しを請うために手を伸ばしてもいいのだろうか。

「エコノミストの生放送を見ました。無法律が関わって、前を向けた人もいるわけですよね。私が引導を渡したら、寝覚めが悪いかなって」

「古城さんは、往生際が悪いですよ」

沈黙を埋めるように、戸賀が言った。

「はい、知ってます。でも、二人に任せると今回みたいに暴走しかねないから、お目付け役が必要だと思うんです」

綾芽の視線を感じたが、どう反応すべきか迷った。

「鈍感だなあ」苦笑交じりに戸賀が呟《つぶや》く。

スニーカーを履いた綾芽が、テーブルの傍まで近づいてくる。

「あのときの提案って、まだ有効ですか？」

「提案？」

訊き返すと、綾芽はショルダーバッグの中から一枚の紙を取り出した。

「戻ってきたいなら歓迎する。そう言いましたよね」

顔の前に入会届を突きつけられて、ようやく状況を理解する。

まさか、こんな展開が待ち受けているとは。

「――お帰り」

捻りだした言葉が正解だったのかはわからない。

戸賀と綾芽が、顔を見合わせて笑った。この二人は、すぐに意気投合するだろう。

「三人、揃っちゃいましたね」

もうすぐ、僕は法学部を卒業して、また一年生になる。

その先には、少しだけ彩度が増した日常が待ち構えているかもしれない。

生意気な後輩の笑顔を見て、そんなことを考えた。

解説

千街《せんがい》晶之《あきゆき》（書評家）

二十八年間に六十五人。この数字が何を意味しているかがすぐにわかったひとは、相当な新人賞マニアである。

実はこれは、一九九六年から二〇二三年までのあいだに、メフィスト賞を受賞した作家の人数である（ただし、第六十五回受賞作の金子玲介《かねこれいすけ》『死んだ山田と教室』の刊行は二〇二四年の予定）。一般の新人賞とは異なり、講談社文芸第三出版部の合議で決まるメフィスト賞は、年に何作授賞するという決まりがなく、そのため右記のような大人数がデビューしているわけだが、ミステリに限らないエンタテインメントの賞であるとはいえ、ミステリに含まれる受賞作が多めなのも事実だ。ここ十年ほどは、早坂吝《はやさかやぶさか》・井上真偽《いのうえまぎ》・木元哉多《きもとかなた》・夕木春央《ゆうきはるお》・潮谷験《しおたにけん》ら、本格ミステリ系の有力な作家を輩出している。

そんな作家のうちの一人が、第六十二回メフィスト賞受賞作『法廷遊戯』で二〇二〇年にデビューした五十嵐律人《いがらしりつと》である。一九九〇年に岩手県盛岡《もりおか》市に生まれた著者は、中学生の頃に東野圭吾《ひがしのけいご》の小説にはまり、東北大学法学部に入学してからは法律を学んだ。『法廷遊戯』は司法試験合格後、裁判所事務官・書記官を務めていた時期に執筆した小説であり（メフィスト賞受賞後に司法修習を開始している）、ロースクールを舞台に、学生たちによる模擬裁判を描いた第一部と、実際の裁判を描いた第二部から成る前例のない法廷ミステリとして注目を集めた。

『法廷遊戯』刊行後に弁護士になったが、その傍らで執筆も続け、『不可逆少年』『原因において自由な物語』（ともに二〇二二年）とコンスタントに長篇を発表してきた。『法廷遊戯』はミステリの年間ベストテン企画で軒並みベストテン入りし、また『原因において自由な物語』は第四十三回吉川英治《よしかわえいじ》文学新人賞の候補になるなど、その実力は高く評価されている。

そんな著者が短篇の書き手としても非凡であることを私が認識したのは、《小説 野性時代》二〇二一年九月号に掲載された「六法推理」を読んだ時である。霞山《かざん》大学法学部四年・古城行成《こじょうゆきなり》は、学内でトラブルを抱えた学生の話を聞き、法的な観点からアドバイスをする「無料法律相談所」（略称「無法律《むほうりつ》」）を一人で運営している。この「無法律」に、経済学部三年の戸賀夏倫《とがかりん》がやってくる。彼女が住む愛子《あやし》ハイツの１０２号室は、三年前に女子大生が首吊《くびつ》り自殺した事故物件。しかも、死ぬ直前に女子大生が産んだと思しき赤子は発見されなかった。その１０２号室で、最近になって赤子の泣き声が聞こえるなどの怪現象が起きているというのだ。何者かによる嫌がらせの可能性を疑った戸賀は、法律問題が絡んでいるのではと閃《ひらめ》いて「無法律」を頼ることにしたという。古城は戸賀とともに実際に愛子ハイツを訪れ、管理人や住人たちから事情を聞いた。そこから浮上した驚愕《きょうがく》の真実とは……。

本作を読んだ時、私はそのユニークな発想と、短篇ミステリとしての切れ味に唸《うな》ると同時に、「無法律」という設定をこれ一作で使い捨てにするのはもったいないのでシリーズ化すればいいのではないか……と思った記憶がある。著者自身もそう思っていたようで、後にこの短篇を表題作とする連作に仕立て上げた。今、貴方《あなた》が手に取っている本書、『六法推理』（二〇二二年四月、KADOKAWAから刊行）がそれだ。なお、表題作以外の作品はすべて書き下ろしである。

本書は「六法推理」「情報刺青」「安楽椅子弁護」「親子不知」「卒業事変」という五つのエピソードと、各篇に挟まれた四つの「幕間」から成っている。表題作で依頼人として登場した戸賀夏倫は、「情報刺青」では押しかけ助手として「無法律」に出入りするようになっている。そしてコンビを組むかたちとなった二人は、リベンジポルノの流出、放火疑惑、毒親への対処といった案件についての依頼を受けることになる。全体のタッチは著者のそれまでの小説よりカジュアルな印象ながら、扱われている案件はかなり深刻だ。

一般にミステリの世界で、作家自身の職業が反映されやすい分野は医療ミステリと法廷ミステリが双璧《そうへき》であり、前者は医師、後者は弁護士または検事の経験者が執筆することが多い。著者もその一人ではあるものの、実はかなり独特のスタンスを持つ。若林踏《わかばやしふみ》編『新世代ミステリ作家探訪　旋風編』（二〇二三年）所収のインタヴューにおいて、著者は「簡単に申し上げると、海外ではいわゆる法廷での逆転劇が起こりやすい法制度になっているのですが、日本ではどんでん返しが起こりづらいようになっているんです」「起訴されて裁判が進んだ段階で新証拠が突きつけられて真相が引っくり返る、これはほぼ有り得ません。その前段階として証拠が検証されているわけですから、逆に裁判が引っくり返るような出来事が起こっては、司法の信頼性が揺らいでしまうんです。これは同僚の弁護士ともたまに話していることなんですが、『法廷ミステリにおけるどんでん返しって、日本の法制度に照らし合わせると実はあってはならないことなんだよね』と」「先ほど日本のリーガルスリラーについてやや分が悪いことを言ってしまいましたが、法廷ドラマではなく、それ以外の人間ドラマの部分を読んだ時に作家として学ぶべき点がある素晴らしい作品が多いと思います。そういう部分は範としつつ、やはり現実の法制度に則《のっと》った小説を書いていきたいです」と述べている。実際、本書でも、法廷シーンは第三話「安楽椅子弁護」にしか出てこない。法廷という、フィクションの世界では劇的に描かれがちだが実際にはそうならない舞台を使わずに、いかにして法律問題を人々の実生活に寄り添ったかたちで描いていけるか――それが本書の試みなのだ。明らかに刑法に触れる案件や、死人が出るエピソードまであるので「日常の謎」とは言いづらいにせよ、狙いとしてはそこに近い。

幕間で描かれるように、古城は父・母・兄がそれぞれ裁判官・弁護士・検察官という法曹一家に生まれたが、卒業間近でありながら未だ将来像を摑《つか》みきれず、モラトリアム状態の中にいる。また、彼の迷いはそれだけにとどまらない。学内で「血も涙もない法律独裁者」だの「感情を失った法律マシーン」だのといった評判を立てられている彼は、法律の知識をもとにロジックを構築する能力に長《た》けているが、そのため依頼人の望まない結論に達して葛藤《かっとう》に囚《とら》われたりもする。実像の彼は、決して独裁者でもマシーンでもないのだ。そんな古城の、人間の心理を洞察するのが苦手という弱点を補うのが、法律方面には素人《しろうと》ながらも優れた洞察力・推理力を持つ戸賀の役割だ。二人が異なる結論を出し合うことで、この連作は多重解決ミステリの様相を呈している（青崎有吾《あおさきゆうご》の「ノッキンオン・ロックドドア」シリーズ、米澤穂信《よねざわほのぶ》の「図書委員」シリーズ、麻耶雄嵩《まやゆたか》の『友達以上探偵未満』、真門浩平《まもんこうへい》の『バイバイ、サンタクロース　麻坂家の双子探偵』といった、役割分担があるダブル探偵ものの系譜に属しているとも言える）。そして、カンニング騒動に戸賀が巻き込まれる最終話「卒業事変」において、戸賀や各エピソードの関係者たちとの関係を通じて、古城が成長していたことが描かれるのである。

　著者は本書刊行後、『幻告』（二〇二二年）、『魔女の原罪』『真夜中法律事務所』および刑法の解説書『現役弁護士作家がネコと解説　にゃんこ刑法』（いずれも二〇二三年）を上梓《じょうし》している。また、その後《小説　野性時代》には、本書の続篇にあたる短篇「密室法典」「今際言伝」「閉鎖官庁」が掲載されており、『密室法典』として二〇二四年四月に刊行予定である。優れた多重解決ミステリにしてユニークな青春小説でもある「無法律」シリーズのその後の展開を楽しみに待ちたい。

本書は、二〇二二年四月に小社より刊行された
単行本を加筆修正のうえ、文庫化したものです。
目次デザイン／日花隆

六《ろっ》法《ぽう》推《すい》理《り》

五十嵐《いがらし》律人《りつと》

令和6年 3月25日　初版発行

発行者●山下直久

発行●株式会社KADOKAWA
〒102-8177　東京都千代田区富士見2-13-3
電話　0570-002-301（ナビダイヤル）

角川文庫 24068

印刷所●株式会社暁印刷
製本所●本間製本株式会社

表紙画●和田三造

●お問い合わせ
https://www.kadokawa.co.jp/（「お問い合わせ」へお進みください）
※内容によっては、お答えできない場合があります。
※サポートは日本国内のみとさせていただきます。
※Japanese text only

ISBN 978-4-04-113670-6　C0193

角川文庫発刊に際して

角川源義

第二次世界大戦の敗北は、軍事力の敗北であった以上に、私たちの若い文化力の敗退であった。私たちの文化が戦争に対して如何に無力であり、単なるあだ花に過ぎなかったかを、私たちは身を以て体験し痛感した。西洋近代文化の摂取にとって、明治以後八十年の歳月は決して短かすぎたとは言えない。にもかかわらず、近代文化の伝統を確立し、自由な批判と柔軟な良識に富む文化層として自らを形成することに私たちは失敗して来た。そしてこれは、各層への文化の普及滲透を任務とする出版人の責任でもあった。

一九四五年以来、私たちは再び振出しに戻り、第一歩から踏み出すことを余儀なくされた。これは大きな不幸ではあるが、反面、これまでの混沌・未熟・歪曲の中にあった我が国の文化に秩序と確たる基礎を齎らすためには絶好の機会でもある。角川書店は、このような祖国の文化的危機にあたり、微力をも顧みず再建の礎石たるべき抱負と決意とをもって出発したが、ここに創立以来の念願を果すべく角川文庫を発刊する。これまで刊行されたあらゆる全集叢書文庫類の長所と短所とを検討し、古今東西の不朽の典籍を、良心的編集のもとに、廉価に、そして書架にふさわしい美本として、多くのひとびとに提供しようとする。しかし私たちは徒らに百科全書的な知識のジレッタントを作ることを目的とせず、あくまで祖国の文化に秩序と再建への道を示し、この文庫を角川書店の栄ある事業として、今後永久に継続発展せしめ、学芸と教養との殿堂として大成せんことを期したい。多くの読書子の愛情ある忠言と支持とによって、この希望と抱負とを完遂せしめられんことを願う。

一九四九年五月三日

角川文庫ベストセラー

赤い月、廃駅の上に　有栖川有栖

廃線跡、捨てられた駅舎。赤い月の夜、異形のモノたちが動き出す――。鉄道は、私たちを目的地に運ぶだけでなく、異界を垣間見せ、連れ去っていく。震えるほど恐ろしく、時にじんわり心に沁みる著者初の怪談集！

狩人の悪夢　有栖川有栖

ミステリ作家の有栖川有栖は、今をときめくホラー作家、白布施と対談することに。「眠ると必ず悪夢を見る」という部屋のある、白布施の家に行くことになったアリスだが、殺人事件に巻き込まれてしまい……。

濱地健三郎の霊《くしび》なる事件簿　有栖川有栖

心霊探偵・濱地健三郎には鋭い推理力と幽霊を視る能力がある。事件の被疑者が同じ時刻に違う場所にいた謎、ホラー作家のもとを訪れる幽霊の謎、突然態度が豹変した恋人の謎……ミステリと怪異の驚異の融合！

こうして誰もいなくなった　有栖川有栖

孤島に招かれた10人の男女、死刑宣告から始まる連続殺人――。有栖川有栖があの名作『そして誰もいなくなった』を再解釈し、大胆かつ驚きに満ちたミステリにしあげた表題作を始め、名作揃いの贅沢な作品集！

Ａｎｏｔｈｅｒ（上）（下）　綾辻行人

１９９８年春、夜見山北中学に転校してきた榊原恒一は、何かに怯えているようなクラスの空気に違和感を覚える。そして起こり始める、恐るべき死の連鎖！名手・綾辻行人の新たな代表作となった本格ホラー。

角川文庫ベストセラー

Another エピソードS　綾辻行人

一九九八年、夏休み。両親とともに別荘へやってきた見崎鳴が遭遇したのは、死の前後の記憶を失い、みずからの死体を探す青年の幽霊、だった。謎めいた屋敷を舞台に、幽霊と鳴の、秘密の冒険が始まる——。

霧越邸殺人事件〈完全改訂版〉(上)(下)　綾辻行人

信州の山中に建つ謎の洋館「霧越邸」。訪れた劇団「暗色天幕」の一行を迎える怪しい住人たち。邸内で発生する不可思議な現象の数々…。閉ざされた〝吹雪の山荘〟でやがて、美しき連続殺人劇の幕が上がる!

深泥丘奇談《みどろがおかきだん》　綾辻行人

ミステリ作家の「私」が住む〝もうひとつの京都〟。その裏側に潜む秘密めいたものたち。古い病室の壁に、長びく雨の日に、送り火の夜に……魅惑的な怪異の数々が日常を侵蝕し、見慣れた風景を一変させる。

深泥丘奇談《みどろがおかきだん》・続《ぞく》　綾辻行人

激しい眩暈が古都に蠢くモノたちとの邂逅へ作家を誘う。廃神社に響く〝鈴〟、閏年に狂い咲く〝桜〟、神社で起きた〝死体切断事件〟。ミステリ作家の「私」が遭遇する怪異は、読む者の現実を揺さぶる——。

深泥丘奇談《みどろがおかきだん》・続々《ぞくぞく》　綾辻行人

ありうべからざるもうひとつの京都に住まうミステリ作家が遭遇する怪異の数々。濃霧の夜道で、祭礼に賑わう神社で、深夜のホテルのプールで。恐怖と忘却を繰り返しの果てに、何が「私」を待ち受けるのか——!?

角川文庫ベストセラー

怪盗不思議紳士　我孫子武丸

教室が、ひとりになるまで　浅倉秋成

フラッガーの方程式　浅倉秋成

ノワール・レヴナント　浅倉秋成

ハッピーエンドにさよならを　歌野晶午

終戦間もない日本。孤児の瑞樹はひょんなことから探偵・九条響太郎の助手を務めることになる。凶悪事件を起こし、怪盗不思議紳士を名乗る強盗集団の追跡に協力することになった矢先、衝撃的な事件が起きる！

北楓高校で起きた生徒の連続自殺。ショックから不登校になっている幼馴染みの自宅を訪れた垣内は、彼女から「三人とも自殺なんかじゃない。みんな殺された」と告げられ、真相究明に挑むが……。

何気ない行動を「フラグ」と認識し、日常をドラマに変える〝フラッガーシステム〟。モニターに選ばれた涼一は、気になる同級生・佐藤さんと仲良くなれるのではと期待する。しかしシステムは暴走して!?

他人の背中に「幸福偏差値」が見える。本の背をなぞって内容をすべて記憶する。毎朝5つ、今日聞く台詞を予知する。念じることで触れたものを壊す。奇妙な能力を持つ4人の高校生が、ある少女の死の謎を追う。

望みどおりの結末なんて、現実ではめったにないと思いませんか？　もちろん物語だって……偉才のミステリ作家が仕掛けるブラックユーモアと企みに満ちた奇想天外のアンチ・ハッピーエンドストーリー！

角川文庫ベストセラー

家守　歌野晶午

何の変哲もない家で、主婦の死体が発見された。完全な密室状態だったため事故死と思われたが、捜査のうちに30年前の事件が浮上する。歌野晶午が巧みに描く「家」に宿る5つの悪意と謎。衝撃の推理短編集！

Dの殺人事件、まことに恐ろしきは　歌野晶午

カメラマンの私は、道玄坂で出会った生意気な少年とダイニングバーで話をしていた。しかし、バーから見える薬局の様子がおかしくて——。（表題作）。江戸川乱歩の世界が、驚愕のトリックと新たな技術で蘇る！

ドミノ　恩田　陸

一億の契約書を待つ生保会社のオフィス。下剤を盛られた子役の麻里花。推理力を競い合う大学生。別れを画策する青年実業家。昼下がりの東京駅、見知らぬ者同士がすれ違うその一瞬、運命のドミノが倒れてゆく！

ユージニア　恩田　陸

あの夏、白い百日紅の記憶。死の使いは、静かに街を滅ぼした。旧家で起きた、大量毒殺事件。未解決となったあの事件、真相はいったいどこにあったのだろうか。数々の証言で浮かび上がる、犯人の像は——。

チョコレートコスモス　恩田　陸

無名劇団に現れた一人の少女。天性の勘で役を演じる飛鳥の才能は周囲を圧倒する。いっぽう若き女優響子は、とある舞台への出演を切望していた。開催された奇妙なオーディション、二つの才能がぶつかりあう！

角川文庫ベストセラー

メガロマニア　恩田　陸

いない。誰もいない。ここにはもう誰もいない。みんなどこかへ行ってしまった――。眼前の古代遺跡に失われた物語を見る作家。メキシコ、ペルー、遺跡を辿りながら、物語を夢想する、小説家の遺跡紀行。

夢違　恩田　陸

「何かが教室に侵入してきた」。小学校で頻発する、集団白昼夢。夢が記録されデータ化される時代、「夢判断」を手がける浩章のもとに、夢の解析依頼が入る。子供たちの悪夢は現実化するのか？

雪月花黙示録　恩田　陸

私たちの住む悠久のミヤコを何者かが狙っている……！　謎×学園×ハイパーアクション。恩田陸の魅力全開、ゴシック・ジャパンで展開する『夢違』『夜のピクニック』以上の玉手箱!!

私の家では何も起こらない　恩田　陸

小さな丘の上に建つ二階建ての古い家。家に刻印された人々の記憶が奏でる不穏な物語の数々。キッチンで殺し合った姉妹、少女の傍らで自殺した殺人鬼の美少年……そして驚愕のラスト！

失われた地図　恩田　陸

これは失われたはずの光景、人々の情念が形を成す「裂け目」。かつて夫婦だった鮎観と遼平は、裂け目を封じることのできる能力を持つ一族だった。息子の誕生で、２人の運命の歯車は狂いはじめ……。

角川文庫ベストセラー

散りしかたみに　近藤史恵

歌舞伎座での公演中、芝居とは無関係の部分で必ず桜の花びらが散る。誰が、何のために、どうやってこの花びらを降らせているのか？　一枚の花びらから、梨園の中で隠されてきた哀しい事実が明らかになる——。

ダークルーム　近藤史恵

立ちはだかる現実に絶望し、窮地に立たされた人間たちが取った異常な行動とは。日常に潜む狂気と、明かされる驚愕の真相。ベストセラー『サクリファイス』の著者が厳選して贈る、8つのミステリ集。

さいごの毛布　近藤史恵

年老いた犬を飼い主の代わりに看取る老犬ホームに勤めることになった智美。なにやら事情がありそうなオーナーと同僚、ホームの存続を脅かす事件の数々——。愛犬の終の棲家の平穏を守ることはできるのか？

二人道成寺　近藤史恵

不審な火事が原因で昏睡状態となった、歌舞伎役者の妻・美咲。その背後には2人の俳優の確執と、秘められた愛憎劇が——。梨園の名探偵・今泉文吾が活躍する切ない恋愛ミステリ。

震える教室　近藤史恵

歴史ある女子校、凰西学園に入学した真矢は、マイペースな花音と友達になる。ある日、ピアノ練習室で、2人は宙に浮かぶ血まみれの手を見てしまう。少女たちが謎と怪異を解き明かす青春ホラー・ミステリー。

角川文庫ベストセラー

角川文庫ベストセラー

クレシェンド　竹本健治

ゲームソフトの開発に携わる矢木沢は、ある日を境に激しい幻覚に苦しめられるようになる。幻覚は次第に進化し古事記に酷似したものとなっていく。『涙香迷宮』の鬼才・竹本健治が描く恐怖のメカニズム。

腐蝕の惑星　竹本健治

最初は正体不明の黒い影だった。そして繰り返し襲ってくる悪夢。航宙士試験に合格したティナの周囲に起こる奇妙な異変。『涙香迷宮』の著者による、入手困難だった名作SFがついに復刊！

閉じ箱　竹本健治

幻想小説、ミステリ、アイデンティティの崩壊を描いたアンチミステリ、SFなど多岐のジャンルに及ぶ竹本健治の初期作品を集めた、ファン待望の短篇集、ついに復刊！

フォア・フォーズの素数　竹本健治

『涙香迷宮』の主役牧場智久の名作「チェス殺人事件」やトリック芸者の『メニエル氏病』など珠玉の13篇。『匣の中の失楽』から『涙香迷宮』まで40年。ついに復刊される珠玉の短篇集！

ふちなしのかがみ　辻村深月

冬也に一目惚れした加奈子は、恋の行方を知りたくて禁断の占いに手を出してしまう。鏡の前に蠟燭を並べ、向こうを見ると——子どもの頃、誰もが覗き込んだ異界への扉を、青春ミステリの旗手が鮮やかに描く。